Für Antech,
den alten Pirat
auf eine lange,
schöne Zeit mit
den [illegible]

Cheers

[illegible]

Viel Lärm um mich

Martell Beigang schrieb Indierockgeschichte als Schlagzeuger von *m. walking on the water* und bekam für seine Arbeit mit *Dick Brave & the Backbeats* Doppel-Platin. Seit seiner Jugend komponiert er deutschsprachige Songs. Auf Tour begann er Prosa zu schreiben. Sein Debüt *unverarschbar* avancierte schnell zum Szenehit. Zusammen mit Popstar *SASHA* ging er daraufhin auf ausverkaufte Lesereise. Inzwischen sind zwei weitere Romane, in denen sich Musik als roter Faden hindurch zieht, erschienen. Martell Beigang lebt in Köln.

Umschlagbild: Martin Molcan – fotolia.com
Gestaltung und Satz: Christine Paxmann text • konzept • grafik, München
Lektorat: Chato Wieser

ISBN 978-3-906272-26-9

MARTELL BEIGANG

Viel Lärm um mich

ROMAN

PROLOG

Worte schwirren durch die Luft und vermischen sich mit dem Geklapper unzähliger Tastaturen zu einem dichten akustischen Nebel. Über dem weiß lackierten Sichtschutz, der die einzelnen Arbeitsplätze voneinander trennt, taucht das Gesicht eines Mittdreißigers auf, der unablässig an seinem Vollbart nestelt. Wegen des hohen Geräuschpegels kann die junge Frau, die neben ihm arbeitet, seine Worte kaum verstehen:

«Ich musste mal wieder einen deiner Verehrer abwimmeln.»

Die Frau dreht ihm ihr Gesicht zu und fragt: «Wen genau?»

«Ach, irgend so ein Spinner, der unbedingt deinen Namen wissen wollte.»

«Und was hast du ihm geantwortet?»

«Dass es so ’ne Sachen bei uns nischt gibt.»

«Gut gemacht, Bernd.»

Die blassen Wangen der Frau röten sich leicht, was ihrem korpulenten Kollegen sicher aufgefallen wäre, hätte er nicht die ganze Zeit über unverhohlen auf ihr Dekolleté gestarrt. Sie steht auf und sagt:

«Ich mach mal kurz Pause.»

Dann verlässt sie ihre Box Richtung Toilette, ohne Bernd eines weiteren Blickes zu würdigen. Dabei bleibt ihr grauer Rock an einem Schirmständer aus Metall hängen, der lautstark auf den Linoleumboden knallt. Ärgerlich, normalerweise passiert ihr so etwas nicht, aber die Erwähnung des anonymen Anrufers, der sie unbedingt näher kennenlernen wollte, wühlt sie mehr auf, als sie Bernd gegenüber zugeben möchte. Sie weiß sofort, wen er meint, denn die sanfte Stimme eines ihrer zahlreichen Kunden hat ein paar Minuten zuvor einen starken Eindruck bei ihr hinterlassen. Augenblicklich setzt eine gewaltige Gedankenflut ein, die sie von ihrem Bürostuhl spült. Ein riesiges «Was wäre, wenn?» steht auf ihrer Stirn. Ja, was wäre wohl passiert, wenn

Bernd nicht so ein verdammter Spielverderber gewesen wäre und den Fremden durchgestellt hätte? Schwer zu sagen. Ein nettes Gespräch, ein romantisches Essen? Womöglich hätte ihr gesamtes Leben eine andere Wendung genommen …

Aber, so versucht sie sich vergeblich einzureden, solche Gedanken sind ziemlich überflüssig. Jetzt ist es eh zu spät, und außerdem hat sie für so etwas im Moment überhaupt keine Zeit. Am Waschbecken klatscht sie sich mit beiden Händen kaltes Wasser ins Gesicht. Dann geht sie mit einem, für andere kaum wahrnehmbaren, Lächeln auf den Lippen zurück an ihren Arbeitsplatz und zieht die Bügel des Headsets über ihre üppigen braunen Locken.

«Musik ist der leichte Teil, Feliu. Alles andere ist schwer.»

Andromeda Romano-Lax, Der Bogen des Cellisten

TEIL 1

1. STIMMEN IM KOPF

Lautstärke ist Sex! Hab ich das wirklich gesagt? So steht es jedenfalls dick und fett im *Musikexpress*.

Ich schiebe mir das Sofakissen unter meinem Kopf zurecht und lese, was ich dem Hornbrillengesicht vor etwa einem Monat auf seine engagierten Fragen geantwortet habe. Manchmal muss ich schmunzeln. Ich habe ziemlich dick aufgetragen. Vielleicht sollte ich wieder dazu übergehen, Interviews halbwegs nüchtern zu geben. Obwohl – verkehrt ist er nicht, der Satz. Ich stehe nun mal drauf, wenn sich der Sound meiner Gitarre aus der Marshallbox in die Ohren schraubt und wenn ich jeden Powerchord im Magen spüre. Wenn die Musik richtig laut ist, verstummen die Stimmen in meinem Kopf, und es schweigt das Lamento meiner Selbstzweifel. Dann bin ich bei mir, bin fokussiert auf den Moment.

Lautstärke gibt mir Kraft. Je lauter, desto besser. Stille bedeutet Gefahr. Während ein Tsunami aus großer Entfernung auf die Küste zurollt, werden die Tiere ganz aufgeregt und machen einen Heidenlärm. Aber kurz bevor es richtig losgeht, bevor die Riesenwelle das Land verwüstet, wird es plötzlich still. Totenstill.

Und das ist der Moment, wo du rennen solltest.

Sex hatte bei mir schon immer etwas mit Lautstärke zu tun und umgekehrt. Wenn meine Eltern damals ihren ehelichen Pflichten nachkamen, habe ich die Musik in meinem Zimmer so laut gedreht, dass ich sie nicht mehr hören musste. Später dann im SV-Raum meiner Schule, als ich Klaudia das erste Mal so küsste, dass sich unsere Zungen berührten, wechselten wir vorher und nachher kaum ein Wort. Währenddessen liefen die *Chili Peppers* in einer Mörderlautstärke.

Heutzutage habe ich Sex eigentlich nur, wenn ich mir ein Groupie aus der ersten Reihe ziehe. Wenn das Mädchen dann mit mir ins Hotel geht, läuft Musik. Laute Musik. Am besten so laut, dass ich nicht höre, was sie mir erzählt. Nicht weil es mich nicht interessiert, ganz im Gegenteil: Ich möchte nicht, dass es mich zu sehr interessiert. Ich könnte mich verlieben, und darauf habe ich überhaupt keinen Bock. Das gibt nur Ärger oder schlimmer noch: übles Herzweh. Und so etwas möchte ich einfach nie mehr erleben. Das letzte Mal war ich neunzehn. Meine Mutter war gestorben, und ich heulte viel in dieser Zeit. Bea, meine erste große Liebe, kam darauf gar nicht klar. Als sie mich verließ, fühlte es sich so an, als hätte jemand die gesamte Energie aus meinem Körper gesaugt. In dieser Zeit wurde Musik zu meinem einzigen Antrieb. Wenn ich heute ahne, dass Gefühle ins Spiel kommen, ziehe ich sofort den Stecker und sehe zu, dass ich Land gewinne. Bevor mich ein Mädchen vollabert, drehe ich einfach die Musik auf. Kaum zu glauben, aber es funktioniert. Wenn wir dann im Bett liegen, mache ich den Ton wieder leiser, denn ich will ja hören, wenn *sie* laut wird.

Das Mädchen von gestern Nacht – wie alt mag sie gewesen sein, fünfundzwanzig vielleicht – war heute Morgen nicht mehr da. Wahrscheinlich habe ich zu laut geschnarcht. Das bleibt nicht aus, wenn ich was getrunken habe. Und nach Konzerten trinke ich immer eine Menge, um wieder runterzukommen. Eigentlich hätte ich schon wieder Lust auf ein Bier, aber das kann ich nicht bringen. Irgendwann gewöhne ich mich daran, schon mittags zu trinken, und das wäre der Anfang vom Ende. Meine Faustregel lautet: kein Bier vor vier. Das ist die laxe Variante von: Nichts trinken, wenn es draußen noch hell ist. Und das ist es gerade. Die Sonne überzieht die roten Ziegel des Hauses gegenüber mit unanständig leuchtend gelber Farbe. Die Stadt hat einen Gang runtergeschaltet. Ab und zu dringen Stimmen vom Bürgersteig zu mir hoch in den zweiten Stock. Ich stehe auf und hole mir ein Glas Leitungswasser aus der Küche. Dabei stolpere ich über meine kreuz und quer auf den Dielen verteilten Klamotten. Wenn ich an das Mädchen von gestern Nacht denke, werde ich schon wieder geil. Wie hieß sie noch? Egal, ich werde sie eh nie wiedersehen.

So ein Sonntag gefällt mir. Rumhängen auf dem Sofa, Musikzeitschriften und Comics lesen. Irgendwie konnte ich mich für Bücher nie richtig erwärmen. Zu viel Text. Aber Comics liebe ich. Die Welt der Superhelden ist nämlich noch in Ordnung. Da weiß man immer genau, wer einer von den Guten und wer der Böse ist. In unserer Welt blickt doch heutzutage keiner mehr durch.

Am interessantesten finde ich das Thema Superkräfte. Wenn ich meine Gliedmaßen per Gedankenkraft verlängern könnte, wie *Mr. Fantastic*, dann würde ich jetzt vom Sofa aus das Fenster aufreißen, denn es ist ganz schön stickig hier drin. Oder ich würde mit Superpuste kurz die Raumtemperatur herunterkühlen. Ich liebe Superhelden. Mal sehen, was ich angeblich sonst noch so gesagt habe beim Interview. Wow, da hätte mich der Journalist doch beinahe aufs Glatteis der Uncoolness geführt. Er wollte wissen, ob ich mir bei Konzerten irgendetwas in die Ohren stecke. Aber keine Chance, ich war echt auf Zack bei dem Gespräch und meinte nur ganz locker: Nein, ich würde doch auch nicht mit dem Rauchen aufhören, nur weil ich Angst davor hätte, irgendwann Krebs zu bekommen. Ich muss ja auch nicht hundert werden. Aber im Grunde genommen ist das nur die halbe Wahrheit.

Auf dem rechten Ohr bei bestimmten hohen Frequenzen nur noch die Hälfte zu hören, ist schon ziemlich nervig. Manchmal, wenn ich mich in einer lauten Kneipe unterhalten möchte, kann ich meinen Gesprächspartner nur dann verstehen, wenn ich ihm mein linkes Ohr entgegenstrecke. Das kommt schon ziemlich Opa-mäßig rüber, vor allem, wenn man Anfang dreißig ist. Aber ich mache den ganzen Wahnsinn halt schon seit über zehn Jahren. Ehrlich gesagt, bin ich ziemlich stolz darauf, dass wir mit *Voodoo Psycho* immer noch am Start sind. Ich setze mich anständig hin und werfe den *Musikexpress* auf den Stapel zu den anderen. Das war ein geiles Konzert gestern in Hamburg: Heimspiel, laut und lang. Ich freue mich auf die kommenden Gigs, bevor wir nächsten Monat ins Studio gehen, um unsere neue Platte einzuspielen.

Auf dem Weg ins Bad halte ich plötzlich inne, denn da ist es wieder – dieses leise Fiepen auf dem rechten Ohr.

2. TOASTBROT MIT SOMMERSPROSSEN

«Ein bisschen mehr Emphase, bitte!»

Dieses produzentenhafte Gelaber von Scooter geht mir langsam wirklich auf die Nerven. Genau genommen ist Scooter gar nicht unser Produzent, sondern seit ewigen Zeiten unser Mixer, live und im Studio. Wenn man den Begriff *Techniknerd* illustrieren wollte, müsste man ihn einfach abzeichnen. Er ist bleich wie ein Toastbrot – ein Toastbrot mit Sommersprossen. Durch ausreichend Bier und Chipsletten hält er seine pyknische Physis artgerecht in Form. Einen Erfolgsproduzenten stellt man sich irgendwie anders vor – charismatischer. Aber nachdem unser erstes Album *Eat this!* damals dermaßen einschlug, hatte sich die Suche nach dem passenden Produzenten erübrigt. Es läuft irgendwie, und vor allem von allein. Wir alle produzieren uns gegenseitig, und das ist ein echt gutes Gefühl: *What you see is what you get.*

Scooter saß seit den Anfangstagen von *Voodoo Psycho* mit im Boot. Damals hieß er noch Burckhard und hatte sich als einer der ersten Menschen in Hamburg so einen albernen Cityroller zugelegt, mit dem er dann immer zu unseren Gigs eierte. Seither nennen ihn alle nur noch Scooter, was nicht einer gewissen Ironie entbehrt, da er Techno hasst wie die Pest. Am Anfang hat er uns, und das rechne ich ihm bis heute hoch an, immer umsonst gemischt. Von den ersten erfolgreichen und einigermaßen akzeptabel bezahlten Tourneen konnte er sich dann peu à peu ein Studio zusammenkaufen. Im *Präsidium*, wie die komplett mit Instrumenten und Boxen zugestellte alte Fabrikhalle heißt, haben wir alle Platten aufgenommen. Seitdem sind wir abergläubisch und befürchten, dass unsere Glückssträhne jäh abreißen könnte, wenn wir das Studio jemals wechseln würden. Im Moment bin ich mir allerdings nicht mehr so sicher, ob man von dieser Maxime nicht schleunigst abrücken sollte.

«Emphase? Was heißt das überhaupt? Mann, ich habe gerade richtig abgedrückt.»

Maltes Worte übersteuern das Mikrofon, vor dem er steht, und dringen verzerrt an unsere Ohren. Hinter der schlierigen Scheibe der Gesangskabine reißt er sich den Kopfhörer vom Schädel und stürmt zu uns herüber in den großen Aufnahmeraum. Malte ist mein bester Kumpel und normalerweise nicht so schnell aus der Ruhe zu bringen.

«Okay, okay», rudert Scooter zurück, «der Gesang war gar nicht so schlecht, aber Bass und Schlagzeug waren einfach noch nicht tight genug.»

Langsam werde ich auch genervt. Es ist einfach nicht mehr zeitgemäß, so zu arbeiten. Wenn wir immer alle zusammen aufnehmen und sich einer verhaut, müssen alle noch mal spielen. Klar, im Idealfall führt das zu einer gewissen Authentizität, für die *Voodoo Psycho* nun mal steht, aber wahrscheinlich war *Led Zeppelin* die letzte Band, die so geackert hat. Und selbst dort wurde beim Aufnehmen schon ordentlich am Halbzoll-Band herumgeschnibbelt.

«Langsam kannst du mich mal …»

Nils pfeffert seine Sticks nur knapp an Scooters Gesicht vorbei an die Wand, wo sie mit einem dumpfen Geräusch in den schallschluckenden Nesselstoff einschlagen. Scooters Stimme klingt heiser:

«Kommt, Jungs, nur noch einen Take, dann haben wir den Song im Kasten. Lasst uns weitermachen, damit wir im *flow* bleiben.»

Flow ist auch so ein bescheuertes Produzentenwort.

Wenn es nach mir ginge, könnte man den Gesangspart einfach stehen lassen und den Rest noch mal draufbügeln. Aber ich halte mich da lieber raus. Malte hat nämlich bereits sein «Noch ein Wort, und ich raste gleich aus»-Gesicht aufgesetzt:

«Scooter, können wir nicht einfach mal so arbeiten, wie abertausend andere Bands das auch machen?»

«Meinetwegen, aber dann klingt ihr auch so wie abertausend andere Bands. Wollt ihr das?»

Dabei wirft er theatralisch seine fettigen rotblonden Haare nach hinten. Als ihm niemand antwortet, fährt er fort:

«Ich will den Moment einfangen, die frische Energie …»

Malte sieht noch schmaler aus als sonst. Ein Spargel in Jeans.

«Wenn du so weitermachst, habe ich bald die Frische einer getragenen Unterhose. Ich singe gerade zum neunten Mal denselben Song. Da muss doch was dabei sein.»

So langsam muss ich doch mal dazwischengrätschen:

«Kommt, Jungs, wir machen alle mal 'ne Pause und hören uns das Ganze dann später mit frischen Ohren an.»

Von solchen kleinen Zickereien abgesehen, läuft es eigentlich ganz gut im Moment. Wir sind dabei, unser zehntes Album aufzunehmen. Es sind echt starke neue Stücke, und wir sind richtig gut eingespielt. Ich liebe es, im Studio zu arbeiten, denn solange ich Gitarre spiele, bin ich glücklich. Am liebsten stelle ich mich mit meiner Klampfe direkt neben meinen Gitarrenamp, der in einer extra Kabine steht. Die anderen fragen mich immer, wie ich das aushalte, aber ich brauche das Kreischen meines voll aufgerissenen Marshallturms nun mal hautnah. Wenn alle Regler auf 11 stehen und ich einen Ton anschlage, kriege ich nach all den Jahren immer noch eine Gänsehaut.

Als ich einen Stock höher die geräumige Küche mit Blick auf die Billwerder Bucht betrete, sitzen schon alle anderen da und laden sich schweigend Pasta auf die Teller. Irgendwann schüttelt Malte wortlos seinen Kopf.

«Was ist los?», fragt Scooter.

«Alter, du nervst, echt.»

Scooters käsiges Gesicht bekommt rote Flecken.

«Jungs, ich will doch nur das Beste aus euch rausholen.»

«Ich glaub, wir wissen selbst ganz gut, wann es nicht mehr besser wird.»

«Okay, soll das heißen, dass ich deinen Gesang von eben einfach so lassen soll?»

«Nein, Mann, du sollst ihn schön zusammenschneiden aus den Millionen Takes, die wir aufgenommen haben. Ist doch ganz normal, das haben wir doch schon tausendmal so gemacht.»

«In Ausnahmefällen.»

«Dann ist das jetzt halt so eine Ausnahme.»

«Na gut, kein Problem, ich werd da schon was Schönes draus zusammenbasteln. Aber ich finde, ihr könntet mich auch ruhig mal als Co-Produzenten auf dem Cover erwähnen.»

Aha, daher weht der Wind. Scooter braucht mal wieder ein paar Streicheleinheiten. Oder etwa Geld?

Ich schaue zu Malte herüber. Sein Mund ist ein schmaler Strich. Gedankenverloren streicht er seine langen blonden Haare aus dem Gesicht. Als sich unsere Blicke treffen, zeigt er, von den anderen unbemerkt, Scooter einen Vogel.

3. GRÜNE LATERNE

Paul's Paradise ist mein Lieblingsladen auf St. Pauli, was sag ich, in ganz Hamburg. Für mich ist der Laden definitiv das Paradies. Hier gibt es alles, was das Herz eines Comic-Liebhabers höherschlagen lässt: Erstausgaben, Sammelbände, amerikanische Originalausgaben aus den Fünfzigern, Jubiläumseditionen, T-Shirts mit Comic-Motiven, alles liebevoll drapiert auf fünfundsiebzig Quadratmetern. Als ich vor über zehn Jahren nach Hamburg zog, fühlte ich mich wie ein Fremdkörper in der Stadt. Die spröden Einheimischen gaben mir nicht gerade das Gefühl, auf mich gewartet zu haben. Ich fühlte mich verloren, irgendetwas fehlte. Ich vermisste mein Zuhause, obwohl es da nicht viel gab, wonach ich mich sehnen konnte. Meinen Vater sah ich das letzte Mal, als ihm bei einem heftigen Streit mit meiner Mutter die Hand ausrutschte. Noch am selben Abend zog sie aus und nahm mich mit zu meiner Oma. Damals war ich zwölf Jahre alt. Als ich neunzehn wurde, starb meine Mutter an Krebs. Aber ich glaube, der eigentliche Grund ihres frühen Todes war ihr gebrochenes Herz.

Desorientiert kam ich zwei Jahre später in Hamburg an und irrte durch die Straßen. Eines Tages stolperte ich in Pauls Laden. Es war mir, als kehrte ich nach Hause zurück. Zurück zu den glücklichen Tagen meiner Jugend, die darin bestanden, Comics zu lesen und heiße Milch mit Honig zu trinken. Damals war ich der festen Überzeugung, dass die Superkräfte der Superhelden irgendwann auf mich übergehen würden, wenn ich nur genug darüber las. Mein rasches Wachstum in der Pubertät schien meine Theorie zu bestätigen. Comics strukturieren das Chaos in meinem Kopf. Ich fange an zu blättern, dann gerät der Held in Schwierigkeiten, und am Ende der Geschichte hat er wieder alles unter Kontrolle. Die Musik verankert mich im Moment, aber wenn ich einen guten Comic lese, habe ich eine Perspektive, dann weiß ich, dass es weitergeht.

Ich liebe den Geruch in *Paul's Paradise.* Außerdem läuft immer gute Musik. Der Laden hat eine fantastische Akustik durch das ganze gestapelte Papier, schön trocken, und Paul dreht seinen Surfersound immer auf Anschlag. Heute bin ich bei ihm, um die *Daredevil*-Fanedition abzuholen. Paul hat sie in Amerika bestellt, und ich warte seit über einem Monat auf sie. Ich möchte sie unbedingt mit auf unsere Fahrt nach München nehmen. Gut gelaunt betrete ich den Laden. Paul begrüßt mich freundlich, doch ich merke schnell, dass irgendetwas nicht stimmt.

«*Daredevil*, oder?»

«Genau.»

Paul hat im Laufe der Jahre den einsilbigen Sprachstil der Hefte, die er verkauft, angenommen.

«Urghh. Ist noch nicht da.»

Ich versuche, mich so gut es geht, anzupassen. In Sprechblasen passen nun mal keine Romane.

«Echt?»

«Lieferschwierigkeiten.»

«Und jetzt?»

«Nächste Woche.»

Albern, ich weiß, aber mein Tag ist gelaufen. Vor meinem inneren Auge hatte ich den *Daredevil*-Band bereits in Händen gehalten und jetzt so was. Ich hatte einen klaren Deal mit Paul, und er hat es vermasselt. Ich bin enttäuscht und verlasse wortlos den Laden. Schmollend trotte ich den Hamburger Berg entlang. Als ich in die Hein-Hoyer-Straße einbiege, stoße ich fast mit einem jugendlichen Laptoptaschen-Träger zusammen. Er kommt gerade aus einem Hörgeräteladen. Komisch, denke ich, der ist aber jung für so ein Ding. Vielleicht brauche ich ja selbst bald ein Hörgerät.

Diese Horrorvision setzt bei mir eine Kaskade negativer Gedanken in Gang, die alle missliebigen Ereignisse der letzten Zeit Revue passieren lässt. Zum Beispiel die vergurkte Ebay-Auktion letzten Sonntag, bei der mir jemand ganz kurz vor

Schluss eine wunderschöne Gretsch-Gitarre von 1968 vor der Nase weggeschnappt hat. Diese Woche sind mir andauernd so blöde Sachen passiert. Ich darf gar nicht an Donnerstag denken. Da bin ich mittags ziemlich verkatert aufgewacht. Als ich runterwollte, zum Kippen kaufen, hörte ich auf der Treppe mein Handy klingeln. Ich hatte es im Tran in der Wohnung liegen gelassen. Also musste ich noch mal zurück, nur wo war der verdammte Schlüssel? In meiner Hosentasche jedenfalls nicht. Kein Wunder, er lag nämlich im Flur auf dem Boden, wo ich ihn nachts zuvor habe fallen lassen. Das Unterschreiben der Rechnung vom Schlüsseldienst hat richtig wehgetan.

Langsam, aber sicher beschleicht mich das Gefühl, als müsste meine *Grüne Laterne* mal dringend wieder aufgeladen werden. Irgendwer hat mir Kryptonit ins Essen gestreut, ich bin dauernd erschöpft. Die Studioaufnahmen waren für die ganze Band sehr kräftezehrend. Wir hätten eine Auszeit nehmen sollen, stattdessen spielen wir schon wieder Konzerte. Wenn ich nachts erschöpft ins Bett falle, kann ich schlecht einschlafen, und wenn es dann endlich so weit ist, wache ich kurz danach wieder auf und bilde mir ein, dass mir die Stimme meines verschollenen Vaters vorwurfsvoll ins Ohr brüllt.

4. AUFZUG AUS SCHALL

Die Muffathalle in München ist ein ehemaliges Heizkraftwerk. Nicht von ungefähr muss ich daran denken, denn ich schwitze mich gerade kaputt, obwohl ich mein T-Shirt bereits ausgezogen und in die pogende Menge geschmissen habe. Nils, Malte, Freddy und ich sind heute in Bestform. Es ist das zweite Konzert nach unseren anstrengenden Studiotagen, und hier drinnen gibt uns die vorherrschende Temperatur einen Vorgeschmack auf den Sommer. Meine braunen Haarzotteln kleben mir im Gesicht. Schweiß läuft mir in die Augen und brennt, während ich eines meiner beiden längeren Soli des Abends spiele. Ich zögere kurz, aber dann lasse ich mich Gitarre spielend in die Menge fallen und …

… werde gefangen. Ein großartiges Gefühl. Die Fans sind für mich da, und ich spiele mir für sie die Seele aus dem Leib. Unsere Musik ist ein Aufzug aus Schall, der mich vom Boden in den gleißenden Himmel hebt. Der Tausendfüßler aus nach oben gestreckten Armen der aufgeputschten Menge spuckt mich nach fünf Minuten wieder an der Bühnenkante aus. Ich drücke das Volumenpedal auf Anschlag. Malte headbangt mir konspirativ zu. Während ich weiterspiele, drehe ich mich um meine eigene Achse. Die Schreie der Fans vereinen sich zu einem infernalischen Chor. Adrenalin pumpt durch meinen Körper. Plötzlich passiert alles in Zeitlupe. Obwohl ich schnelle Achtelläufe abfeuere, kann ich mir jeden Ton ganz in Ruhe aussuchen. Ich bemerke jedes Detail um mich herum, spüre jeden Schlag der Bass Drum in meinem Magen und blicke in unzählige auf mich gerichtete Augenpaare. An einem bleibe ich für einen kurzen Moment hängen. Es gehört zu einem bis zum Hals tätowierten Emomädchen, das mich mit ihren Blicken auszieht. Dann spiele ich auch schon den nächsten Ton. Langsam höre ich auf zu rotieren und bleibe mit dem Rücken zum Publikum stehen.

Dabei fange ich einen merkwürdigen Blick von Nils, unserem Drummer, auf. Ich kann seinen Gesichtsausdruck nicht deuten. Irgendwie schaut er mich an, als hätte er Schmerzen. Sein *Drum Fill* holt mich in das tatsächliche Überschall-Tempo des Songs zurück, während sich mein Solo seinem Höhepunkt nähert. Ich spiele immer schneller und höher. Ein einfaches, aber wirkungsvolles Rezept, was als Startrampe für den letzten Refrain unseres Hits *Waiting in the Dirt* dient.

Nach dem Konzert spricht mich Nils an:

«Sag mal, hast du noch alle Latten am Zaun?»

Ich habe keinen blassen Schimmer, was er von mir will.

«Das wird von Tag zu Tag lauter, was du da veranstaltest.»

«Yeah, ist geil, oder?»

«Du hast echt 'nen Knall, Bast. Ich meine, ich streichle meine Felle auch nicht gerade, aber ich hatte heute zum ersten Mal das Gefühl, dass mein Schlagzeug zu leise ist. Du bist echt nicht allein auf der Bühne.»

Ich bin geschockt. Spontan fällt mir keine sinnvolle Antwort ein. Ich zucke mit den Achseln, lasse Nils wortlos stehen und gehe backstage etwas trinken. Wenn man mich fragt, war das heute eins der besten Konzerte, das wir jemals gespielt haben. Es ging dermaßen ab. Unsere Musik war ein brachiales Inferno. Ich bin zufrieden mit mir selbst.

Die anderen von der Band hängen mit ein paar Mädchen ab, die unser Tourmanager aus der ersten Reihe gezogen hat. Ich habe lange nicht so geschwitzt und gehe erst mal duschen. Als der Wasserstrahl aufhört, meine Kopfhaut zu massieren, drängt sich ein hoher Ton in meinem rechten Ohr penetrant in mein Bewusstsein. Ich ziehe mir frische Klamotten an und gehe zu den anderen. *Muse* brettert pathetisch aus dem Ghettoblaster und übertönt die irritierende Schallquelle in meinem Ohr. Als ich mir ein Bier aus dem rollbaren Kühlschrank nehme, spricht mich eine bemerkenswert tiefe weibliche Stimme von hinten an. Ich drehe mich um und erkenne sofort das Mädchen aus der ersten Reihe, das mir bei meinem Solo aufgefallen war. Wow, denke ich, sie hat es ganz schön schnell in die Backstage geschafft. Sie schaut mich durchtrieben unschuldig aus ihren mit Kajal umrandeten Augen an.

«Was möchtest du trinken?»

«Ein Rotwein wäre nett.»

Ich schenke ihr ein und gehe mit dem Glas und meinem Bier voraus, in einen zweiten Aufenthaltsraum mit Sofa. Ein Gefühl der Allmacht durchströmt mich.

«Ist ein bisschen leiser hier.»

«Danke, übrigens krasse Show.»

Ich lasse mich neben sie aufs Polster fallen. Unsere Oberschenkel berühren sich.

«München ist eigentlich immer ganz gut. Aber heute hat es echt besonders viel Spaß gemacht. Prost.»

Wir stoßen an. Sie nimmt einen tiefen Schluck Tempranillo und stellt ihr Glas auf dem Boden ab. Beim Zurücklehnen streift ihre Hand mein Bein. Sie lächelt mich an, was einen Blick auf ihr Zungenpiercing zulässt.

«Lebst du in München?», frage ich sie.

«Fast.»

«Aha, wo genau?»

«In einem Kaff 80 Kilometer von hier. Ist nicht so wichtig.»

Das wird mühsam. Nicht sie rumzukriegen, ich meine das Gelaber davor. In den letzten Jahren habe ich es eigentlich noch bei jedem Mädchen geschafft, sie in meine Koje zu quatschen. Doch heute fehlt mir irgendwie die Geduld. Vielleicht liegt das ja an diesem Störton in meinem Ohr. Ich versuche eine Abkürzung.

«Tja, wir müssen heute noch ein bisschen weiter.»

«Wohin denn?»

«Nach Hamburg.»

«Echt, heute Nacht noch?»

«Jau, wir haben draußen unser Raumschiff stehen. Da steigt man nachts ein, und wenn man morgens aufwacht, ist man ans andere Ende von Deutschland gebeamt worden.»

«Kann man da echt drin schlafen?»

«Na ja, theoretisch schon. Aber meistens ist immer so viel los, dass man kein Auge zu kriegt. Ein paar Verrückte sitzen immer in der Lounge, glotzen DVDs und reden dummes Zeug. Ist ein bisschen wie auf Klassenfahrt.»

«Das ist sicher lustig.»

«Willst du mal reingucken?»

«Gerne, aber sag mal, weißt du, wie viel Uhr es ist?»

Ich fische mein Handy aus der Jeans.

«Kurz vor halb zwölf.»

Das dünne Mädchen springt auf. Körperspannung hat sie ja, das muss man ihr lassen. Sie hatte früher sicher Ballettunterricht, bevor sie ihr Jugendzimmer schwarz gestrichen hat und sich volltätowieren ließ.

«Scheiße, ich muss los. Meine beste Freundin hat gleich Geburtstag.»

«Super, lad sie doch hierhin ein. Wir haben noch einiges da zum Trinken.»

«Naa, des geht net.»

Sie gibt mir einen Kuss auf den Mund. Ich schiebe ihr meine Zunge zwischen die Zähne. Es scheint ihr zu gefallen. Geht doch.

«Hast du nicht noch 'ne halbe Stunde Zeit, dann setz ich dich in ein Taxi.»

«Ich bin wirklich spät dran.»

Sie nimmt eine Serviette vom Buffet, schreibt irgendetwas drauf und gibt sie mir.

«War echt cool heute. Rufst du mich an, wenn ihr wieder hier seid?»

Mit diesen Worten läuft sie zur Tür. Ich nehme die Serviette, zerknülle sie und schmeiße sie auf den Boden. Was war das denn jetzt? So übel bin ich echt noch nie abgeblitzt. Ratlos gehe ich zum Kühlschrank und gieße mir ein Wasserglas voll Wodka ein.

5. INSEKT IM OHR

Das Innere unseres feuerroten Busses hat mit Sicherheit ein ambitionierter Innendesigner aus den Nullerjahren konzipiert, der eine ausgesprochene Vorliebe für Nussholzimitat hat und normalerweise Schickimicki-Kneipen einrichtet. Für immer rätselhaft bleibt die Frage, wie er es geschafft hat, auf engstem Raum alles unterzubringen, was man zu seinem Glück braucht: ein Ledersofa, eine Espressomaschine, ein komplettes Home-Entertainment-System und ein Kühlschrank – den unser Tourmanager immer gewissenhaft auffüllt – dann aber zu blöd ist, eine Toilette zu installieren, auf die man auch *groß* kann, ohne dass sie sofort verstopft. Wenn man schon, wie auf der Arche Noah, alles dabeihat, um für Jahre am Stück unterwegs sein zu können, ist es doch umso ärgerlicher, dass alle paar Kilometer eine Zwangspause entsteht, wenn mal wieder jemand auf die Stanze muss.

Die Hintertür des Nightliners öffnet sich mit einem zischenden Geräusch, und ich betrete ziemlich angeduselt die Lounge, wobei ich wie immer auf das Schlimmste gefasst bin, und das aus gutem Grund. Erst letzte Woche wurde ich Zeuge, wie Grobi (unser Tourmanager) mit dem Rest der Besatzung darum gewettet hat, dass er das Wasser, das übrig bleibt, wenn man alle Bockwürstchen aus dem Glas gegessen hat, kurz das *Wurstwasser*, komplett austrinken würde. Junge, Junge. Grobi nahm einen Schluck und meinte: «Schmeckt gar nicht so schlecht.» Dann leerte er, begleitet von lauten «Oooooohhhhhh»-Rufen, den Rest und war auf einen Schlag um 12 x 5 € reicher. Ihm war nicht mal übel danach, uns anderen schmerzte der Magen allein vom Zuschauen. Genauso wie letztens, als Nils in einen durch Liebeskummer, Weltschmerz und Heimweh induzierten Rausch der Melancholie verfiel und uns zwei Stunden am Stück mit herzzerreißenden Balladen «unterhielt».

Heute Abend scheint die Stimmung im Wanderzirkus allerdings ganz brauchbar zu sein. Freddy liegt wie Kafkas Käfer quer über einem Sitz und spielt irgendein stumpfes Computerspiel auf seinem Smartphone. Aus den Boxen panzert *Slayer*. Grobi pogt mit einem Glas Whiskey dazu ab. Es riecht schon ordentlich nach Pumakäfig. In dem Lärm verstehe ich kein Wort, aber anscheinend hat irgendwer einen schmutzigen Witz erzählt, denn die ganze Mannschaft lacht sich gerade schlapp, was bei Freddy in einem veritablen Hustenanfall mündet. Als er abgehustet hat, setzt er sich auf und sagt:

«Hey Bast, so früh schon wieder an Bord?»

«Jau, war heut nicht viel dabei.»

Ich will mich dazusetzen, spüre aber wie mein Kreislauf in die Knie geht, und stütze mich an der hüfthohen Theke ab, auf der Grobi zur Gewissensberuhigung täglich liebevoll eine Obstschale drapiert, die nie jemand anrührt. Nils kommt hinter mir die Treppe herunter und legt seinen Arm um meine Schulter. Sein Aftershave sticht mir trotz der inzwischen schon ordentlich durch Zigarrettenqualm vernebelten Luft in die Nase.

«Sorry, Bast, ich wollte dich eben nicht dumm anmachen, aber ich war echt geschockt. Das war so unglaublich laut auf der Bühne, obwohl ich meine angepassten Stöpsel drin hatte. Was steckst du dir eigentlich in die Ohren beim Gig?»

«Nix.»

«Du spielst echt immer noch ohne Gehörschutz?»

«Du hättest den Leuten im Zeitalter vor Aids mal versuchen sollen, etwas über Kondome zu erzählen, keine Chance.»

«Mach dich drauf gefasst, irgendwann bist du taub.»

«Bin ich jetzt schon.»

«Ich find das echt nicht witzig.»

«Okay, ich werd mal drüber nachdenken.»

Tatsächlich habe ich letztens bei einer Probe mal ausprobiert, mir etwas in die Ohren zu tun, aber dann habe ich rechts überhaupt nichts mehr gehört. Eigentlich ganz schön beunruhigend. Und dann noch dieses Fiepen seit ein paar Tagen. Ich beschließe, heute Nacht mal deutlich kürzer zu treten, und gehe früh zu Bett. Ausgeschlafen sieht die Welt morgen sicher wieder ganz anders aus.

Auf wackeligen Beinen mühe ich mich die enge Treppe hinauf ins Obergeschoss. Oben kann ich nur gebückt stehen. Um mich auszuziehen, muss ich mich hinsetzen. Es sind jeweils zwei Betten übereinander angeordnet und das dreimal hintereinander auf beiden Seiten. Macht zusammen zwölf Kojen, die wir mit unserer Produktion komplett belegen, wenn alle im Bett sind. Ich sehe zu, dass ich einen Schlafplatz oben bekomme, damit ich niemanden über mir liegen habe, der mich im Schlaf durch seine Ausdünstungen erstickt. Hab ich alles schon erlebt. Um auf meine Pritsche zu kommen, mache ich ähnlich abenteuerliche Verrenkungen wie die Besatzung von *U 96*. Währenddessen lässt der Busfahrer den Motor an und fährt los, was die Sache nicht gerade einfacher macht. Meine Koje ist fast so eng wie ein Sarg. Der Dieselmotor rüttelt mich augenblicklich in den Schlaf.

Von einem hohen Signalton wache ich auf. Erst denke ich, es wäre mein Wecker, und bin desorientiert. Fragen schießen durch mein Hirn, das sich noch im Halbschlaf befindet. Was mache ich hier? Warum hab ich mich wecken lassen? Der Untergrund wackelt. Ein Erdbeben?

Ich schnelle hoch und stoße mir den Kopf. Dann realisiere ich, dass ich im Bandbus liege. Unter mir schnarcht jemand, wahrscheinlich Malte. Es klingt irgendwie ungesund. Dieser hohe, fiese Ton hält an. Ich versuche, die Richtung zu orten, aus der er kommt. Er zerschneidet die Luft wie ein reiner Sinuston. Ich drehe meinen Kopf hin und her und halte mir abwechselnd ein Ohr zu. Komisch, ich höre den Ton immer noch, auch wenn ich mir beide Ohren zuhalte. Langsam dämmert es mir: Es tönt in meinem Kopf. Das Fiepen von gestern Nacht ist wieder da, nur zehnmal lauter. Mein Herz beginnt zu flattern, ich bekomme Panik und fange wie wild zu schwitzen an. Es ist mir, als sei eine fremde Macht in meinen Körper eingedrungen. Ich versuche, ruhig durchzuatmen, presse mir beide Hände auf die Ohren, bis sie heiß werden, und versuche, den Ton zu attackieren, indem ich ihn nachsinge.

Das Schnarchen unter mir hört kurz auf. Ich unterbreche meine sinnlose Selbsttherapie. Malte dreht sich zur Seite und ratzt hörbar wieder ein. Ich versuche, mich zu entspannen, lege mich auf den Rücken und atme langsam ein und aus. Mein Herz beruhigt sich etwas. Ich höre die Stimme meines Vaters sprechen. Deutsch mit starkem Akzent, dabei hat er eigentlich immer nur Englisch mit mir geredet. Er macht mir wieder Vorwürfe:

«Was suchst du hier eigentlich? Es gibt unzählige andere Berufen als Profimusiker.»

Dann sagt er noch irgendwas über Lautstärke, was ich aber nicht genau verstehe und auf das ich mich nicht konzentrieren kann, da mich der Ton langsam weichkocht. Ich setze mich auf und stoße mir wieder den Kopf. Fuck! Vor Schmerz halte ich mir die Stirn und habe Schwierigkeiten, mit nur einer freien Hand aus der Koje zu kraxeln. In der inzwischen leeren Lounge riecht es nach kaltem Rauch, Alkohol und Schweiß. Während ich ein Glas Wasser trinke, höre ich den Ton unverändert laut. Er sticht mir ins Ohr, wie ein Insekt.

6. CRAZY HORST

Ich schlage die Augen auf und starre auf den Sargdeckel über mir. Trotzdem bin ich mir ziemlich sicher, noch am Leben zu sein, denn Sonnenlicht dringt durch die Ritzen der verdunkelten Scheibe. Immerhin. Der Bus steht still. Entfernte Straßengeräusche reizen mein wundes Ohr. Wir sind zu Hause in Hamburg. Im Liegen ziehe ich den Vorhang zur Seite und sehe Malte, der in Unterbuxe vor meiner Koje gebückt von einem auf das andere Bein hüpft, um seine Jeans anzuziehen. Wenn ich nicht so fertig wäre, fände ich die Szene ziemlich komisch. Mit verschleimter Stimme frage ich:

«Hörst du auch diesen Ton?»

«Welchen Ton?»

«Ach, vergiss es.»

Es war also doch nicht bloß ein Albtraum, der mich aus dem Schlaf gerissen hat. Der hohe Ton ist immer noch da, und ich bin der Einzige, der ihn hört. Bleibt der jetzt für immer? Angst steigt in mir hoch und trocknet meine Kehle aus. Ich warte, bis Malte Platz gemacht hat, und schwinge mich dann von der Pritsche. Das T-Shirt klebt mir am Körper. Mir ist übel. Auf der Kunstledercouch sitzend, ziehe ich mich an und gehe nach draußen, wo mich das grelle Licht blendet. Unser Bus parkt auf dem Hof einer ehemaligen Industrieanlage, in der sich unser Proberaum befindet. Von dort aus kann ich gut zu Fuß nach Hause laufen. Ohne mich von den anderen zu verabschieden, stehle ich mich davon.

Das Fiepen macht mich kaputt. Seit ich denken kann, habe ich mit Klängen Farben assoziiert, und derjenige in meinem Ohr leuchtet in einem giftigen Gelb, das sich mit den frühlingshaften Farben beißt, die die Sonne auf die Häuser malt. Meine Schritte beschleunigen sich. Die frische Luft tut gut, und für einen Moment verlässt der ätzende Ton in meinem Ohr die oberste Ebene meines Bewusstseins. Mein ausgetrockneter Körper meldet sich und verlangt nach einer Abkühlung. Ich kreuze die Straße und betrete einen Kiosk. Die elektrische Türklingel hat fast dieselbe Tonhöhe wie mein nerviger Begleiter. Mit einem Eis an der Zunge bilde ich mir ein, dass das Fiepen etwas leiser geworden ist. Vielleicht werden die Geräusche um mich herum auch einfach nur lauter? Ich bin mir nicht sicher.

Langsam erwacht das Leben im verschlafenen St. Pauli. Lieferwagen parken in zweiter Reihe. Ich gehe weiter Richtung Reeperbahn. An der Ecke meiner Straße zucke ich erschreckt zusammen: Die Eingangstür und die beiden Fenster des Hörgeräte-Akustikgeschäftes bilden ein Gesicht, das mich vorwurfsvoll angrinst. Ich reibe mir die Augen und mache mir langsam ernsthaft Sorgen um mein seelisches Gleichgewicht, während bärtiges Afterhour-Pack an mir vorbeischlurft. Aus dem *Crazy Horst* dringt Musik. Hoffnung keimt in mir auf, dass Geräusche von außen den Ton in meinem Ohr übertönen könnten. Ich trete ein. In meiner Stammkneipe herrschen schummerige Lichtverhältnisse. Es riecht nach 80 Prozent abgestandenem und 20 Prozent frischem Zigarettenqualm. Ich habe ein ziemlich merkwürdiges Gefühl, weil ich hier noch nie vor 22 Uhr aufgekreuzt bin.

Der Laden ist so gut wie leer, bis auf Gerda, die immer hier ist, wenn ich mal reinschaue. Tresenfrau Sabine ist Barkeeperin und Sozialarbeiterin in Personalunion. Gerade versucht sie, Gerda zu beruhigen, die sich beim Versuch, eine Kippe anzuzünden beinahe selbst und das *Crazy Horst* gleich mit abgefackelt hätte. Meine Anwesenheit am frühen Morgen scheint Sabine nicht besonders zu überraschen. Wortlos stellt sie mir ein Astra hin. Ich pfeffere meine Reisetasche auf den Boden und ergebe mich den Klängen Mireille Mathieus.

7. PANZER MEINER ABWEHRKRÄFTE

Ich bin äußerst ungern und zum Glück sehr selten beim Arzt. Heute Morgen hat der Ton in meinem Ohr jedoch eine Intensität erreicht, die mich daran zweifeln lässt, dass er jemals wieder von allein verschwinden wird. Normalerweise besteht meine Strategie im Krankheitsfall darin, erst mal eine Nacht drüber zu schlafen, bevor ich zum Arzt gehe. Das funktioniert bei einer Erkältung, Zahnschmerzen und vielen anderen kleinen Wehwehchen tadellos. Vor die Entscheidung gestellt, entweder stundenlang mit mir zusammen im Wartezimmer zu sitzen oder einfach zu verduften, ziehen es die meisten Krankheiten vor, meinen Körper ganz schnell wieder zu verlassen.

Dasselbe erwartete ich von meinem Tinnitus. Am Anfang machte ich ganz ermutigende Beobachtungen. Offenbar bestand ein Zusammenhang zwischen dem Grad meiner Ausgeruhtheit und der Lautstärke des Tones. Aber nach ein paar Tagen begann der Ton, launisch zu werden und aufzutauchen, wenn ich gar nicht mit ihm rechnete, zum Beispiel, als ich entspannt in der Badewanne lag. Inzwischen begleitet er mich permanent. Das Schlimme ist, dass er fast genau die Tonhöhe eines fünfgestrichenen Cs hat. Die Betonung liegt auf dem Wort *fast*. Denn dadurch klingt Musik auf gestimmten Instrumenten für mich grauenhaft schief. Das ist so ungefähr das Härteste, was man einem Musiker zumuten kann. Eine Woche lang versuchte ich mir vergeblich einzureden, der Piepmatz in meinem Ohr würde sich täglich leiser zu Wort melden. Das Gegenteil ist der Fall. Heute Morgen bin ich so weit und suche mir aus den Gelben Seiten einen Arzt heraus.

Im Wartezimmer von Dr. Klopps Praxis an der Budapester Straße steht die Luft. Es riecht ungesund nach zu vielen Menschen auf zu engem Raum. Dr. Klopp ist Spezialist für Hals-Nasen-Ohren-Krankheiten, darum wird hier ordentlich gehustet und geröchelt. Ich frage mich, wie ich hier wieder rauskommen soll, ohne mich anzustecken. Instinktiv beginne ich, flach zu atmen. Mit einem intakten Immunsystem muss man sich bestimmt keine Sorgen machen, aber mein Dauerton hat den Panzer meiner Abwehrkräfte schon ordentlich durchlöchert. Ich setze mich auf den letzten freien Stuhl und lasse meinen Blick schweifen. Die auf einfachen Holzstühlen hockenden Patienten bilden meinen Kiez demoskopisch ganz gut ab. Die Hälfte von ihnen sind Rentner. Ein Typ in meinem Alter hofft sicher darauf, längerfristig krankgeschrieben zu werden. Wegen der ganzen herumschwirrenden Viren wage ich es nicht, eine Illustrierte in die Hand zu nehmen, obwohl mich brennend interessiert, was Hansi Hinterseer gerade so treibt.

Mein Telefon klingelt. Eine ältere Dame mit violett gefärbten, toupierten Haaren schaut sich missbilligend nach mir um. Unter normalen Umständen würde ich vor die Tür gehen, aber ich habe Angst um meinen Sitzplatz. Wer weiß, wie lange ich hier noch ausharren muss. Ich bleibe hocken und flüstere eine Begrüßung ins Telefon. Malte ist dran:

«Wo steckst du?»

«Ich bin beim Arzt.»

«Echt? Was hast du denn?»

«Einen Ton im Ohr.»

«Na und, hab ich auch manchmal.»

Ich glaube, Malte weiß nicht im Ansatz, wovon ich spreche.

«Und, was gibts?»

«Ich bin mit den Jungs bei Scooter, und wir wollen in die Aufnahmen reinhören, um zu checken, was wir noch machen müssen. Ich hatte eigentlich gedacht, dass du vorbeikommst. Hast du meine Mails nicht bekommen?»

«Ich ruf später zurück.»

An Maltes Anruf merke ich, wie mich die Sache mit dem Ton aus dem Gleichgewicht gebracht und aus allem herausgerissen hat. Letzte Woche war ich richtig apathisch, habe mich nicht aus dem Haus bewegt, nicht einmal virtuell. Ich habe nichts gemacht und war doch dauernd beschäftigt, mit dem Ton. Es ist zum Verrücktwerden. An Musik habe ich nicht mal gedacht, und wenn ich zufällig etwas gehört habe, klang es entsetzlich schief. Ich hoffe sehr, Dr. Klopp kann mir helfen.

Eine geschlagene Stunde später wird mein Nachname aufgerufen. Dr. Klopp sieht irgendwie nicht wie ein richtiger Arzt aus. Er verzichtet auf einen weißen Kittel, trägt ein kurzärmeliges, kariertes Hemd, Hosenträger und eine Fliege. Als er mir zur Begrüßung die Hand gibt, liegt diese schlapp in meiner. Er grinst mich an, als hätte ich zur Begrüßung einen frivolen Witz gerissen.

«Was kann ich für Sie tun?»

«Ich habe einen extrem lauten Ton im Ohr.»

«Seit wann?»

«Seit anderthalb Wochen.»

Dr. Klopp kichert. Sollte er zwischendurch selbst mal am Arzneischränkchen genascht haben?

«Ich könnte Ihnen Infusionen geben.»

«Sie könnten?»

Seine Sprechstundenhilfe, eine sicher über sechzig Jahre alte Dame mit grauem Dutt, sitzt im selben Raum und schreibt simultan alles auf einer beigen Schreibmaschine mit. In diesem Zimmer, das nicht wie eine Praxis, sondern eher wie ein Wohnzimmer aussieht, scheint die Zeit stehen geblieben zu sein.

«Ich glaube nicht, dass das viel bringt.»

«Sie machen mir ja nicht gerade Mut.»

Wieder kichert er unmotiviert.

«Vor allem brauchen Sie Ruhe. Ich schreib Sie erst mal krank.»

«Danke, aber das ist nicht …»

«Wie lange wollen Sie denn nicht mehr zur Arbeit?»

«Hören Sie, ich will ja arbeiten.»

«Tatsächlich? Was machen Sie denn beruflich?»

«Ich bin Musiker.»

Dr. Klopp lässt geräuschvoll Luft aus seinem Mund entweichen und geht zum Waschbecken. «Pfffft.»

Seine Sprechstundenhilfe tippt das Attest im Maschinengewehr-Stakkato und bedeutet mir mit einer Bewegung ihres spitzen Kinns in Richtung Tür, dass meine Beratungszeit zu Ende ist.

Wieder zu Hause angekommen, erreicht der Ton in meinem Ohr die Lautstärke eines Düsentriebwerkes. Ich halte mir mit beiden Händen die Ohren zu, was natürlich nichts bringt. Irgendwann schlage ich mir aus Verzweiflung auf das rechte Ohr. Der Schmerz lenkt mich ab. Ich werfe mich aufs Bett und ziehe mir die Decke über den Kopf. Auch das macht zunächst keinen Unterschied, dann aber merke ich, wie sich das Ruhen an sich positiv auswirkt. Ich entspanne ein bisschen. Auf dem Rücken liegend, ertaste ich auf meinem Nachttisch ein Röhrchen mit Schlafmittel. Ich lege mir zwei der bitteren Tabletten auf die Zunge. Es dauert etwas, bis ich genug Spucke beisammenhabe, um sie zu schlucken. Eine Viertelstunde später bin ich eingeschlafen.

Als ich aufwache, beginnt es draußen langsam dunkel zu werden. Ich setze mich auf. Der Ton ist noch da, doch er liegt nicht mehr im Zentrum meiner Wahrnehmung. Mein Bewusstsein registriert ihn, aber er ist nicht mehr auf der obersten Ebene. Viel interessanter ist gerade die Frage, wie es jetzt weitergehen soll. Zum Glück steht in der nächsten Woche kein Konzert mehr an. Und die Platte können die anderen zur Not auch alleine mischen. Dr. Klopp hat meine Abneigung gegen Arztbesuche mal wieder bestätigt. Aber da draußen gibt es sicher Kollegen seiner Zunft, die etwas mehr draufhaben. Ich stehe auf, setze mich an meinen Laptop und tippe die Worte *Tinnitus* und *Hamburg* in die Suchmaske meines Browsers. Einer der obersten Einträge ist der Weidenhof. Darunter steht: Tinnituszentrum und Ganzheitliche Therapie.

8. UNTER WASSER

Bevor ich gestern Nacht einschlief, kreisten meine Gedanken um den Ton. Und nun ist er das Erste, an das ich denken muss, als ich aufwache. Ich bilde mir ein, dass das schiefe C leiser geworden ist, aber traue dem Frieden nicht. Vielleicht ist die geringere Lautstärke meiner persönlichen Nervensäge bloß ein erwünschter Nebeneffekt meines heruntergefahrenen Kreislaufs. Ich ziehe die Decke zur Seite und stehe vorsichtig auf. Als der Kaffee aus der Kanne sprudelt, bin ich mir gewiss, der Ton ist tatsächlich etwas leiser geworden. Das hebt meine Laune. Ich schaue hinunter auf den Hof und sehe, wie sich die Sonne auf kleinen Pfützen spiegelt, die ein nächtlicher Schauer auf dem Asphalt zurückgelassen hat. Nach dem Duschen suche ich mir ein passendes T-Shirt aus. Heute ist definitiv «Superman»-Tag! Ich springe die Treppen hinunter und mache mich auf den Weg ins *Paradise*. Paul winkt mich mit einer Handbewegung an die Theke. Er sagt etwas, das ich nicht verstehe.

«Ha.. wa. fü. di..».

Paul nuschelt heute extrem. Vielleicht hat er Zahnschmerzen. Er greift unter die Theke und legt die *Daredevil*-Fan-Edition auf den Ladentisch. Ich hatte es die ganze Zeit im Gefühl, dieser Tag kann was!

«Zu..ie.en?»

Er schaut mich erwartungsvoll an. Ich habe wieder nicht genau verstanden, was er gesagt hat, aber wahrscheinlich war es auch nicht so wichtig. Ich freue mich total, endlich den ersehnten Sonderband in der Hand zu halten.

«Ha.. du wa. a. .en Oh.en?»

Will mich Paul veräppeln, oder spricht er jetzt nur noch in Comic-Lautsprache? Ich drehe meinen Kopf zur Seite, sodass Paul eher in mein linkes Ohr nuschelt, aber das bringt irgendwie auch nichts. Komisch, dabei ist die Musik im Laden heute nicht einmal besonders laut. Ich schaue in Pauls fragendes Gesicht. Ein schlimmer Verdacht beschleicht mich. Was, wenn ich heute einfach alles schlechter höre? Solche Fälle gibt es ja, habe ich gestern noch bei meiner Internetrecherche gelesen. Nach einem Knalltrauma hat man ein Fiepen oder Rasseln im Ohr, und dann, wenn nichts gemacht wird, kann ein dauerhafter Hörverlust daraus werden. Entsetzt lasse ich das Heft fallen. Ich höre es auf den hölzernen Ladentisch plumpsen. Es klingt merkwürdig dumpf. Mir fehlen sämtliche hohen Frequenzen. Instinktiv pule ich mir mit dem Finger im Ohr und hoffe, dort braunes Ohrenschmalz zu finden, das eine nachvollziehbare und vor allem leicht zu behebende Ursache darstellen würde. Aber mein Finger bleibt sauber. Ich spüre Panik in mir aufsteigen. Paul starrt mich verwirrt an. Er beginnt, langsam und laut mit mir zu sprechen, als sei ich seine Oma.

«WAS IN DEN OHREN?»

Horror, die Vorstellung, dass in Zukunft nur noch so mit mir kommuniziert wird, in einzelnen, geschrienen Wörtern. Ich lasse den *Daredevil*-Band und Paul ratlos im Laden zurück und gehe raus auf die Straße. Es ist ein heller Tag, aber die Stadt klingt, als habe jemand einen schmutzigen Lappen über ihr ausgebreitet. Autos hupen stumpf, Schritte klackern matt, und alle Menschen lispeln. Der Welt um mich herum fehlt die akustische Tiefe. Ich eile nach Hause, muss unbedingt einen Test machen, um meinen plötzlichen Hörverlust zu objektivieren, indem ich Musik auflege, die ich in- und auswendig kenne.

Ich lege *Rock Out* von *Motörhead* auf den Plattenteller und setze die Nadel auf. Erst als ich den Lautstärkeregler auf fünf drehe, kann ich das Knistern hören. So weit habe ich die Anlage sonst nur bei Partys aufgerissen. Als Lemmy nach dem Refrain sein erstes Fill auf seiner verzerrten Bassgitarre spielt, klingt es so, als sei er über Nacht zum zahnlosen Opa geworden. Der Musik fehlt jegliche Aggressivität. Der Schlag aufs Crashbecken, mit dem die Drums wieder einsetzen, klingt wie unter Wasser. Der Gitarre fehlen alle Frequenzen, die in mir Farben auslösen. Es klingt, als hätte jemand *Motörhead* in Watte eingepackt. Das einzig Positive an meinem beängstigenden Hörverlust ist, dass ich den Ton ebenfalls viel schwächer höre als gestern Nacht.

9. LIEBER BLIND ALS TAUB

Dunkel drückt der Himmel auf das platte Land und entlässt einem scheinbar unerschöpflichen Reservoir Wasser in dicken Fäden. Meine einsilbigen Antworten haben den Taxifahrer abgeschreckt. Inzwischen hat er es aufgegeben, sich mit mir über das Wetter zu unterhalten. Mir geht es hundsmiserabel. Ich höre von Tag zu Tag schlechter. Der Ton kommt jetzt in Schüben, und wenn er da ist, ist er so laut, dass ich schreien könnte. Meine Hörprobleme betreffen inzwischen beide Ohren. Ab und zu nehme ich einzelne Klangereignisse wiederum als extrem laut wahr; sie schießen wie akustische Blitze schmerzhaft durch meinen Kopf. So kann ich unmöglich Gitarre spielen, ein Albtraum. Nie mehr mit den anderen rocken? Wenn ich daran denke, tut sich unter mir der Boden auf, und ich stürze in ein schwarzes Loch. Aber auch wenn diese Überempfindlichkeit eines Tages wieder verschwinden sollte, bleibt die Angst davor, irgendwann gar nichts mehr hören zu können.

Ich wäre lieber blind als taub. Fernsehen ohne Ton ist trostlos. Dagegen blind Radio zu hören denkbar; da dreht man sich den eigenen Film im Kopf halt selbst dazu. Der Scheibenwischer des Taxis kollabiert unter dem anhaltend starken Regen. Vorsichtig tastet sich der Fahrer in eine Kurve. Wir rumpeln über grobes Kopfsteinpflaster. Ich kenne nicht viele Namen von Bäumen, aber die Trauerweiden links und rechts des Weges sehen auch wie welche aus, und ich nehme sie als schlechtes Omen. Trotzdem wirkt das Gebäude am Ende der Allee irgendwie freundlich auf mich. Es hat eine weiß getünchte Backsteinfassade und eine einladende, hellblaue Tür. Der schlaksige Taxifahrer ist so freundlich und bringt mich samt meinem Koffer unter seinem Regenschirm trocken zur Tür, wobei er sich ganz ungesund verbiegen muss, als wäre er selbst eine Trauerweide.

Das dumpfe Geräusch, das der grobe Metallknauf erzeugt, als er auf die Tür trifft, passt so überhaupt nicht zu dem Bild, was ich sehe, und ist ein weiterer Stein in dem Mosaik meiner Verzweiflung, die durch meine ungewohnte akustische Wahrnehmung hervorgerufen wird. Eine junge Frau mit naturblonden Haaren, die sie zu einer altmodischen Zopffrisur geflochten hat, öffnet die Tür. Ihr Lächeln ist ansteckend: «Willkommen im Weidenhof».

Ich fühle mich wie ein Israelit, nachdem Moses ihn durchs Rote Meer geführt hat. Das hier also ist der sagenumwobene *Weidenhof*, die Betty-Ford-Klinik für Lärmgeschädigte. Ich stelle meinen Koffer ab und schüttele eine angenehm warme Hand. Meine düsteren Gedanken erhellen sich ein wenig. Der Flur des Hauses sieht rustikal aus – nicht im Sinne eines alten Bauernhauses, sondern eher wie in Schöner Wohnen: Nimm eine Ruine, entkerne sie völlig, baue sie ganz neu und stylish wieder zusammen und verwende dabei ausschließlich sündhaft teure Materialien. Am Kopfende des Flures steht eine Theke aus dunklem Holz. Darüber hängt ein Schild mit der Aufschrift «Wer um seine Krankheit weiß, ist nicht mehr wirklich krank.» Unterschrieben ist der Mut spendende Satz von Laotse. Aha, denke ich, hierher weht der Wind.

Die Frau stellt sich als Schwester Wiebke vor und fragt, ob ich eine Tasse Tee trinken oder lieber gleich auf mein Zimmer möchte. Eigentlich mag ich keinen Tee und hätte jetzt auch ganz gerne meine Ruhe, aber Schwester Wiebke übt eine merkwürdige Faszination auf mich aus. In ihrer Gegenwart fühle ich mich auf ungewohnte Weise willkommen. Nicht so wie sonst, als Mann oder Gitarrist einer coolen Band, sondern einfach als Mensch. Während ich meinen Tee kühler puste, versucht Wiebke, mir die Philosophie des Weidenhofes etwas näherzubringen.

«Hier geht es auch darum, mal die Seele baumeln zu lassen …»

Ich nippe höflich an meiner Tasse. Der Tee schmeckt unangenehm gesund. Dabei lasse ich sie nicht aus den Augen. Ihr blendend weißer Kittel beult sich ansprechend an den richtigen

Stellen aus. Während sie spricht, strahlt sie mich freundlich an und trägt ihre Kurven selbstbewusst, aber nicht provokant zur Schau. Ich muss einige Fragen beantworten und bin ganz schön abgelenkt von diesem Anblick. Meine Adresse und mein Alter bekomme ich gerade noch hin, aber als sie nach meinen Ernährungsgewohnheiten fragt, muss ich mich erst sortieren. Das habe ich lange nicht erlebt, dass mich eine Frau verlegen macht.

«Welchen Tee möchten Sie zum Frühstück?»

Tee?, denke ich, zum Frühstück? Ich brauche Kaffee, und zwar richtig starken. Wollen die mich hier ruhigstellen? Überraschenderweise höre ich aus meinem Mund eine freundliche Gegenfrage:

«Welche Sorten gibt es denn?»

Während sie überlegt, entstehen auf ihrem Gesicht zwei bezaubernde Grübchen. Ihr Anblick macht mich fertig.

«Tee mit Kamille, Hagebutte, Pfefferminz, Grüner Tee ...»

Irgendwann sage ich stopp, und Wiebke trägt gewissenhaft die gewählte Sorte in das Formular ein. Eine böse Ahnung überfällt mich. Sollte es hier etwa nur veganes Essen geben? Ich traue mich allerdings nicht zu fragen. Wiebke führt mich auf mein Zimmer und verabschiedet sich mit einem Knicks. Beseelt schaue ich ihr hinterher.

Mein Raum ist größer als mein eigenes Schlafzimmer und hat in beruhigendem Ocker gehaltene Wände. Auf dem Boden liegen Holzdielen, die in den letzten Jahrhunderten ordentlich abgewetzt wurden. Mit Ausnahme des modernen Bettes erinnert nichts an ein Krankenhaus, eher an eine Ferienwohnung auf Sylt, allerdings mit erstaunlichen technischen Details. Die Deckenbeleuchtung zum Beispiel geht nicht einfach durch Drücken eines Lichtschalters an, sondern wird von einem Panel aus geregelt und kann stufenlos gedimmt werden. Die Dusche ist hochmodern, hat einen Multifunktionsduschkopf mit Massagefunktion und ist vollkommen durchsichtig, was nette Fantasien bei mir hervorruft. Ich stelle mir Schwester Wiebke vor, wie sie sich in der Dusche einseift, während ich ihr gemütlich von meinem XL-Bett aus zuschaue.

Ein kurzer stechender Schmerz in meinem Ohr erinnert mich daran, warum ich eigentlich hier bin. Ich trete ans Fenster und sehe, dass sich das Wetter beruhigt und der Regen nachgelassen hat. Hinter einem blühenden Obstbaum lugt die Sonne hervor. Auf dem Weg zur Toilette fällt mir ein Zettel ins Auge, der auf einem antiken Sekretär liegt. Es handelt sich um den Zeitplan für morgen. Ein Gespräch mit Dr. Müller-Canstatt ist für neun Uhr angesetzt. Ich frage mich gerade zum ersten Mal, ob die Künstlersozialkasse den ganzen Wahnsinn hier bezahlen wird, und hoffe es inständig.

10. RAUMFREQUENZ

So, Licht aus und Hände über die Bettdecke. Hier im Weidenhof gehen die Uhren anders. Ich bin früh ins Bett gegangen, habe nicht mal Fernsehen geguckt. Hier gibt es nämlich weit und breit kein TV-Gerät. Das ist schon kurios, da verbauen sie an jeder Ecke hochmodernen Technik-Schnickschnack, und dann gibt es hier nicht mal Handyempfang. Wahrscheinlich gehört das alles zum Konzept. Dieses ganze Eso-Getue wird mir zunehmend suspekt, aber ich nehme mir vor, mich zusammenzureißen und trotzdem darauf einzulassen. Wenn wir mit der Band ein langsames Stück spielen, brauche ich auch immer ein paar Takte, um reinzukommen. Und wenn es dann so weit ist, schwebe ich davon. Schließlich will ich ja, dass mir geholfen wird, sonst kann ich eh bald alles abhaken. Wie heißt es doch so schön: Wer hilft, hat recht, und da kann man schon mal zu ungewöhnlichen Mitteln greifen und einen von der Außenwelt zwangsabschneiden.

Ich kuschele mich in meine Decke und versuche, meine Gedanken weiter zu beruhigen. Die Stille hier ist unheimlich, als Stadtmensch traue ich dem Braten nicht. Ebenso misstraue ich dem unschuldigen Lächeln von Schwester Wiebke. Heißt es nicht, Krankenschwestern können feiern wie die Hölle? Wenn ich gerade nicht so durchhängen würde, täte ich einiges, um herauszufinden, ob und wie genau sie es faustdick hinter ihren süßen Löffeln hat. Kurze Zeit später döse ich selig ein.

Dr. Müller-Canstatts stahlblaue Augen fixieren mich. Er trägt ein akkurat gebügeltes weißes Hemd. Sein Händedruck ist fest. Als er anfängt zu sprechen, bin ich von seiner sanften Stimme überrascht: «Herr Lauterbach, bitte nehmen Sie Platz.»

Ich setze beziehungsweise lege mich auf einen gemütlichen Relax-Sessel und gebe dem Doktor Gelegenheit, meine Akte zu studieren.

«Was kann ich für Sie tun?»

«Der Ton in meinem Ohr bringt mich um.»

«Sind Sie sicher?»

Ich verstehe nicht genau, was er meint.

«Wie, sicher?»

«Na, dass Sie sterben werden, wegen des Tons?»

Will der Doktor mich verarschen? Seine Hände breiten sich fragend aus, und er lächelt mich freundlich an. Vielleicht will der alte Stratege auch nur meine Lebensgeister wecken.

«Der Ton ist die meiste Zeit schon ziemlich laut. Manchmal allerdings habe ich das Gefühl, ich würde alles schlechter hören.»

«Aha? Und wird der Ton dann auch leiser?»

«Ich ... ich glaube schon.»

Die Stirn des Doktors legt sich in Falten.

«Und manchmal höre ich dann wieder einzelne Geräusche sehr laut heraus.»

Nach diesem Satz glättet sich seine Stirn wieder.

«Interessant.»

«Werden Sie mir helfen können?»

«Ich denke, wir sollten Sie jetzt erst einmal gründlich untersuchen.»

«Aber, wie ist dann Ihre ...?»

«Wichtig ist, dass Sie jetzt erst mal zur Ruhe kommen. Sie sind etwas aus dem Gleichgewicht geraten, und nur Sie selbst können sich wieder in die Balance bringen. Denn wie sagte Laotse so schön: ‹Hoch bedingt – nieder, laut bedingt – leise›.»

Schwester Wiebke setzt mir einen Kopfhörer auf. Dabei kommt sie mir so nahe, dass mich ihr angenehmer Vanillegeruch streift. Wie schafft sie das nur, zu jeder Zeit so proper auszusehen? Ihre technischen Anweisungen holen mich zurück in die Realität.

«Wir beginnen mit dem linken Ohr. Bitte drücken Sie augenblicklich den Knopf, sobald Sie etwas hören.»

Unter anderen Umständen wäre mir sicher ein flotter Spruch eingefallen, aber tatsächlich bricht mir gerade der kalte Schweiß aus, denn ich fürchte mich davor herauszufinden, wie wenig von meinem Gehör übrig geblieben ist. Wiebke startet das Testprogramm und schaut mich erwartungsvoll an. Ich schließe meine Augen und lege meine schwitzige Hand auf den Buzzer. Fünf, sechs Sekunden höre ich nichts. Dann bemerke ich ein tiefes Brummen auf der linken Seite. Ich drücke den Knopf. Der Ton verstummt. Wieder höre ich eine Zeit lang nichts. Dann, nach ein paar Sekunden, einen etwas höheren Ton. Langsam entspanne ich mich. Wiebke lächelt mich an.

«Alles gut bei Ihnen?»

Ich finde es eigentlich ganz charmant, dass sie mich siezt, komme mir aber gleichzeitig alt dabei vor. Meine Fresse, das sind wahrhaft triste Aussichten: Alt und, wenn es so weitergeht wie in den letzten Tagen, auch noch schwerhörig.

«Jau, alles bestens.»

Je höher wir gehen, desto eher höre ich jetzt die kontinuierlich lauter werdenden Sinustöne. Irgendwann erreichen wir die Frequenz, in der Gitarren ihre Brillanz entfalten, und da wird die Zeitspanne dann doch wieder etwas länger, bis ich drücke. Ich öffne die Augen. Es sieht sehr süß aus, wie Wiebke mit ernstem Gesicht gewissenhaft ihre Geräte bedient. Komisch, es ist lange her, dass ich mit einer Frau intensiver zu tun hatte – ich meine, tagsüber. Sie fragt:

«Können Sie noch, oder brauchen Sie eine kleine Pause?»

Eigentlich würde ich diesen dämlichen Test gerne so schnell wie möglich hinter mich bringen, aber ihre Frage interpretiere ich als Vorlage, die ich unbedingt verwandeln muss.

«Haben Sie heute Abend schon etwas vor?»

«Äh ja, ich bin verabredet zum Lernen.»

«Und morgen?»

«Da hat meine Mutter Geburtstag.»

«Und über… ach, egal. Wir können jetzt gerne weitermachen.»

Wiebke schaut mich weiterhin freundlich neutral an. Willkommen im richtigen Leben. Sie tut so, als hätte sie keinerlei Ahnung, was ich mit meiner Frage bezweckt habe. Wahrscheinlich muss man tatsächlich früher aufstehen, wenn man ohne den extra Trumpf «Musiker kommt nach einem super Konzert gerade von der Bühne» bei Frauen landen will. Ich versuche, mich wieder zu konzentrieren. Das Testsignal klingt ähnlich unangenehm wie der Bohrer beim Zahnarzt: Tzzzzzzzzzzzzzz. Rasch drücke ich den Knopf, um mich von dieser akustischen Qual zu befreien. Wiebke stellt den Schalter des Testgerätes auf die nächsthöhere Frequenz. Sofort bohrt sich ein unerträglicher Schmerz durch mein Trommelfell, mitten in mein Hirn. Ich reiße mir den Kopfhörer herunter. Dann halte ich mir reflexartig, aber sinnloserweise die Ohren zu und beginne zu schreien. Als der Schmerz nachlässt, bleibe ich vornübergebeugt mit dem Kopf auf dem Tisch liegen. Wiebke legt mir vorsichtig ihren Arm auf die Schulter.

«Alles okay?»

Nichts ist okay. Das Fiepen hat wieder eingesetzt, und dieses Mal ist es so laut, dass ich kaum hören kann, was sie weiter zu mir sagt.

Sie bringt mich auf mein Zimmer, wo ich aufs Bett falle. Der Doktor kommt und gibt mir eine Spritze, wahrscheinlich ein starkes Beruhigungsmittel, denn kurz danach falle ich in eine Art Trance. Ich liege auf dem Rücken und starre auf das indische Muster, was über mir an der Decke hängt. Mein Kopf fährt Karussell, und ich fantasiere halb bei Bewusstsein, dass dies eine Taktik sei, um den Ton zu umkreisen, um ihn wie mit einem Lasso einzufangen. Verschwommen sehe ich meinen Vater vor mir. Er spricht deutsch, aber wieder mit diesem bescheuerten, britischen Akzent:

«Sebastian, my Boy, du musst suchen die Raumfrequenz. Isch helfe dir dabei.»

Dann falle ich in einen unruhigen Schlaf.

11. LOSE-LOSE-SITUATION

Mein Kopf brummt. In meinem Zimmer ist es taghell. Hier ist wirklich nichts so wie in einem normalen Krankenhaus. Sie haben mich anstandslos ausschlafen lassen. Vor Jahren hatte ich mal einen Skiunfall und lag für zwei Wochen im St. Georg. Pünktlich um halb sieben wurde jeden Morgen der Wagen mit den Frühstückstabletts hereingerollt, und mit ihm eine Leberwurst- und Pfefferminztee-Wolke, die mich unsanft aus dem Schlaf riss.

Langsam kehrt die Erinnerung an den gestrigen Tag zurück. Irgendwie läuft die Sache mit meinen Ohren auf eine Lose-lose-Situation hinaus. Ich werde entweder nach und nach taub *oder* muss mit einem Ton im Ohr leben, der so laut ist, dass ich *froh* wäre, nichts mehr hören zu können. Beides schreckliche Vorstellungen. Ich hoffe sehr, dass der Doktor mir helfen kann.

Entweder ist Schwester Wiebke eine Hellseherin, oder hier sind irgendwo Kameras installiert, denn just als ich im Begriff bin aufzustehen, kommt sie auf Korksohlen hereingeschwebt.

«Haben Sie gut geschlafen?»

«Geht so.»

«Tut mir leid wegen gestern.»

«Was sollte Ihnen denn leidtun?»

«Die Sache mit dem Testton. Ich hätte abbrechen sollen.»

«Vielleicht weiß der Doktor jetzt genauer, was mit mir los ist.»

«Apropos, er möchte Sie gerne in einer Stunde sprechen.»

«Aye, aye, Captain.»

Während sich Wiebke noch irgendwelche Notizen auf ihrem Klemmbrett macht, versuche ich, mich möglichst elegant aus dem Bett zu schwingen. In der Tür schaut sie sich noch einmal um und schenkt mir über ihre Schulter hinweg ein Lächeln. Dabei sehe ich für einen kurzen Moment etwas auf ihrem Nacken aufblitzen, das wie ein Tattoo aussieht. Komisch, denke ich, so etwas passt gar nicht zu ihr. Aber wer weiß? Ich gehe unter die Dusche und habe nicht viel von meiner Erektion, denn als der Wasserstrahl meine Haut berührt, piepst es schon wieder mächtig auf beiden Ohren.

«Sie machen ja Sachen.»

Dr. Müller-Canstatt schaut mir ernst ins Gesicht. Sein Behandlungszimmer sieht aus wie eine Bibliothek. Wiebke reicht ihm ihr Klemmbrett mit den Aufzeichnungen des Tests von gestern Mittag.

«Lassen Sie mich bitte kurz zusammenfassen, was wir bislang wissen: Sie haben eine deutliche Eintrübung bei 4000 Hertz. Das bleibt nicht aus bei Ihrem Beruf. Ihren Tinnitus können wir auf verschiedene Weise angehen. Infusionen können helfen, aber eigentlich hätte man direkt nach der Traumatisierung damit beginnen müssen. Es gibt einige neue, vielversprechende Ansätze, zum Beispiel eine akustische Desensibilisierung. Über Kopfhörer wird Ihnen über einen längeren Zeitraum hinweg ein Signal eingespielt, das exakt dieselbe Tonhöhe hat wie der Ton, den Sie ohnehin schon hören. Im Idealfall blendet Ihr Gehirn ihn irgendwann aus. Welche Therapie wir auch wählen, wir sollten den Ton auf jeden Fall ernst nehmen, denn er ist ein Warnsignal Ihres Körpers.»

«Und wovor will er mich warnen?»

«Vor Lärm.»

«Und was ist mit Musik?»

«Ab einer gewissen Lautstärke ist es für Ihren Körper dasselbe. Sie sollten sich fortan keinem erhöhten Schalldruck mehr aussetzen.»

«Das heißt?»

«Wahrscheinlich können Sie die Art von Musik, die Sie machen, nicht mehr ... *vorerst* nicht mehr machen.»

Ich schaue zu Wiebke herüber. In ihrem Gesicht spiegelt sich mein eigenes Entsetzen. Meine Musik nicht mehr machen? Na, dann kann ich mich ja direkt einschläfern lassen. Dr. Müller-Canstatts Miene bleibt ausdruckslos.

«Eines ist bemerkenswert an Ihrem Fall.»

Ich beginne zu schwitzen.

«Und das wäre?»

Der Doktor hält seinen gestreckten Zeigefinger bedeutungsvoll vor den Mund, bevor er geräuschvoll einatmet und anfängt zu sprechen:

«Ihr Gehör verhält sich einerseits so, als wäre es irreparabel geschädigt. Dann wiederum empfinden Sie einzelne Geräusche als ausnehmend laut.»

«Das ist ja das Schlimme.»

«Nein.»

Ich schrecke vor seinem überraschend harschen Tonfall zurück. Der Doktor macht einen Schritt auf mich zu:

«Ganz und gar nicht.»

Ich bin verdutzt.

«Das ist ein gutes, ein sehr gutes Zeichen. Es lässt uns darauf hoffen, dass Ihr Hörkanal nicht mechanisch, also dauerhaft, in Mitleidenschaft gezogen wurde, sondern dass irgendetwas in Ihrem Gehirn ...», er sucht nach dem geeigneten Wort, «... durcheinandergeraten ist.»

«Wollen Sie damit sagen, ich bilde mir das alles nur ein?»

«Ich sage lediglich, dass wir es hier mit einem außergewöhnlichen Fall zu tun haben, der außergewöhnlicher Mittel bedarf.»

Wieder fange ich einen empathischen Blick von Wiebke auf. Sie sitzt mit durchgedrücktem Kreuz auf ihrem Stuhl und verfolgt aufmerksam das Gespräch. Mit ihrer positiven Ausstrahlung erscheint sie mir gerade tausendmal attraktiver als die ganzen bleichen Emomädchen, mit denen ich sonst zu tun habe.

«Ich möchte Ihnen etwas vorschlagen», fährt der Doktor fort. «Wir arbeiten in unserem Institut seit Neuestem mit elektrischer Hirnstimulation.»

Seit Neuestem klingt nicht gerade vertrauenerweckend, aber der Doktor wartet meine Antwort gar nicht erst ab.

«Wir werden Sie jetzt erst einmal weiter untersuchen. Simultan bekommen Sie Infusionen, und dann können Sie sich in Ruhe überlegen, ob Sie bereit sind, die Verantwortung für Ihre Gesundheit zu übernehmen.»

Mit dem letzten Satz gibt er mir die Hand und lässt mich kraftlos zurück.

12. NULLLINIE

«Wie siehst du denn aus?»

Malte schaut mich besorgt an. Zusammen mit Scooter, Nils und Freddy sitzt er in der Regie des Präsidiums. Hier drinnen ist es tropisch heiß. Um seinen Produktionen diesen seidigen, analogen Sound zu verpassen, benutzt Scooter ein Mischpult aus den Siebzigern, das den meisten Strom nicht in Musik, sondern direkt in Wärme verwandelt. Unpraktischerweise kann man die Klimaanlage nicht benutzen, weil man sonst nichts mehr hören könnte.

«Ich bin total übermüdet.»

«Schlaf dich doch mal richtig aus.»

«Würde ich ja gerne, aber genau das ist ja das Problem.»

«Wieso?», fragt Nils.

«Na, wegen dem verdammten Ton.»

«Und ich sag noch letztens: Steck dir was in die Ohren! Und ist es schlimm?»

«Schlimm ist das falsche Wort. Es ist krasse Folter. Ich würde mich am liebsten umbringen, um den Ton loszuwerden.»

Spätestens jetzt hat jeder im Raum den Ernst der Lage begriffen. Scooter macht die Musik aus, und Malte steht auf und kommt zu mir herüber. Er legt seinen Arm um meine Schultern und führt mich zum Sofa im geräumigen Aufenthaltsraum. Die anderen folgen uns.

«Hast du denn einen guten Arzt?»

«Den besten. Ich war jetzt zwei Wochen lang im Weidenhof bei Dr. Müller-Canstatt. Das ist der Rick Rubin der Tinnitusbehandlung.»

Die anderen nicken anerkennend mit dem Kopf.

«Er hat mir Infusionen gegeben. Dann wurde es auch erst mal besser mit dem Ton. Aber dann konnte ich plötzlich gar nichts mehr hören. Zwischendurch sind einzelne Geräusche so laut, als würde mein Trommelfell platzen.»

«Und wie lange wird das so bleiben?», fragt wieder Nils. Die anderen wechseln besorgte Blicke.

«Keine Ahnung, vielleicht für immer, oder ich …»

«Oder was?»

«Ich probiere eine neue Therapie aus.»

«Was spricht dagegen?»

«Ich hab tierisch Angst davor. Und das Schlimmste ist, niemand kann mir raten, was ich tun soll. Die Sache ist einfach noch zu neu. Der Doktor hat mir das so erklärt: Die schicken Strom durch mein Gehirn und …»

«Wie, durchs Gehirn? Ich dachte, du hast was an den Ohren?»

Scooter hat das Keyword *Strom* aufgeschnappt und sich kurzerhand in das Gespräch eingeschaltet. Alles, was mit Kabeln zu tun hat, interessiert ihn.

«Also, der Doktor meint, dass dadurch bei mir im Kopf eine Art Resetknopf gedrückt werden würde. Wenn alles gut läuft, wird eine neue Nulllinie für mein Gehör gezogen.»

«Ganz schön abgefahren.»

«Ich hab totale Panik, dass dadurch alles nur noch schlimmer wird oder dass ich am Ende gar nichts mehr höre.»

«Echt, haben sie dir die Risiken nicht erklärt?», fragt Malte.

«Die lassen sich halt nicht hundert Prozent festnageln.»

Nils sagt: «Das steht doch bei jeder Operation im Kleingedruckten. Du unterschreibst jedes Mal, dass du dir im Klaren darüber bist, unter Umständen nicht mehr aufzuwachen, auch bei einer ganz normalen Blinddarmoperation.»

«Jetzt mal den Teufel nicht an die Wand», versucht Malte ihn zu bremsen. «Das wird schon wieder.»

Mit diesen Worten schiebt er mich an Nils vorbei auf den Flur.

«Mensch, Bast, wir haben dich hier echt vermisst.»

Maltes Worte trösten mich.

«Wie läuft denn die Produktion?»

Malte steht auf und werkelt an der Espressomaschine herum: «Das neue Album wird richtig gut. Ich denke, es wird das beste, das wir je gemacht haben.»

13. EIN FLUSS AUS MATSCH

Dieses Zeug, das mir Schwester Wiebke vor einer halben Stunde in den Hintern gespritzt hat, ist unglaublich. Ich war noch nie auf so eine angenehme Art benebelt. Mein Körper fühlt sich so leicht an, als würde ich über dem Bett schweben. Von oben sehe ich herunter auf die weißen Laken. Die Zeit vergeht unendlich langsam. Ich bin einfach nur glücklich. Der Ton ist da, aber er nervt mich nicht mehr. Ich höre ihn von weit, weit weg. Der Raum, in dem ich liege, ist in sanftes Licht getaucht. An der Wand vor mir hängt ein gerahmtes Zitat von Laotse: «Die größte Offenbarung ist die Stille.»

Die Augen fallen mir zu, und das Wort *Stille* klingt wie ein Echo in mir nach. Langsam gleite ich in eine andere Welt.

Wo bin ich? Komplette Dunkelheit umgibt mich. Ich habe Kopfschmerzen und fühle mich extrem unwohl. Irgendetwas ist anders als sonst. Richtig, der Ton ist weg. Um mich herum ist es vollkommen ruhig. Diese Stille ist bedrohlich. Bin ich taub? Ich fasse mir an die Ohren und berühre etwas, das sich wie Stoff anfühlt, wahrscheinlich einen Verband. Zum Test klatsche ich in die Hände und höre tatsächlich … nichts. Nicht mal das leiseste Geräusch. Irgendetwas ist schiefgelaufen bei der Operation. War es ein Fehler, dem Doktor zu vertrauen? Mein Herz beginnt zu rasen. Panisch setze ich mich auf und suche den Notknopf. Dreißig Sekunden später eilt Schwester Wiebke in das Krankenzimmer und macht das Licht an. Ich bin geblendet und schreie: «Verdammt, was habt ihr mit mir gemacht?»

Ich kann meine eigene Stimme nicht hören, nehme sie nur als dumpfe Resonanz im Körper wahr. Wiebke schreibt etwas auf einen Zettel und hält ihn mir hin. Langsam gewöhnen sich meine Augen an die Helligkeit. «Alles gut verlaufen. Ihre Ohren sind versiegelt», steht dort.

Ich bedeute ihr mit meinen Händen, dass ich den Block haben möchte. Wiebke hat dunkle Ringe um die Augen und schaut mich wie eine besorgte Mutter an, während sie mir das Schreibzeug reicht. Ich frage: «Wie lange?»

Sie greift nach dem Block.

«Mindestens eine Woche. Brauchen Sie sonst noch etwas?»

Ich sage: «Nein danke», was ich wieder nur als dumpfes Geräusch wahrnehme. Wiebke scheint es verstanden zu haben und verlässt den Raum. Das beleuchtete Display des im Bettgestell integrierten Weckers zeigt eine Drei. Ich drehe mich vorsichtig auf die Seite und versuche, wieder einzuschlafen. Ein Fluss aus Matsch wälzt sich durch meinen Kopf. Als dieser versiegt, übermannt mich endlich der Schlaf.

Früh am Morgen wache ich von allein auf. Mir ist flau im Magen. Auf meinem Nachttisch entdecke ich einen Zettel, den ich mir mal besser vor der Operation hätte durchlesen sollen. Unter dem Briefkopf des Weidenhofes steht eine ausführliche Erläuterung der an mir durchgeführten Behandlung und der weiteren therapeutischen Schritte. Meine Ohren sind mit einer Art Kautschuk ausgegossen worden. Während des Eingriffs wurde bei mir das Areal im Gehirn, das für die Weiterverarbeitung von Schallsignalen zuständig ist, bewusst irritiert, sodass es jetzt erst mal zur Ruhe kommen muss. Es wird empfohlen, in dieser Zeit das Gehör keinerlei Geräusch auszusetzen. Anschließend wird man es langsam wieder daran gewöhnen, Schall wahrzunehmen.

Nichts zu hören, sperrt mich in eine dunkle Zelle, und die Unmöglichkeit zu prüfen, ob es an der gummiartigen Masse in meinem Gehörgang oder an meinen Ohren selbst liegt, schließt das Gitter davor. Ich muss darauf vertrauen, dass der Doktor mir keinen Scheiß erzählt hat und dass er weiß, was er tut, obwohl er die Therapie erst *seit Neuestem* anwendet. Was, wenn ich einem esoterischen Quacksalber à la Dr. Kellogg auf den Leim gegangen bin, der auf Kosten verzweifelter Ohrenkranker ein mondänes Leben führt? Solche Gedanken treiben mich in den Wahnsinn. Wenn ich nicht sofort etwas unternehme, raste ich aus.

In Bademantel und Schlappen schlurfe ich auf den Gang hinaus, wo mich eine Wolke aus Duftöl empfängt. So früh am Tage ist noch niemand der anderen Patienten unterwegs. Ich betrete den Raum der Musiktherapie und setze mich ans Klavier. Auf das Schlimmste gefasst, klappe ich den Deckel hoch und spiele einen Akkord. Ich weiß, wie er klingt, wie er klingen sollte, aber ich höre so gut wie nichts davon. Wenn jemand im Nebenzimmer auf einem Piano spielen würde, das in Filz eingeschlagen wäre, klänge es genauso. Ich hacke auf die Tasten, um dem Instrument Töne zu entlocken, die den Weg durch den Verband und den Kautschuk in mein Ohr finden. Es ist zum Verzweifeln. Ich stehe auf und lege meinen Kopf auf den Resonanzkörper, dann spiele ich mit beiden Händen *forte* im Bassbereich. Das Holz resoniert, und ich spüre, wie der Schall meinen Körper erfüllt. Die Angst, nie mehr normal hören zu können, schnürt mir die Kehle zu. Die Musik fehlt mir, die Jungs meiner Band fehlen mir. Ich fühle mich unendlich allein.

Wie im Zeitraffer rauschen Bilder meiner Jugend durch meinen Kopf. Ich sehe meine Mutter vor mir, wie sie in der Küche steht und das Frühstück vorbereitet, sehe einzelne Momentaufnahmen, die eine Frau zeigen, die in rasender Geschwindigkeit immer dünner wird, bis sie fast nur noch die Hälfte wiegt. Die Endgültigkeit ihres Todes drückt mich fester auf das Holz. Dann muss ich zu allem Überfluss auch noch an meinen nichtsnutzigen Vater denken. Er ist an dem Tag aus meinem Leben verschwunden, als sich meine Mutter von ihm getrennt hat. Paradoxerweise fallen mir gerade nicht seine unzähligen unangenehmen Eigenschaften ein, etwa sein unkontrollierter und verheerender Umgang mit Alkohol oder seine Unfähigkeit, seinem kleinen Jungen zuzuhören, nein, ich denke an seine wahrscheinlich einzige positive Eigenschaft: seine Liebe zu irischen Folksongs, die er, zugegebenermaßen nicht ganz sauber intoniert, immer mit großer Inbrunst zum Besten gab. Wie gerne würde ich diese Lieder jetzt Ton für Ton nachspielen. Wenn ich nur etwas hören könnte. Die Noten sind wie eingesperrt in meinem Kopf, der gerade zu zerplatzen droht.

Ich schließe den Deckel des Klaviers und lege meinen Kopf auf den kühlen schwarzen Lack. Tränen schießen mir in die Augen. Es ist, als hätte jemand das Ventil eines artesischen Brunnens geöffnet, und ich muss heulen, wie ich es seit Jahren nicht getan habe. Mir kommt es vor, als sei die Vergangenheit der einzig sichere Ort, an den ich flüchten kann.

14. HEIDENANGST

Durch diese Tage muss ich jetzt einfach durch. Tage voller Ungewissheit und Langeweile. Jeden Morgen aufs Neue vor die schier unlösbare Aufgabe gestellt, die Zeit hier irgendwie sinnvoll rumzukriegen, habe ich zufällig entdeckt, dass es in einer Kabine auf der Herrentoilette ein freies WLAN-Netz gibt. Gerade sitze ich im Bademantel auf der zugeklappten Klobrille und muss mal wieder feststellen: Im Netz zu surfen kann ganz schön öde sein, ohne Ton jedenfalls ist es die Hölle. Ich klicke trotzdem tapfer weiter und versuche, mich mithilfe passender Videos, so gut es geht, mental auf alles Kommende einzustellen.

Wenn man zum Thema Gehörprobleme recherchiert, stößt man irgendwann unweigerlich auf einen Namen – Evelyn Glennie, eine weltberühmte klassische Schlagzeugerin, die eine unerwartete Eigenschaft hat: Sie ist taub. Als ich das erste Mal von ihr hörte, schoss mir sofort eine Frage durch den Kopf: Wie zur Hölle synchronisiert sie sich mit den anderen Musikern des Orchesters, wenn sie doch selbst nichts hört?

In einem YouTube-Video fand ich die faszinierende Antwort. Evelyn steht in einem Hörsaal, einer dieser in Beton gegossenen Bausünden der Siebziger, und spricht vor etwa fünfhundert Zuhörern. Sie hat einen bezaubernden schottischen Akzent, rollt das «R», und wenn sie «number» sagt, klingt das wie bei einem Deutschen, der vergisst, aus dem «u» ein «a» zu machen. Das Verblüffende daran ist, dass sie ganz mühelos und gut verständlich spricht, gar nicht so, wie man es von einer tauben Person erwarten würde. Außerdem steht sie barfuß vor dem Publikum, denn nur so kann sie die durch den Schall verursachten Vibrationen des Bodens wahrnehmen. Seit ihren Teenagertagen, so erzählt sie, nahm ihre Fähigkeit zu hören immer weiter ab. Aber da sie fest entschlossen war, Musikerin zu werden, hat sie sich nicht unterkriegen lassen und eine ganz eigene Technik entwickelt, ihren gesamten Körper als Resonanzraum einzusetzen. Das klingt fast wie ein Wunder, und das ist es auch. Sie anzuschauen, zaubert mir immer wieder ein Lächeln aufs Gesicht. In ihrem wallenden roten Kleid und mit ihren braunen Locken sieht Evelyn aus wie eine Elfe. Es ist kaum zu glauben, aber sie steht als tauber Mensch auf der Bühne und lehrt einem gesunden Publikum das richtige Hören. Sensationell. Ich finde sie wirklich umwerfend in diesem Video – auch wenn ich es gerade ohne Ton anschauen muss. Ich wünschte, Evelyn wäre mein Schutzengel, der mit einer Fackel in der Hand die Dunkelheit erleuchtet, die über mich hereinbrechen wird, wenn sich mein Gehör nicht erholen sollte. So ein Beispiel eines großartigen Menschen kann mir den ganzen Tag erhellen.

Ich surfe noch ein bisschen im Netz, dann gehe ich in den Aufenthaltsraum, dessen Wände in einem sanften Lindgrün gestrichen sind. Ein halbes Dutzend anderer Patienten sitzt herum. Niemand unterhält sich. Ich könnte eh nicht hören, was gesprochen wird, aber ich sehe, dass tatsächlich niemand die Lippen bewegt. Ich brühe mir einen Tee auf und schaue mich um.

Das ganze Setting erinnert mich an eine Geschichte von Malte. Als Jugendlicher reiste er einmal für zwei Wochen nach Frankreich, um dort in einem Kloster zu wohnen. Die zweite Woche hat er dort freiwillig geschwiegen, also nicht etwa nur wenig geredet, sondern komplett – *silencio*. Das wäre nichts für mich. Als Teenager war ich immer schon auf Krawall gebürstet. Es ging nichts ohne Musik, am besten laute. Malte jedenfalls stand voll auf diesen Schweigetrip. Er macht eh immer so komische Sachen, meditiert und so Zeug.

Ich setze mich hin, nehme den Teebeutel aus der Tasse und rühre ein bisschen Honig rein. Ein Mann, der einen ähnlichen Verband wie ich um den Kopf hat, nimmt mir gegenüber Platz. Er trägt einen verschlissenen blau-beige gestreiften Bademantel und hat sich offensichtlich einige Tage nicht rasiert. Sein Gesicht hat bereits die charakteristische Krankenhausblässe angenommen. Ich schätze ihn auf Ende vierzig. Er hält mir einen kleinen Schreibblock hin und fragt auf diesem höflich, ob ich Lust hätte, mich mit ihm zu *unterhalten*. Ich bedeute ihm mit Händen und Füßen, dass er mir seinen Block geben soll. Der hagere Mann öffnet eine Schublade des antiken Tisches, an dem wir sitzen, und holt einen Schreibblock und einen Bleistift heraus, den er mir herüberreicht. Verstehe. Als Erstes fragt er mich, wann ich behandelt wurde. Ich schreibe auf mein Blöckchen: «Vorgestern. Und Sie?»

«Vor sechs Tagen. Hatten Sie auch Tinnitus?»

«Mein Ton war unglaublich laut. Ich bin froh, dass ich im Weidenhof gelandet bin.»

«Machen Sie auch mit bei diesem Versuch?»

«Bei was?»

«Bei dieser neuen Sache, die sie an uns ausprobieren.»

«Ausprobieren?»

Langsam beschleicht mich ein ganz komisches Gefühl, das sich wie Säure durch meinen Magen frisst.

«Keine Ahnung, ob das Ganze überhaupt etwas nützt ...»

Während er schreibt, scheint das Gesicht des Mannes noch käsiger zu werden.

«... aber immerhin kostet die Behandlung ja auch nichts, sonst hätte ich die mir eh nicht leisten können.»

Verstehe ich das jetzt gerade richtig? Ich werde gemeinsam mit meinem Leidensgenossen als menschliches Versuchskaninchen missbraucht? Diese Meldung muss ich erst mal verdauen, sodass mein Block leer bleibt. Der bleiche Mann scheint die Fragezeichen auf meiner Stirn lesen zu können und schreibt:

«Der Doktor meint, wenn alles gut läuft, geht der Ton komplett weg, und der Rest wird wieder ganz ...»

Ohne die letzten Worte abzuwarten, krakele ich auf meinen Zettel:

«Ach du Scheiße, ich hätte mich nie darauf einlassen sollen.»

«Keine Sorge, der Doktor ist eine echte Kapa...», mein Gegenüber gerät ins Stocken und streicht die letzten Worte wieder durch.

«… ein Fachmann auf seinem Gebiet.»

Eine Zeit lang sitzen wir uns gegenüber und starren beide auf die Tischplatte. Dann schreibe ich:

«Und wie geht es jetzt weiter mit Ihnen?»

«Die machen noch ein paar Tests, und dann kommen die Pfropfen wahrscheinlich morgen raus.»

Ich wünsche dem Mann per Zettel noch viel Glück und klopfe ihm zum Abschied kameradschaftlich auf die Schultern. Dann stehe ich auf und schütte meinen kalten Tee in den Ausguss. Unser stummer Dialog hat mir eine Heidenangst eingejagt. In meinem Zimmer weiß ich nicht, wohin mit mir, und laufe wie ein eingesperrtes Tier auf und ab. Kalter Schweiß breitet sich unter meinen Armen aus, und ich beginne zu frösteln, wie bei einer angehenden Erkältung.

15. SCHALLKANONE

Ein dicker brauner DIN-A4-Umschlag, den mir Malte geschickt hat, liegt auf meinem Nachttisch. Ich reiße ihn sofort auf und entdecke eine Batman-Sonderedition, die ich noch nicht habe. Der Comic löst einen Freudentaumel in mir aus. Zudem bin ich gerührt, dass Malte überhaupt an mich denkt und sich die Mühe macht, ein Geschenk zu kaufen, es in ein Kuvert zu stecken und an mich zu schicken. Batman fand ich immer schon am besten. Er ist nämlich der einzige Held, der keine Superkräfte besitzt. Alles, was er kann, hat er sich antrainiert oder durch seine überlegene Intelligenz ausgetüftelt. Er hat einfach das Beste aus sich gemacht. Aber gegen Superman oder die Grüne Laterne hätte er natürlich keine Chance. Zum Glück kämpfen alle auf derselben Seite.

Grundsätzlich sind mir die Superhelden mit den etwas abseitigen Fähigkeiten am sympathischsten. Zum Beispiel *Allesesserboy* von der Legion der Superhelden. Während Superman seinen Gegner aus der Luft attackieren kann, isst *Allesesserboy* ihm den Boden unter den Füßen weg. *Ballonboy* dagegen hüpft seine Kontrahenten einfach um. Unbezahlbar. Ich bewundere die Fantasie der Comiczeichner. Als Superheld wäre ich der mit der Schallkanone. Meine Gitarre ist nämlich nichts anderes, und mit ihr habe ich bislang jeden Gegner besiegt. Es birgt schon eine gewisse Ironie, dass Malte mir ausgerechnet Comics mit Batman geschickt hat, denn auch ich fühle mich momentan aller meiner Spezialkräfte beraubt, bin Superman auf Kryptonit.

Ich schlage den Sonderband auf und werde durch ein Klopfen an meiner Tür unterbrochen. Eine Schwester holt mich ab zur nächsten Untersuchung und führt mich in ein Behandlungszimmer, wo ich mich auf eine bequeme Liege fläze. Das Licht ist gedämpft, und es riecht nach aromatischen Ölen. Hier hat sich der Feng-Shui-Berater mal so richtig ausgetobt. Schwester

Wiebke kommt mit einer Klangschale in der Hand herein und setzt sich neben mir auf einen Hocker. Nach dem Gespräch mit meinem Mitpatienten stehe ich dem ganzen esoterischen Getue dieser Klinik wieder ziemlich skeptisch gegenüber. Ich könnte mich dafür ohrfeigen, einer Behandlung so leichtfertig zugestimmt zu haben. Andererseits ist es meiner Heilung sicher nicht sonderlich zuträglich, wenn ich mich zu allem Elend auch noch selbst martere, im Gegenteil, wahrscheinlich kommt es gerade jetzt darauf an, meine Selbstheilungskräfte durch positive Gedanken zu mobilisieren.

Ich werfe Schwester Wiebke einen charmanten Blick zu, aber diesmal erscheint mir selbst ihre Freundlichkeit als aufgesetzt. Wahrscheinlich ist sie auch nur Teil des ganzen therapeutischen Kasperletheaters im Weidenhof. Heute scheint sie durch mich hindurchzuschauen. Ist es inzwischen wirklich so verheerend schlecht um meine flirttechnischen Skills bestellt, oder bin ich einfach nicht ihr Typ? Langsam beginne ich, mich darüber zu ärgern, aber gleichzeitig spornt es mich auch an.

«Sie sehen heute mal wieder umwerfend aus!»

Unbeeindruckt nimmt sie einen Holzklöppel und schlägt damit an den Rand einer Klangschale. Davon höre ich allerdings nichts. Wiebke erklärt mir in Zeichensprache, dass ich meine Hand heben soll, sobald ich einen Ton höre. Doch auch als sie die Klangschale langsam erst auf mein linkes, dann auf mein rechtes Ohr zubewegt, bleibt meine Hand unten. Als Nächstes nimmt sie eine Stimmgabel zur Hand und haut sie auf den Rand ihres Hockers. Auch dieses Geräusch durchdringt nicht den Kautschuk in meinen Ohren. Als sie mir die Stimmgabel an den Kopf hält, spüre ich das kalte Metall an meiner Stirn und ein Vibrieren, so als flöße ein elektrischer Strom. Jetzt kann ich auch leise einen Ton hören. Keine Frage, es ist ein A. Auf meine Fähigkeit, den Kammerton erkennen zu können, konnte ich mich bislang hundertprozentig verlassen, was ganz schön praktisch ist, denn dadurch brauche ich nie ein Stimmgerät. Ich hebe meine Hand. Wiebke quittiert meine Meldung mit einem zustimmenden Lächeln und einem nach oben gerichteten Daumen. Sie bittet mich, einen Kopfhörer aufzusetzen. Ähnlich wie beim Test vor der Behandlung geht sie wieder die verschiedenen Frequenzen durch. Die Zeitspanne, bis ich die Töne wahrnehme, ist durch die starke Dämpfung meiner Ohren allerdings deutlich länger als beim letzten Test. Unterm Strich bin ich beruhigt, denn ich höre etwas, und zwar relativ konstant über das gesamte Frequenzspektrum hinweg. Die Schwester macht sich Notizen und scheint zufrieden zu sein. Auf den Block schreibt sie:

«Ich zeige dem Doktor gleich die Ergebnisse. Er entscheidet dann, ob ich den Verband schon lösen darf.»

Ich bedanke mich schriftlich bei ihr. Vom guten Ergebnis des Testes wieder etwas lockerer geworden, male ich ein lustiges Strichmännchen dazu, was mir sogar ein kurzes Lachen von Wiebke einbringt, von dem ich allerdings auch nichts hören kann. Etwas zuversichtlicher als vorher gehe ich zurück auf meine Stube, wo ich mich direkt über die Sonderedition hermache.

16. SCHRILL

Wiebke hat mir eben noch mal diese Wunderdroge injiziert, und wieder habe ich vergessen zu fragen, wie sie heißt. Schade, denn sie macht einen auf unglaublich angenehme Weise high. Was danach passiert ist, habe ich komplett verschlafen. Irgendetwas hat der Doktor jedenfalls mit meinen Ohren gemacht, denn sie jucken wie blöd. Ich möchte mich kratzen und stoße dabei an etwas Hartes. Dabei entsteht ein so lautes Geräusch, dass mir schwindelig wird.

Im Spiegel sehe ich, dass ich irgendetwas am Kopf habe, das wie ein Schallschutz aussieht, wie ihn Bauarbeiter tragen, wenn sie mit dem Presslufthammer zugange sind. Er ist mit Pflastern auf meinem Kopf befestigt. Das Jucken wird immer schlimmer. Noch ganz schön benebelt, setze ich mich aufs Bett. Ein dumpfes Geräusch erinnert an ein Klopfen. Ich sage «Herein!» und höre meine eigene Stimme in meinem Kopf dröhnen.

Wiebke eskortiert mich ins Behandlungszimmer des Doktors. Als wir eintreten, schaut er von seinen Akten auf, streicht sich eine graue Haarsträhne aus der Stirn und bedeutet mir mit einer Handbewegung, Platz zu nehmen.

«Wie fühlen Sie sich?»

Ich bin selbst erstaunt, wie leicht es mir fällt, ihm von den Lippen zu lesen.

«Ging schon mal besser.»

Wiebke macht sich derweil an den Pflastern auf meinem Kopf zu schaffen. Immer wenn sie dabei aus Versehen mit ihren Fingernägeln an den Schallschutz tippt, hört sich das für mich so an, als stecke mein Kopf in einer Orchesterpauke, und jemand würde mit einem Baseballschläger darauf eindreschen.

Per Zeichensprache bittet mich der Doktor, den Gehörschutz abzunehmen. Ich greife mit beiden Händen nach den

Muscheln und ziehe sie vorsichtig auseinander. Erwartungsvoll schaut er mich an und fragt: «Und, was macht …»

Weiter kommt er nicht, denn seine Worte scheppern mir in den Ohren, als würden sie gerade durch die PA-Anlage von *Rock am Ring* geschickt. Ich presse mir den Gehörschutz wieder mit beiden Händen fest auf die Ohren. Die Augenbrauen des Doktors kräuseln sich. Er nimmt ein Blatt Papier aus dem Drucker und schreibt in einer kaum leserlichen Schreibschrift Folgendes darauf:

«Ich möchte Sie gerne weiter untersuchen. Könnten Sie den Schallschutz bitte noch einmal vorsichtig abnehmen?»

Ich schwitze vor Angst, mache aber, was der Doktor von mir verlangt. Er flüstert: «Und, was hören Sie?», was für mich klingt, als würde er mich anschreien. Das enttäuschende Ergebnis der Behandlung macht mich sprachlos. Währenddessen räumt Wiebke die abgepulten Pflaster zusammen. Dabei schmeißt sie aus Versehen die Schere vom Tisch, die mit einem Geräusch auf dem Boden aufschlägt, als würde jemand direkt neben meinem Ohr mit einem Hammer auf ein Stahltor hauen. Ich schreie vor Schmerz, presse beide Handflächen auf die Ohren und renne aus dem Behandlungszimmer. Meine Schritte donnern dabei wie Kanonenschüsse, während sich ein quietschendes Teewagenrad schrill wie eine Sirene in mein Hirn fräst. Alles, was ich höre, schmerzt, jedes Geräusch ein Peitschenhieb. In meinem Zimmer werfe ich mich aufs Bett und presse mir das Kissen auf die Ohren. Der Doktor und der verdammte Weidenhof sollen verflucht sein.

17. NERVENGIFT

Dr. Müller-Canstatt schaut mich so an, als hätte ich gerade etwas gesagt wie: *Verehrter Herr Doktor, ich bin Ihnen unendlich dankbar, dass Sie mich komplett geheilt haben.* Stattdessen habe ich ihm eröffnet, dass mir jedes noch so leise Geräusch Höllenqualen bereitet und ich dabei bin, langsam, aber sicher meinen Verstand zu verlieren. Meine Worte scheinen nicht den geringsten Eindruck auf sein ihm ins Gesicht getackertes, siegessicheres Lächeln zu machen.

Woher nehmen so Typen wie er nur ihr unerschütterliches Selbstbewusstsein? Die Situation ist ähnlich bizarr, als wenn ich einem Artdirector, der sich für seine Werbung eine Soft-Pop-Ballade wünscht, einfach ein Grindcore-Stück mit den Worten aufschwatzen würde: Aber genau so haben Sie sich das doch vorgestellt! Statt wieder normal zu hören, habe ich plötzlich ein so unglaublich empfindliches Gehör, dass ich wahrscheinlich nie wieder Musik machen kann.

Dr. Müller-Canstatts Hände formen ein Dreieck, während er auf und ab geht: «Herr Lauterbach, wir können mit dem Ergebnis der letzten Untersuchung mehr als zufrieden sein.»

Zufrieden, will er mich verarschen? Weiß er überhaupt, was ich gerade durchmache?

«Ihr Tinnitus ist verschwunden. Das ist eine Tatsache, auf die wir außerordentlich stolz sein können.»

Dieses joviale *wir* kotzt mich an.

«Wie bitte?»

«Sie sagten, Sie hören keine permanenten Töne mehr.»

«Ja, aber dafür ist die ganze Welt jetzt für mich ein einziger nervtötender Dauerton.»

«Damit ich Sie richtig verstehe …», dabei streckt er einen Zeigefinger in die Luft, «Sie erleben subjektiv *alle* akustischen Signale um den gleichen Grad intensiver als vorher. Ist das korrekt?»

«Ja, und zwar um einen abartigen Grad lauter. So, als würden alle Geräusche dieser Welt von einem Mikrofon aufgenommen, dieses Signal durch einen Gitarrenverstärker geschickt werden und mein Kopf vor der Kalotte festgebunden sein.»

Dr. Müller-Canstatt verschlägt es zum ersten Mal die Sprache.

Ich frage: «Ist das bei allen Ihren Patienten so?»

«Nun, im Grunde ja, aber der Grad Ihrer Sensibilität ist … wie soll ich sagen … ungewöhnlich. So einen hohen Wert wie bei Ihnen haben wir bislang noch bei niemandem gemessen.»

«Alles hundertmal lauter als normal zu hören, wünsch ich nicht mal meinem ärgsten Feind», liegt mir auf der Zunge, aber ich sollte besser kooperieren, schließlich will ich ja wieder gesund werden.

«Und lässt das, nach Ihrer Erfahrung, irgendwann wieder nach?»

«Es sollte sich in ein paar Tagen wieder legen. Bis dahin müssen Sie Ihr Gehör unbedingt schonen. Wir passen Ihnen morgen spezielle Dämpfer an, damit sollten Sie Ihre Lebensqualität fast vollständig zurückerlangen.»

«Was heißt das konkret?»

«Ihr Schmerzempfinden ist ein guter Gradmesser dafür, was Sie sich an Lautstärke zumuten können.»

Aha, denke ich, aber diese Schmerzgrenze ist neuerdings extrem schnell erreicht. War es früher ein bremsender Zug, der mich dazu brachte, mir die Ohren zuzuhalten, so ist es jetzt eine menschliche Stimme, die ich als unerträglich laut empfinde.

«Außerdem sollten Sie fortan alle klassischen Nervengifte meiden: Koffein, Nikotin und Alkohol.»

Also alles, was Spaß macht. Wie war das noch mit der Lebensqualität? Praktischerweise habe ich mir hier im Weidenhof ganz von allein das Rauchen abgewöhnt. Auf den ersten Schreck hin, in der Klinik zu sein, habe ich es, ohne groß darüber nachzudenken, gelassen und dann einfach nicht mehr damit angefangen.

Zum Abschied reicht der Doktor mir die Hand und drückt mit der anderen väterlich auf meinen Handrücken.

«Also wir sehen uns dann morgen zur Abschlussuntersuchung.»

«Vielen Dank, Herr Doktor.»

Im Türrahmen drehe ich mich noch einmal um und sehe, dass er sich bereits wieder seinen Akten zugewandt hat.

«Jetzt mal ehrlich: Meinen Sie, das wird wieder?»

Er blickt auf und sagt:

«Bitte lassen Sie mich mit den Worten Laotses antworten: ‹Übe dich im Nichttun, und alles fügt sich zum Guten.›»

18. HÖREN IN FARBE

Alte Bäume säumen den Garten des Weidenhofs, direkt dahinter beginnt die Heide. Ich trete hinaus auf die Terrasse, atme die sommerliche Luft tief ein und schließe meine Augen. Wie magnetisch zieht die Sonne mein Gesicht in ihre Richtung. Der Kunststoff in meinen Ohren dämpft die Umgebungsgeräusche auf ein erträgliches Maß. In einiger Entfernung läutet eine Kirchturmuhr. Eine Windböe fegt durch die Baumkronen und rollt ein vertrocknetes Blatt über die Steinplatten, lässt es Kreise drehen und dann von ihm ab, als hätte sie plötzlich das Interesse daran verloren.

Ich gehe den geschwungenen Weg etwa zweihundert Schritte auf eine verwitterte weiße Bank zu und setze mich hin. Außen am Haus tropft ein Wasserhahn, im Esszimmer läuft ein Ventilator. Durch die Scheibe höre ich die Stimmen anderer Patienten. Eine Fliege wird nicht müde, sich auf der Suche nach einem Weg nach draußen immer wieder den Kopf zu stoßen. So differenziert zu hören, ist verwirrend. Einerseits fasziniert es mich, andererseits macht es mir Angst. Nichts ist so wie vorher. Mir ist, als hätte ich mein Leben lang in Schwarz-Weiß gehört und neuerdings in Farbe. Alle Geräusche erzeugen bei mir unglaublich intensive Gefühle. Alles tönt plötzlich dreidimensional. Mit geschlossenen Augen malt der Schall mir ein Bild, das viel anschaulicher ist als alles, was ich mit meinen Augen sehe. Manchmal kommt es mir so vor, als hätte ich über Nacht eine Superkraft entwickelt, dann wieder, als sei ich eine medizinische Kuriosität. Ich frage mich, ob ich jemals wieder Musik machen kann, und wenn nicht, womit ich fortan mein Geld verdienen soll. Ohne die Stopfen im Ohr würde ich verrückt werden.

Hinter dem Gebäude fährt ein Motorroller vor. Jemand zieht einen Helm vom Kopf. Eine Person kommt dazu, Kleidung raschelt. Dann höre ich, wie sich zwei Lippenpaare treffen und leidenschaftlich küssen. Ich sehe zwei Münder plastisch vor mir. Beide sind wunderschön, haben volle Lippen und sind … weiblich. Dann erkenne ich Wiebkes Stimme: «Hallo Schatz.»

Aha, denke ich, deswegen war die propere Amazone immer so reserviert mir gegenüber. Ich wende meinen Kopf wieder Richtung Sonne. Irgendwo in großer Entfernung rauscht ein Bach. Eigentlich ist es nur ein winziges Rinnsal, aber wenn ich mich darauf konzentriere, höre ich jeden einzelnen Wassertropfen. Ein Schaf ist mit Kauen beschäftigt, Maikäfer berühren sich beim Liebesspiel. Plötzlich habe ich das deutliche Gefühl, dass ich beobachtet werde, und drehe mich um. Der Doktor steht auf der Terrasse und schaut zu mir herüber. Ich kann auf die Entfernung seinen Gesichtsausdruck nicht genau erkennen, aber ich höre, wie seine Armbanduhr tickt.

19. AKUSTISCH GEBLENDET

Ich trete aus der Tür unter einen grauen Himmel. Malte wollte mich eigentlich nach Hause bringen und hat dann in letzter Minute doch wieder absagen müssen. Jetzt fühle ich mich wie ein kleiner Junge, der nach einer Klassenfahrt als Einziger nicht abgeholt wird. Irgendwie muss ich zurück ins Leben finden. Aber zurück wohin? Durch die Folgen der Behandlung hat sich gerade ein zentraler Teil meines Lebens in Luft aufgelöst. Ich nehme mir vor, mir erst mal nichts vorzunehmen. Endlich rumpelt das Taxi über das Kopfsteinpflaster heran. Ich drücke meine Stopfen tiefer ins Ohr. Es begrüßt mich derselbe Taxifahrer wie bei der Hinfahrt.

«Und, wie geht es Ihnen?»

Ich habe keine Lust, ihm das ganze Elend zu erläutern, und antworte nur: «Gut.»

«Na, das ist doch die Hauptsache.»

Der Fahrer versteht was von seinem Job und lässt mich in Ruhe Trübsal blasen. Die Landschaft rollt vorbei, wie in einer Rückprojektion eines billigen Schwarz-Weiß-Filmes. Wir passieren das Alte Land und kommen durch ein Gewerbegebiet mit aus dem Boden gestampfter Funktionsarchitektur, queren die Elbauen und fahren durch Altona Richtung Reeperbahn. An der Ecke Seiler-/Hein-Hoyer-Straße bitte ich den Fahrer anzuhalten. Durch die Stopfen kommt es mir so vor, als würde ich viel zu laut sprechen. Das Gegenteil scheint der Fall zu sein, denn der Fahrer fragt:

«Wie bitte?»

Als ich die Tür öffne, schmirgelt mir der Verkehrslärm wie Sandpapier über die Ohren. Erschrocken ziehe ich sie wieder zu und frage in einer Übersprunghandlung nach einer Quittung. Es hilft nichts. Ich atme tief ein und tauche in den brachialen Sound der Stadt. Schade, denke ich, eben noch habe ich mich total darauf gefreut, meinen Kiez wiederzusehen – aber jetzt schreit er mich an. Eine Polizeisirene ätzt sich durch meinen Gehörgang. Entlang der Hauptstraße zu gehen, wird zum auditiven Spießrutenlauf. Die Stadt blendet mich akustisch. Ich suche den Schutz der Seitenstraßen.

Die Räder meines Koffers erzeugen ein unangenehm sirrendes Geräusch, ein Kind schreit herzerweichend. Langsam bekomme ich Kopfschmerzen. Fünfzig Meter weiter dröhnt Musik aus einer Dönerbude. Durch den Lärm erkenne ich meine Straße kaum wieder. Ein Hund verbellt einen Kurier auf Rollerblades, und die Menschen schreien sich gegenseitig an, um diesen ganzen Trubel zu übertönen. Ich beschleunige meine Schritte. Vor dem Gemüseladen stoße ich beinah mit meiner Nachbarin Sarah zusammen, die mich gut gelaunt begrüßt: «Hey Sebastian, lange nicht gesehen.»

Mit Händen und Füßen flunkere ich ihr vor, dass ich eine Zahn-OP gehabt hätte und gerade nicht sprechen kann. Dabei fällt mein Koffer um. Sie wünscht mir gute Besserung und ist schnell wieder verschwunden. Ich fühle mich wie ein Freak. An jedem anderen Tag würde ich jetzt erst mal einen Kaffee im *Herr Max* trinken, doch die Vorstellung, mich länger in diesem akustischen Chaos aufzuhalten, erscheint mir unerträglich. Wie ein angeschlagener Boxer taumele ich auf meine Haustür zu. Das Treppenhaus erscheint mir endlos. Ich öffne meine Wohnungstür, aber das vertraute wohlige Gefühl der Heimkehr bleibt aus. Der Geruch von kaltem Rauch schlägt mir entgegen. Ich reiße das Wohnzimmerfenster auf, woraufhin eine Welle aus Lärm hereinschwappt und mich zwingt, es gleich wieder zu schließen. Instinktiv suche ich den leisesten Platz meiner Wohnung auf, setze mich auf den Klodeckel und vergrabe meinen Kopf in den Händen. Hier weiter zu wohnen, erscheint mir unmöglich. Ich sehne mich zurück – zurück in die schützende Stille des Weidenhofes.

20. MÜLL AM STÜCK

«Und wann kommt die neue CD heraus?»

Ein langhaariger Journalist in der ersten Reihe kommt gleich zur Sache. Eigentlich haben wir unsere kleine Pressekonferenz anberaumt, um etwas Zeit zu gewinnen. Keiner von der Band hat nämlich einen Plan, wie es jetzt weitergehen soll. Da wir wegen mir bereits ein paar Festivals abgesagt haben, sind in den Fanforen ziemlich wilde Gerüchte in Umlauf gekommen, denen wir mit unserer spontanen Aktion heute den Wind aus den Segeln nehmen wollen. Malte fand es wichtig, die Presse wissen zu lassen, dass die Pause von *Voodoo Psycho* nicht ewig dauern wird. Im Moment bin ich mir zwar noch gar nicht sicher, ob und wie schnell ich wieder auf dem Damm sein werde, aber ich möchte die Band auch nicht unnötig bremsen.

Deshalb sitze ich mit den anderen gerade auf der Bühne der *Astrabar*, an einem mit schwarzem Molton bedeckten Tisch und mache gute Miene zum abstrakten Spiel. Wir haben vorher ausgemacht, unsere Antworten möglichst diffus, so ein bisschen im Politikerstyle, zu geben, ganz nach dem Motto: Okay, ich war eine Weile krank, aber demnächst geht es wieder rund bei den Psychos. Vor uns sitzen etwa dreißig Zuschauer auf Bierbänken. Die meisten von ihnen sind Journalisten, der Rest sind Mitglieder des Voodoo-Fanclubs. Ein Scheinwerfer ist auf uns gerichtet, und es bilden sich die ersten Schweißperlen auf meiner Stirn. Malte bleibt gewohnt locker:

«Also, wir sind gerade mitten im Mix, und wenn alles so läuft wie geplant, kommt die neue Scheibe im Herbst raus.»

Nils moderiert unsere kleine Show sehr überzeugend und verteilt das Wort an die Journalisten, die per Handzeichen ihren Wortbeitrag anmelden.

«Hi, ich bin der Mike vom *Rolling Stone* und würde gerne wissen, ob du wieder fit bist, Bastian? Nach den abgesagten

Open Airs haben die Fans sich gefragt, ob das dieses Jahr überhaupt noch was wird mit der CD.»

Ich zögere mit meiner Antwort, möchte ehrlich sein, aber auch nicht zu viel verraten. Die entstehende Pause sagt natürlich auch schon einiges aus. Freddy springt in die Bresche: «Also wir machen uns natürlich schon Sorgen um Bast, aber die Aufnahmen sind im Kasten, und wir sind uns sicher, dass er bald wieder am Start sein wird.»

Ein Mädchen mit fransigen dunklen Haaren und einem zugepiercten Gesicht, die Vorsitzende des Voodoo-Fanclubs Thüringen, fragt:

«Bastian, was genau hast du denn überhaupt?»

«Ich hatte einen Hörsturz und habe mich in einer Spezialklinik behandeln lassen.»

«Ja, und jetzt?»

Ihre kohleschwarzen Augen durchbohren mich erwartungsvoll.

«Und jetzt höre ich … zu viel.»

Mir entgeht nicht, wie Malte und Freddy bestürzte Blicke tauschen. Ein graubärtiger Journalist ruft, ohne aufzuzeigen, dazwischen: «Sie hören besser als vorher? Soll das jetzt der neue Werbegag sein?»

«Die Therapie, mit der im Weidenhof mein Tinnitus behandelt wurde, ist relativ neu. Prinzipiell war sie auch wirksam, das heißt, der Ton in meinem Ohr ist komplett verschwunden, aber … es gab eine unerwartete Nebenwirkung.»

«Und die wäre?»

Für kurze Zeit wird es totenstill im Club. Nils' Augen funkeln mich warnend an.

«Wahrscheinlich klingt das, was ich jetzt sagen werde, etwas verrückt, aber mein Gehör funktioniert besser als vorher und ist momentan so empfindlich, dass ich keine Musik mehr machen kann.»

Malte haut sich mit der Hand vor die Stirn. Unter den Gästen entsteht heftiges Gemurmel, was von den nackten schwarzen

Steinwänden der Astrabar hin- und hergeworfen wird. Meine Ohren beginnen zu klingeln. Pantomimisch versucht Nils, das Publikum zu beruhigen. Der Graubart von gerade – keine Ahnung, wie der sich hier überhaupt hin verirrt hat, er sieht nicht gerade aus wie ein typischer Musikjournalist, eher wie jemand, der fürs Feuilleton einer großen Tageszeitung schreibt – fragt:

«Und was bedeutet das praktisch?»

Eigentlich hatten wir vor, die Presse mit unserer Veranstaltung ein bisschen von meinen gesundheitlichen Problemen abzulenken, aber irgendwie finde ich es auch wichtig, zu unseren Fans ehrlich zu sein.

«Ihr könnt euch das so vorstellen: Ein tropfender Hahn klingt für mich momentan wie eine aus dem dritten Stock geworfene Wasserbombe, und eine verzerrte Gitarre hat denselben Sound wie ein Düsentriebwerk aus fünfzig Zentimetern Entfernung. Im Moment höre ich hier drin um die dreißig Personen atmen, einen Kühlschrank arbeiten, draußen einen Hund winseln und bin mir ziemlich sicher, dass in einer halben Minute die S-Bahn über uns rollen wird.»

Im Publikum wird es wieder still.

«Vielleicht sollte ich zukünftig keine Konzerte mehr geben, sondern im Jahrmarkt auftreten. Ich kann Gitarrenplektren unterscheiden am Klang, wenn sie auf den Boden fallen, und höre, wenn sich jemand im Nebenraum am Kopf kratzt. Wahrscheinlich bin ich bald Millionär, denn ich brauchte nur in ein Casino zu spazieren, mich an den Roulettetisch zu setzen und am Klackern der Kugel vorherzusagen, in welchem Fach sie liegen bleibt.»

Ich habe keine Ahnung, warum ich so einen Müll am Stück ablasse, aber irgendwie entlastet es mich auch. Malte starrt nur noch ins Leere. Die Zuschauer sind baff. Zumindest die Frau vom Fanclub findet, dass mein Monolog eine gute Performance gewesen ist, und fängt an zu klatschen. Der Rest des Publikums fällt ein, und es brandet heftiger Applaus auf, der für mich wie ein Trommelwirbel explodierender Handgranaten klingt. Ich halte mir die Ohren zu und renne backstage. Meine Jungs versuchen, dem Publikum weiterhin zu versichern, dass die Band am Plan der CD-Veröffentlichung im Herbst festhält, aber es wirkt unterm Strich nicht sehr überzeugend. Währenddessen rollt die S-Bahn über der Astrabar hinweg.

Durch die geschlossene Tür der Backstage höre ich, wie der gewiefte Journalist von eben es mit seiner Frage auf den Punkt bringt:

«Wird *Voodoo Psycho* ohne Sebastian Lauterbach weitermachen?»

Diesen Gedanken hatte ich bislang völlig verdrängt. Was wäre, wenn sich an meinem Zustand in absehbarer Zeit nichts ändert? Muss ich die Band dann verlassen? Eine Vorstellung, die so wehtut, dass ich sie gleich wieder weit, weit wegschiebe. Ich krame ein zerknülltes Päckchen Zigaretten aus Nils' Jacke und stecke mir eine an. Nach zwei Zügen muss ich husten, schnippe die Kippe auf den grauen Steinboden und trete sie aus.

Nils und Malte betreten mit hängenden Köpfen die Backstage. Freddy kommt hinterher und knallt die Tür zu:

«Echt, Bast, was war das denn für ein Scheiß gerade?»

«Tut mir leid, Jungs, es ist so aus mir rausgeplatzt, aber … so sieht es nun mal aus.»

«Ja, und jetzt?», fragt Nils.

Malte lässt sich neben mich aufs siffige braune Sofa fallen und kommt mir zuvor:

«Na ja, wir mischen das Album fertig und hoffen, dass Bast im Herbst wieder fit ist.»

Er schaut mich erwartungsvoll an. Mein «Okay», das eher wie eine Frage als wie eine Antwort leise aus meinem Mund kommt, scheint ihn nicht besonders zu überzeugen.

«Du kannst ja erst mal eine kleine Auszeit nehmen.»

Irgendwie habe ich das Gefühl, diese Auszeit könnte ziemlich lange werden. Nachdenklich nimmt Malte das geöffnete

Bier entgegen, das Freddy ihm hinhält. Ich hoffe, dass das, was ich zu den anderen sage, nicht zu bedeutungsschwanger klingt:

«Jungs, egal was jetzt passiert, es war eine echt geile Zeit mit euch.»

21. RIDGE A

Die Frau von obendrüber geht mir total auf die Nerven, sie lässt ihren Fernseher rund um die Uhr in voller Lautstärke laufen. Ich habe ihr schon tausendmal gesagt, dass mich das wahnsinnig macht. Aber auch wenn sie ihn dann für kurze Zeit leiser stellt, habe ich das Gefühl, als würde mir jedes Wort ins Ohr tätowiert werden. Mich interessiert es einfach nicht, was Kevin aus Brandenburg für Probleme mit seinen Mitschülern hat oder warum Shakira aus Hannoversch Münden ihrem Freund partout nicht verzeihen will. Diese ganze unnütze Information, die täglich auf uns einprasselt, ist unerträglich. Zumal ich in meinem jetzigen Zustand auch nicht einfach weghören kann.

Ich sollte mich zurückziehen, und zwar an den stillsten Ort der Erde. Noch in Unterhose, setze ich mich an den Schreibtisch und tippe den Begriff *Stillster Ort der Welt* in die Suchmaske meines Computers ein. Als eine mögliche Antwort erhalte ich einen geografischen Punkt in der Antarktis, an dem es unglaublich ruhig sein muss. Er heißt *Ridge A* und ist auf einem viertausend Meter hohen Berg gelegen. Er soll gleichzeitig auch der kälteste und trockenste Ort der Erde sein, ganz ohne Wind und andere lästige Wettererscheinungen. Okay, wer's mag …

Als Nächstes lese ich einen Bericht über ein von Menschen geschaffenes schalltotes Labor in Minneapolis. Im ganzen Raum verteilte Schaumstoffkanten schlucken jegliches Geräusch. Die gnadenlose Stille, die dadurch entsteht, sei jedoch absolut beängstigend, wenn man die Kammer betritt. Klingt nach einer Herausforderung, allerdings handelt es sich dabei ja um eine künstlich erzeugte Stille, also nicht das, was ich eigentlich suche. Mal sehen, was sich in meiner Sphäre der Weltkugel so findet. Unter dem Suchbegriff *Stillster Ort Deutschlands* gibt es leider keinen Eintrag. Ich surfe weiter und bleibe an der Liste *Die schönsten Orte Deutschlands* hängen. Hier könnte doch etwas dabei sein, ein idyllischer Platz weit weg von jeglicher Zivilisation und inmitten unberührter Natur, und vor allem mit der Aussicht, dass ich mal wieder ohne Stopfen im Ohr herumlaufen kann, ohne akustisch gefoltert zu werden.

Die Nordseeinsel Wangerooge wird als sehr malerisch beschrieben. Aber dort am Meer kann man sich auf eins verlassen, auf Wind, und darum kann es dort auch nicht besonders ruhig sein. Ich klicke weiter. Wow, das ist ja ein unglaubliches Foto. Liegt dieser Platz wirklich in Deutschland? Spitze, graue Felsen ragen wie Burgruinen einer Fantasysaga aus dem Tal empor. Vereinzelte Bäume klammern sich an ihnen fest und werden vom Sonnenuntergang in ein mysteriöses rotes Licht getaucht. Hier ist es menschenleer, und ich hätte garantiert meine Ruhe. Aber die Landschaft der Sächsischen Schweiz hat auch etwas ungemütlich Karges. Ich schaue, was es sonst noch so gibt. Das klingt faszinierend: In Bayern gibt es einen riesigen Wald, der seit über vierzig Jahren sich selbst überlassen wird. Dort bleibt man sicher verschont vom Straßenverkehr, von Motorsägen und nervtötenden Laubbläsern. Ich lasse die Seite offen und mache mir in der Küche einen Kräutertee. Auch so eine neue Angewohnheit. Vor dem Hörsturz habe ich fast ausschließlich Kaffee getrunken, aber Dr. Müller-Canstatts strenges Regiment blieb nicht folgenlos.

Mit der dampfenden Tasse in der Hand setze ich mich wieder an den Schreibtisch und klicke mich durch eine Welt farbenfroher Bilder. Plötzlich kriecht ein seltsames, durchaus angenehmes Gefühl meine Wirbelsäule hinauf. Anhand der Fotos entdecke ich eine Sehnsucht wieder, die seit meiner Kindheit komplett verschüttet war: die Sehnsucht nach der Natur. Verrückt, jahrelang hat mich nichts aus meinem Kiez rauslocken können, außer wenn wir auf Tour waren. Ich war wie angewachsen am Tresen vom *Crazy Horst* und brauchte nichts weiter als meine Straße und die Gestalten vom Schulterblatt. Aber heute, gegeißelt vom apokalyptischen Lärm um mich herum, kotzt mich die Kakofonie der Großstadt nur noch an. Ich halte es hier keinen Tag länger aus, und das beflügelt meine Suche nach einer Alternative.

Begierig klicke ich mich durch weitere Informationen über den verheißungsvollen bayerischen Urwald. In einigen Gebieten sind Besucher zugelassen, andere wiederum bleiben völlig unberührt von der Außenwelt. Und genau dort muss ich hin. Ich weiß auch schon, wie, nämlich als Ranger. Hier stehts: Ranger sind Parkwächter, die unter anderem dafür sorgen, dass die Wege passierbar bleiben. Manche werden auch als Brandwächter eingesetzt. Ein gewisser Alois Stadler hat das über zwanzig Jahre lang gemacht. Er hauste währenddessen ganz allein auf der höchsten Erhebung des Nationalparks, einem Berg namens Rachel. Unglaublich. Und jetzt kommt der Hammer: Weil Herr Stadler dieser Tage in Rente geht, kann man sich bei der Nationalparkverwaltung aushilfsweise um seinen Job bewerben, um die Zeit zu überbrücken, bis ein offizieller Nachfolger gefunden wird. Ich kann mir nicht vorstellen, dass das viele Leute machen werden. Aber wer weiß? Ich schaue vom Bildschirm auf und blicke aus dem Fenster, ohne irgendetwas zu fokussieren. Vor meinem inneren Auge streift mein Blick über ein Meer grün leuchtender Baumkronen. Augenblicklich beruhigt sich meine Atmung, und ich komme innerlich zur Ruhe.

Ein aggressives Handyklingeln aus einer der Nachbarwohnungen reißt mich aus meiner Trance zurück in die Gegenwart. Das Haus gegenüber sieht trist aus im Regen, der seit heute Morgen anhält. Auf der Straße motzt der Gemüsehändler jemanden an, der seine Einfahrt zugeparkt hat, und ein vernachlässigter Pkw buhlt durch schrille Alarmsignale um Aufmerksamkeit. Plötzlich bin ich mir sicher, was zu tun ist, um diesem Grauen zu entgehen: Ich werde mich noch heute als Brandwächter bewerben. Dummerweise steht auf der Website nicht mal eine Telefonnummer. Ich greife trotzdem zum Hörer.

«Schönen guten Tag, Sie sprechen mit der 11880, mein Name ist Madlena Kubitz. Was kann ich für Sie tun?»

Das ist ja eine angenehme Stimme, denke ich. Nicht künstlich freundlich, sondern irgendwie … offen.

«Ich brauche eine Nummer aus Bayern.»

«Und wen genau?»

«Die Verwaltung des Nationalparks Bayerischer Wald.»

«Oh ja ... Moment, bitte.»

«Warum fragen Sie?»

«Ich weiß nicht genau, was Sie meinen.»

«Es hörte sich so an, als wäre Ihre Stimme am Ende von ‹Oh ja› etwas hochgegangen, etwa so ‹Oh ja?›. Darf ich fragen, warum?»

«Bitte entschuldigen Sie, ich habe wohl laut gedacht.»

Ich versuche mir vorzustellen, wie die Besitzerin dieser wunderschönen Stimme wohl aussieht.

«Und was genau haben Sie gedacht?»

«Ich weiß nicht ...»

Ich meine zu hören, wie sie lächelt.

«... vielleicht, dass man sich also auch durchaus einen schönen Ort aussuchen kann, nach dessen Nummer man sich erkundigt.»

«Waren Sie schon mal dort?»

«Nein, aber ... ich möchte Ihre Telefonrechnung wirklich nicht unnötig in die Höhe treiben. Soll ich Ihnen die Nummer kostenfrei als SMS auf Ihr Handy senden?»

«Gerne, aber ...»

«Dann wünsche ich Ihnen noch einen schönen Tag.»

«Moment, bitte warten Sie ...»

Die Verbindung wird getrennt. Kurz danach piepst mein Handy. Ich starre auf das Display. Wow, ich bin perplex. Wie hat es diese Frau nur geschafft, mich total umzuhauen, und das nur mit ihrer Stimme? Nicht nur durch die Art, wie sie die Worte ausspricht, sondern auch durch die Pausen dazwischen. Sie holt auf ganz charakteristische Weise vor dem Sprechen Luft, die mit einem kaum hörbaren Geräusch an ihren Zähnen vorbeistreicht. Hffffff. Hammer!

Ich ärgere mich, dass ich nicht auf Zack war und sie in ein Gespräch verwickeln konnte. Egal. Kurz danach bin ich wieder auf Spur und verfolge meine neue Mission *Nature is King*. Ich überlege mir, mit welchen Argumenten ich meine Bewerbung als Brandwächter untermauern könnte. Ich beginne eine Liste: 1. Ich habe Abitur. Braucht man das mitten im Wald überhaupt? 2. Ich habe gute Augen. Sehtest mitschicken? 3. Ich bin sehr gewissenhaft. Kann ich das irgendwie beweisen? 4. Ich bin seit jeher …

Fuck, diese Frau vom Callcenter bringt mich völlig aus dem Konzept. Immer wieder schweifen meine Gedanken ab und versuchen, dem Klang ihrer bemerkenswerten Stimme nachzuspüren. Wie war noch ihr Name? Irgendetwas mit «M». Michaela, Magdalena? Und der Nachname? Hab ich komplett gelöscht.

Statt die angezeigte Nummer aus Bayern drücke ich die Wahlwiederholung. Eine männliche Stimme begrüßt mich.

«Hier ist die 11880, Sie sprechen mit Bernd Duhse.»

«Lauterbach hier, ich habe gerade schon mal bei Ihnen angerufen und würde gerne erneut dieselbe Mitarbeiterin sprechen.»

«Warum?»

«Wie, warum, weil … ich vergessen habe, etwas zu fragen.»

«Ich weiß nicht, mit wem Sie gesprochen haben.»

«Können Sie da nicht irgendwo nachschauen?»

«Aus Datenschutzgründen habe ich leider keine Möglichkeit, Ihnen …»

«Alles klar, nicht so wichtig.»

Ich lege auf und versuche, mich wieder zu konzentrieren. Der kurze Dialog mit der Frau eben hat mir gereicht, um mir den Sound ihrer faszinierenden Stimme für immer auf die Festplatte zu brennen. Wenn es möglich wäre, so einen Klang wie ein Bild aus dem Gedächtnis nachzuzeichnen, hätte ich genügend Details als Vorlage beisammen. Jede einzelne Nuance ihrer Stimme hat sich tief in meinen Erinnerungsspeicher gegraben und hallt wie ein Echo in mir nach:

«… wünsche ich Ihnen noch einen schönen Tag.»

Den habe ich tatsächlich, seit ich ihre Stimme kenne. Aber, so versuche ich mir selbst erfolglos einzureden, ich habe jetzt definitiv Wichtigeres zu tun.

22. ABGESTORBEN

«Bast, was ist los mit dir?»

«Was meinst du?»

«Du wolltest mich unbedingt treffen, aber anstatt endlich mal wieder mit mir in die *Daniela Bar* zu gehen, bestellst du mich an den Arsch der Heide, nach Blankenese.»

«Ist ruhiger hier. Ich kann den Lärm der Stadt im Moment nicht gut vertragen.»

«Na ja, ein bisschen frische Luft wird mir wohl nicht schaden.»

Wir gehen über einen Kiesweg vom Fischclub aus parallel zum Elbufer Richtung Wittenberger Heide.

«Ich muss dir unbedingt was erzählen, Malte. Ich habe eine Frau kennengelernt.»

«Du meinst eine echte Frau, also eine reale Person, nicht irgendein Groupie?»

«Genau.»

«Super, ich freue mich echt für dich. Erzähl, wie sieht sie aus?»

«Sie ist die schönste Frau, die ich je gehört habe.»

«Äh, was?»

«Ich weiß nicht, wie sie aussieht, aber ich habe mit ihr telefoniert, und der Klang ihrer Stimme hat mich total umgehauen. Ich bin zum ersten Mal seit der Schulzeit wieder richtig verliebt.»

«Du willst mir echt erzählen, dass du dich verknallt hast, nur weil du mit einer Frau ein längeres Telefonat hattest?»

«Ein kurzes.»

«Hä?»

«Ich hab nur kurz mit ihr telefoniert. Ich weiß, es klingt verrückt, aber ihre Stimme hat mich direkt in ihr Herz blicken lassen. Und da habe ich sehr viel Schönes gesehen.»

Wir biegen in einen Trampelpfad ein, der uns wieder näher ans Wasser führt. Aus weiter Entfernung höre ich den Motor eines großen Kahns unter Wasser brummen.

«Und wie heißt sie?»

«Das weiß ich leider nicht, es ist die Frau von der Telefonauskunft.»

«Manchmal denke ich, der Doktor hat dir mit seinen Wellen ein bisschen zu viel vom Gehirn weggebrutzelt. Und was willst du jetzt machen?»

«Ich hab schon versucht, an ihren Namen zu kommen. Ist nicht so einfach. Aber das ist auch nicht der Punkt. Ich hab mich einfach nur gefreut, dass ich überhaupt mal wieder was gemerkt habe. Ich war wie abgestorben in der letzten Zeit.»

«Das ist doch super. Siehst du, ich hab doch gesagt, dass du schnell wieder am Start sein würdest.»

«Na ja, *am Start* geht anders.»

«Ach komm, wenn wir erst wieder zusammen spielen, wirst du ratzfatz gesund.»

«Meine Ohren sind noch lange nicht so weit. Ich brauche dringend eine Pause. Du warst doch der Erste, der meinte, ich soll mal eine Auszeit nehmen.»

«Und wo willst du hin? Malle oder Holland?»

«Ich geh in ein Naturschutzgebiet nach Bayern.»

«Echt? Und mit wem?»

«Allein.»

Malte dreht sein Gesicht langsam zu mir herum.

«Dir geht es wirklich schlecht, oder?»

«So wie jetzt kann es jedenfalls nicht weitergehen.»

Wir machen ein paar Schritte.

«Und was willst du da machen, den ganzen Tag?»

«Ich hab da einen Job. Ich muss gucken, dass da keine Waldbrände ausbrechen.»

«Ehrlich?»

«Eigentlich suche ich nach etwas anderem.»

Malte bleibt erwartungsvoll stehen.

«Wonach denn?»

«Stille.»

Auf sandigem Boden gehen wir schweigend weiter entlang der Elbe.

«Weißt du was? Es fehlt mir echt, mit dir zu rocken», sagt Malte, «bei unseren letzten Konzerten waren wir so gut wie nie.»

«Ich weiß, und ich hoffe sehr, dass wir bald schon wieder gemeinsam auf der Bühne stehen. Aber bitte, versprich mir eins: Sag, dass du nicht sauer bist, wenn es noch etwas dauert!»

«Okay.»

Ich kann ihn schlecht verstehen und lockere vorsichtig die Stopfen in meinen Ohren.

«Wie bitte?»

«Ich verspreche es dir.»

Ich mustere ihn skeptisch und überlege einen Moment, ob ich sagen soll, was mir durch den Kopf geht.

«Tut mir leid, ich glaube dir nicht.»

«Spinnst du?»

Malte schaut mich an, als hätte ich ihn gerade eines Kapitalverbrechens überführt.

«Du bist nicht ehrlich zu mir ...», sage ich, und es macht mich unendlich traurig, «... ich kann hören, dass dein Herz schneller schlägt.»

23. SO ALLEIN

Langsam frage ich mich, ob es wirklich eine so goldene Idee war, hierhin zu reisen. Nach drei Umstiegen in Würzburg, Plattling und Zwiesel und einer insgesamt über siebenstündigen Bahnfahrt spuckt mich die Regionalbahn als einzigen Fahrgast am Bahnhof von Spiegelau aus. Die Gleise verlieren sich in beiden Richtungen zwischen grünen Wiesen. Weit und breit ist keine Menschenseele zu sehen. Vis-à-vis der pittoresken, ockerfarbenen Bahnhofshalle liegt ein Hügel, von dem sich ein Punkt löst und in Schlangenlinien auf mich zubewegt, dabei beständig größer wird, bis er als ein mit Schlamm bespritzter Geländewagen vor mir stehen bleibt.

Ein untersetzter Mann in olivgrüner Uniform steigt aus. Sein Händedruck ist kräftig, und aus seinem unter einem üppigen Bart versteckten Mund dringt ein kaum erkennbares «Servus». So stelle ich mir einen ausgewachsenen Waldschrat vor. Ich werfe meine Tasche auf die Ladefläche des Jeeps und klettere auf den schmutzigen Beifahrersitz. Wortlos fahren wir los. Rechts von uns ragen die Berge, in ein kristallines Licht getaucht, in den Himmel.

«Mein Name ist Sebastian. Schön haben Sie es hier.»

«Fredl.»

Mehr kriege ich aus dem bayerischen Ranger nicht raus. Schade, mit ihm zu plaudern, hätte mich beruhigt, aber ich bringe nicht die Kraft auf, ihn in ein längeres Gespräch zu verwickeln. Ich bin gespannt, ob ich auch so wortkarg werde wie er, wenn ich erst mal eine Weile ganz allein im Wald verbracht habe.

Zehn Minuten später biegen wir auf einen Forstweg ab, der bergan in einen dichten Tannenwald führt. Nach einer Lichtung geht es wieder bergab. Fredl geht in die Eisen und nuschelt «Obacht!». Der Jeep schaukelt bedenklich, als wir eine Furt passieren. Nach weiteren fünf Minuten halten wir vor einer rot-weiß gestreiften Schranke, hinter der eine Schutzhütte aus halbierten Baumstämmen steht.

«Do samma.»

«Wie bitte?»

«Do kriagst jede Woche dei Brotzeit.»

Mir kommt es vor, als sei das hier bereits das Ende der Welt, aber Fredl bedeutet mir, auszusteigen und ihm zu folgen. Zu Fuß dringen wir in die Kernzone des Nationalparks ein, in der lediglich Ranger Zutritt haben. Mit meiner Tasche beladen, habe ich Mühe, mit ihm Schritt zu halten. Ein Trampelpfad führt uns den Berg Rachel hinauf und endet nach zwanzig Minuten vor einer aus dunkel gestrichenen Baumstämmen gefertigten Hütte. Ich bücke mich beim Eintreten. Nachdem sich meine Augen an die Dunkelheit gewöhnt haben, erkenne ich ein Bett, einen Tisch aus massivem Holz und einen kleinen Schrank. In Gedanken sortiere ich bereits meine wenigen Habseligkeiten ein. Ich habe nur das Nötigste mitgebracht, vor allem keinen Computer, keine Musik, keine Comics und kein Handy. Ich möchte herausfinden, was wirklich wichtig ist und wichtig bleibt. Ich öffne den Laden des kleinen Fensters und blicke auf einen wunderschönen, mit Nadelbäumen bedeckten Hang. Vogelgezwitscher dringt herein. Fredl entnimmt dem Schrank eine Uniform und legt sie vor mir auf den Tisch. Dann händigt er mir die *Grundsätze der Brandwacht* aus.

«Schau dir des amoi o. Pfiat di.»

Dann ist er augenblicklich verschwunden, wie ein Geist aus der Flasche. Dummerweise fallen mir erst jetzt die essenziellen Fragen ein: Wo ist das Funkgerät? Wie läuft das hier mit der Trinkwasserversorgung? Ich hoffe, das wird sich alles klären, wenn ich die abgegriffenen, zusammengetackerten Seiten gelesen habe, die vor mir auf dem Tisch liegen. Duschen wäre gut. Nur wo? Hier ist nicht mal ein Waschbecken.

Ich gehe nach draußen und entdecke an der Rückwand der Hütte einen Wasserhahn und eine Waschschüssel. Etwas über Augenhöhe hängt ein Duschkopf in der Halterung. Der

Schlauch schlängelt sich zu einem Eimer auf dem Dach. Bedächtig lege ich meine Kleidung und mit ihr einen Teil meines bisherigen Lebens ab. Ich stelle mich nackt auf eine quadratische Fläche aus Kieselsteinen und suche den Warmwasserhahn. Das einzige Ventil, das ich entdecke, klemmt. Erst als ich beide Hände benutze, kann ich es millimeterweise bewegen. Als das kalte Wasser meine Haut berührt, springe ich vor Schreck zur Seite. Glücklicherweise gibt es für meine ungelenke Performance, außer den uralten Bäumen ringsherum, keine Zeugen. In der Hütte versuche ich vergeblich, mich wieder warm zu rubbeln. Die Vorstellung, in nächster Zeit nur noch kalt duschen zu können, ist gnadenlos. Mit der grünen Uniform ziehe ich zum ersten Mal seit Jahren wieder eine andere Farbe als Schwarz an. Mir gefällt diese Camouflage, obwohl sie nicht einer gewissen Sinnlosigkeit entbehrt, denn ich werde für einige Zeit sicher keinem anderen Menschen begegnen, aber für mich selbst unterstreicht sie sehr passend die Besonderheit der kommenden Tage. Ich fühle mich wie ein Mönch in Klausur, und die Uniform ist meine Kutte.

Ein Tee wäre jetzt schön. Der altmodische Gasherd in der Kammer erinnert mich an den meiner Großmutter. Alois, mein Vorgänger, hat ihn mir blank poliert hinterlassen. Ich schaue mich nach Streichhölzern um. In der Schublade des Tisches sind schon mal keine, auch nicht im Schrank. Wahrscheinlich darf man hier gar keine benutzen, damit man als Brandwächter nicht selbst den Wald abfackelt. Mein Blick fällt auf etwas, das ich seit meiner Kindheit nicht mehr gesehen habe. Wenn man die beiden Bügel des antiquierten Gerätes zusammendrückt, schlägt es Funken. Ich drehe das Ventil des Herds auf und halte den Anzünder an das kreisrunde Metall. Nichts passiert. Nach einigen weiteren Versuchen komme ich endlich darauf, auch den Hahn an der Gasflasche zu öffnen. Langsam beschleicht mich das Gefühl, fehl am Platz zu sein. Aber, so versuche ich, mich zu beruhigen, ich war in der lärmigen Stadt zuletzt auch am falschen Ort; hier ist alles neu für mich, und außerdem habe ich unendlich viel Zeit, um mich auf alles einzustellen. Das wird schon.

Während das Wasser heiß wird, frage ich mich, warum überhaupt so ein großer Aufwand betrieben wird, den Wald vor Bränden zu schützen. Selbst wenn ein großer Teil der Bäume einem Feuer zum Opfer fallen würde, fände man schon im nächsten Jahr wieder grüne Sprösslinge zwischen der Asche. Und in den darauffolgenden Jahren würden wieder kleine Bäume daraus werden. Das ganze brauchte Zeit, und irgendwann wäre alles so wie vorher. Aber womöglich will man genau diese Zeit nicht verschenken. Schon über vierzig Jahre lang hat man die Natur sich hier selbst überlassen, und das Ergebnis dieses Experimentes, da bin ich völlig d'accord, sollte man nicht leichtfertig aufs Spiel setzen. Umso erstaunlicher, dass man mit Leuten wie mir die Gefahr menschlichen Versagens eingeht. Ich brauchte nur mal aus Versehen eine Zigarette aus dem Fenster zu schnippen. Ein Grund mehr, meinen halbherzigen Versuch, mit dem Rauchen aufzuhören, jetzt endlich in die Tat umzusetzen.

Ich gieße den Tee auf und setze mich an den Holztisch. Vor mir liegen die vergilbten Grundsätze der Brandwacht. Wenn ich die erste Seite richtig verstehe, dann besteht meine Aufgabe darin, morgens, mittags und abends jeweils für zwei Stunden vom Aussichtsturm aus das Gelände rundherum mit dem Fernglas nach Rauchsäulen abzusuchen. Verdächtiges soll ich über Funk melden. Zeitlich überschaubar, das Ganze. Mein Vorgänger hat offensichtlich einen Großteil seiner restlichen Zeit in die liebevolle Pflege der Hütte investiert. Alles sieht akkurat und sauber aus. Mal sehen, was davon übrig bleibt, wenn ich hier erst mal einen Monat gehaust habe.

Der nächste Abschnitt widmet sich der adäquaten Bedienung des Funkgerätes. Ich hole den mit Leder bezogenen Koffer aus dem Schrank und lege ihn auf den Tisch. Das Gerät darin ist aus schwarz lackiertem Metall und sieht aus wie ein Relikt aus dem Zweiten Weltkrieg. Einmal pro Woche muss ich damit Meldung machen, damit die Zentrale weiß, dass alles in Ordnung ist. Ich bin echt gespannt, ob ich klarkommen werde in dieser Einöde. Um mich herum erstrecken sich zwanzigtausend Hektar Wald, die nächste Siedlung ist angeblich über zehn Kilometer weit entfernt. Ich vergrabe mein Gesicht in meinen Händen. Nie, wirklich noch nie, habe ich mich jemals so allein gefühlt.

Scheiße, was war das? Ich habe ein Geräusch gehört und sitze aufrecht im Bett. Im Stockdunklen taste ich nach meiner Taschenlampe. Sie flackert. Auch das noch. Panisch springe ich aus dem Bett und hechte zur Tür. Dabei stoße ich mir mein Knie am Stuhl. Es tut höllisch weh, doch ich versuche, meinen Schrei zu unterdrücken; wer weiß, wer oder was da draußen auf mich lauert. Da, wieder dieses Geräusch, als wenn jemand um die Hütte schleicht. Gibt es hier Bären oder Wölfe? Ich halte mein schmerzendes Knie und bemerke, dass es zittert. Auf einem Bein hüpfe ich zur Tür. Sie ist, wie ich gehofft habe, fest verschlossen. In der Stadt bin ich nächtlichen Krach gewohnt: Jemand tritt eine Bierdose, Autos starten, Betrunkene krakeelen … Man ist nie allein. Aber hier, mitten im Nichts, wächst jedes noch so kleine Geräusch zu etwas Monströsem heran. Die Nacht spielt auf ihrer Klaviatur und jagt mir mit jedem Laut einen riesigen Schrecken ein. Verdammt, ich habe Angst!

Vorsichtig schleiche ich zum Fenster und starre nach draußen, in ein undurchdringliches Schwarz. Ich erkenne nicht mal Umrisse, nichts. Es ist bedrohlich still. Dann wieder ein Geräusch. Irgendetwas macht sich an der Hütte zu schaffen. Vielleicht ist es auch nur ein Ast, der vom Wind über das Dach geschleift wird. Ich durchkämme die Kammer nach etwas, das als Waffe dienen könnte. Das Küchenmesser fest umklammert, stelle ich mich neben die Tür. Ich höre, wie mein Herz pocht. Irgendwann kann ich nicht mehr stehen und setze mich hin. Die Zeit beginnt sich zu dehnen. Nach und nach ordne ich einzelne Geräusche als unbedrohlich ein, was mich etwas beruhigt. Der Ruf eines Käuzchens wird von einer Felswand zurückgeworfen, und Äste knarren ganz in meiner Nähe. Irgendwann übermannt mich die Müdigkeit. Im Halbschlaf höre ich meinen Vater flüstern: «Ich wollte immer für dich da sein, aber du warst taub für mich.» Komischerweise macht mir das gar keine Angst, im Gegenteil, ich bilde mir ein, jemand denke an mich, und fühle mich nicht mehr ganz so allein.

24. MAJESTÄTISCH

Unter meiner Wange spüre ich die Tischplatte, ich halte immer noch das Küchenmesser umklammert. Vorsichtig öffne ich die Augen und sehe in einem Streifen Sonnenlicht Staubteilchen tanzen. Ich sortiere meine steifen Glieder und gehe nach draußen. Die frische Luft belebt meine Sinne. Gestern Nacht noch hatte ich Todesangst. Heute Morgen dagegen, im Hellen, wundere ich mich nur noch, gestern so hysterisch reagiert zu haben. Was soll an so einem idyllischen Ort wie hier schon Schlimmes passieren? Ich könnte mich selbst ohrfeigen für den ganzen Horrorschrott, den ich mir in den letzten Jahren reingepfiffen habe. Mit Sachen wie *Blair Witch Project* im Hinterkopf muss man doch durchdrehen, wenn es dunkel wird im Wald.

Ich trete raus auf die Lichtung und stelle mich in die Sonne. Hier oben ist es ungewöhnlich still. Vorsichtig ziehe ich mir die Stopfen aus den Ohren. Von diesem Moment habe ich geträumt. Zunächst passiert etwas Paradoxes: Scheinbar wird alles leiser. Wahrscheinlich verstärken die Stopfen das eigene Rauschen der Ohren. Jetzt, ohne die Dinger, ist es richtig angenehm. Langsam drehe ich meinen Kopf hin und her und versuche, alles in meiner Umgebung differenziert wahrzunehmen. Ich höre, wie der Wind sanft über die Baumkronen streicht. Irgendwo klopft ein Specht auf einen Baumstamm. Ein kleines Tier, vielleicht eine Maus, raschelt im Laub. Es ist herrlich, einfach so dazustehen und zu lauschen. Mein Atem wird von ganz allein tiefer und ruhiger. Ich beschließe, die erste Wache vor dem Frühstück abzuhalten, und steige die Holzleiter, Sprosse für Sprosse, nach oben auf die überdachte Aussichtsplattform des Turms. Die Sonne steht tief im Osten, es muss noch früh am Tage sein. Hier oben gibt es nichts weiter als einen einfachen Schemel und eine Kiste, der ich ein Fernglas entnehme. Ich beginne, den Horizont abzusuchen.

Der Wald sieht inhomogen und dadurch ganz ungewohnt aus. Überlässt man die Natur sich selbst, pflanzt sie Laubbäume neben Nadelhölzer, große Bäume neben kleine, und in die Lücken Sträucher. Mit diesem Fachwissen kann ich auftrumpfen, weil ich die lange Bahnfahrt dazu genutzt habe, mich ein bisschen über mein neues Zuhause zu informieren. Im bayerischen Urwald stehen Fichten neben Buchen, man findet Birken neben Eschen und Eichen. Unser Land muss so schön ausgesehen haben, bevor der Mensch kam, es zu plündern. Hier oben könnte ich glatt zum Naturschützer werden. Ein großer Raubvogel startet von einer Anhöhe aus. Sein stolzer Schrei hallt bis hinunter ins Tal. Ich stelle das Fernglas scharf und verfolge seinen Flug. Man kann hier viel weiter gucken als in der Stadt. Die Luft ist klar, und der Himmel hat ein sattes Blau. Mir wird warm, und ich ziehe meine Jacke aus. Nichts stört die Harmonie der natürlichen Klänge, kein Zug und keine Autobahn. Ich werde euphorisch und suche den Horizont weiter nach Rauchsäulen ab, wechsele dabei ab und zu die Himmelsrichtung. Auch im Süden ist nichts Verdächtiges zu sehen. Die Alpen liegen still und majestätisch da.

25. ORCHESTER DER NATUR

Ich schaue in den Spiegel und erkenne mich kaum wieder: Ich habe richtig Farbe bekommen in der einen Woche, in der ich jetzt hier bin. Haartechnisch geht es bei mir schon schwer in Richtung Waldschrat. Ich sollte mich unbedingt mal wieder rasieren, habe es damit aber nicht besonders eilig. Mein Zeitempfinden hat sich komplett gewandelt, ich bin dabei, die Langsamkeit zu entdecken. Dieser Tage kann es passieren, dass ich einfach nur dastehe und lausche, wie das Orchester der Natur von Tageszeit zu Tageszeit seine Instrumentierung wechselt. Ich habe das Gefühl, zum ersten Mal im Leben richtig zuzuhören.

Um nicht völlig abzuheben, habe ich einen festen Tagesablauf etabliert. Mit der ersten Wache, die ich immer vor dem Frühstück halte, komme ich perfekt in den Tag. Wenn ich dann wieder von der Aussichtsplattform heruntersteige, wächst mit jeder Stufe meine Vorfreude auf eine Tasse Tee. Die Mahlzeiten sind nicht gerade üppig. Ich habe nur einen bestimmten Vorrat an Lebensmitteln und muss noch lernen, ihn richtig einzuteilen. Heute werde ich zur Hütte an der Schutzzonengrenze laufen, wo laut den *Grundsätzen* ab mittags Nachschub für mich deponiert sein soll. Ich wäre froh, dort jemanden zu treffen, und sei es der wortkarge Fredl, denn mir fehlt ein bisschen Ansprache. Oft denke ich zwar an nichts, was angenehm ist, weil ich einfach nur wahrnehme, höre, rieche oder das Panorama genieße. Aber manchmal entstehen nervige Denkschleifen, bei denen ich Sätze von früher, wie bei einer Platte mit Sprung, unendlich im Kopf wiederhole. Gestern zum Beispiel kreiste ein Satz meiner Grundschullehrerin, den sie mir nach einer Stunde Musikunterricht an den Kopf warf, ewig in meinem Schädel: «Sänger wirst du nicht!» Womit sie recht hatte. Aber toll fand ich das nicht. So ein unbedachter Satz kann viel kaputt machen. Zum Glück hat mich ihre unsensible Äußerung nicht davon abgehalten, später Musik zu machen. Ich habe als Kind eh nie auf irgendjemanden gehört. Meine Mutter hatte immer richtig Stress mit mir. Als sie sich von meinem Vater getrennt hatte, nahm ich das als Freifahrtschein, zu tun und zu lassen, was ich wollte. Heute würde ich mich gerne bei ihr dafür entschuldigen.

In der Hütte nehme ich die Landkarte zur Hand und schaue nach, wo genau ich hinmuss. Als ich vor einer Woche Fredl hinterherging, habe ich nicht auf den Weg geachtet. Mich zu verlaufen, wäre fatal. Im Prinzip scheint es ganz einfach zu sein: Ich muss dem Pfad talwärts folgen und dann einmal links abbiegen.

Der Waldboden fühlt sich angenehm weich unter meinen Füßen an. Fasziniert lausche ich dem leisen Flattern einer in der Luft stehenden Libelle. Hinter mir fällt eine Zecke zu Boden. Meine Schritte ergeben einen Rhythmus, und daraus entstehen nach und nach erkennbare Laute. Ich höre die immer selben Worte und ein charakteristisches Atemgeräusch dazwischen: «Oh ja? *Hffffff*. Oh ja? *Hffffff*. Oh ja? *Hffffff* …»

Mit dieser weiblichen Stimme ist ein ganz starkes Gefühl verknüpft, und als ich realisiere, um welche Stimme es sich handelt, bekomme ich eine Gänsehaut. Eine Woche lang war ich sie los, meine fixe Idee, aber jetzt erobert die Frau von der Telefonauskunft wieder mein Bewusstsein. Wie genau waren noch mal ihre Worte? «… dass man sich also auch durchaus einen schönen Ort aussuchen kann …»

Tja, das habe ich tatsächlich, und ich würde ihr so gerne einmal zeigen, wo ich jetzt bin. In ihren Worten schwang so viel Sehnsucht mit. Mir ist vollkommen bewusst, wie bescheuert sich das anhört, aber ich bin ein bisschen verliebt – verliebt in diese Stimme. Ich würde alles dafür geben, sie jetzt noch einmal zu hören. Vielleicht muss ich einfach nur tausendmal bei der Auskunft anrufen, bis sie zufällig wieder rangeht. Aber ich habe ja nicht mal ein Handy dabei.

Abgelenkt von diesem Gedanken, bleibe ich an einer Baumwurzel hängen, gerate ins Stolpern und kann mich gerade noch fangen. Ich bleibe stehen, um mich zu sammeln. Wie schnell einem die Gegenwart doch wieder abhandenkommen kann, denke ich und bekomme langsam ganz schön Kohldampf.

26. AUS EINER ANDEREN WELT

Seit über einer Woche schon scheint die Sonne am Stück. Ich absolviere meine Mittagswache, klettere vom Turm und packe eine Flasche Regenwasser in meinen Rucksack. Ich weiß, wie hirnrissig mein Plan ist, aber so ganz allein mit immer denselben Gedanken im Kopf, fangen diese irgendwann an zu klumpen. Ich muss dringend telefonieren, muss unbedingt noch einmal die Stimme hören, die mir einfach nicht mehr aus dem Kopf geht.

Laut Karte gibt es auf der anderen Seite des Berges, am Fuße desselben, ein Kloster, in dem Kartäusermönche hausen. Es sind etwa zwölf Kilometer bis dorthin. Wenn ich stramm gehe und mich vor Ort nicht zu lange aufhalte, kann ich es gut bis zur dritten Wache zurückschaffen.

Schon nach kurzem Marsch ändert sich die Vegetation. Auf der vor mir liegenden Hochebene hat der Borkenkäfer vor einigen Jahren auf seiner Wanderung ein Bild der Verwüstung hinterlassen. Bei schlechtem Wetter sähe es hier apokalyptisch aus, aber heute, im strahlenden Sonnenschein, fühle ich mich als Darsteller einer Fantasygeschichte. Ich würde mich nicht wundern, wenn plötzlich ein Hobbit hinter den kahlen Baumstämmen hervorkäme.

Nach zehn Minuten treffe ich wieder auf belaubte Bäume. Sofort wird es schattiger und angenehmer. Intensives Brummen eines wilden Bienenstocks begleitet mich, während ich mich an einem steilen Abhang vorsichtig von Baum zu Baum nach unten hangele. Der aufgewirbelte Staub glänzt im Sonnenlicht. Steine, die ich lostrete, rollen mit Getöse ins Tal, was mir in den Ohren schmerzt. Zur Sicherheit stecke ich mir die Stopfen wieder rein. Am Fuße des Abhangs mündet der Weg in eine Aue, in der ein Bach rauscht. Dahinter ragen die Alpen in den Himmel, als begrenzten sie die Welt. Endlich sehe ich das Kloster. Es steht auf grünem Grund, als hätte es jemand mit Aquarellfarben dorthin gemalt. Die hellbraune Eingangsfassade ziert ein Relief: *Kartause St. Bruno. Conditum 1763.*

Ich klopfe mit der Faust an das massive Tor aus Holz. Keine Reaktion. Die Gebäude sind rundherum mit einer sicher drei Meter hohen Mauer eingefasst. Ich klopfe erneut. Quietschend tut sich eine Klappe im Tor auf. Zwei wache Augen schauen mich aus einem verschrumpelten Gesicht an, das von einer weißen Kutte umrandet wird.

«Grüß Gott.»

«Servus.»

Meine eigene Stimme kommt mir unangemessen laut vor. Ich habe sie seit Tagen nicht mehr gehört.

«Was ist Ihr Begehr?»

«Dürfte ich mal, äh, haben Sie hier Telefon?»

«Natürlich, bitte treten Sie ein.»

Das Tor öffnet sich knarrend. Flüsternd stellt sich der steinalte Mönch als Bruder Hugo vor.

«Sie betreten nun einen Ort der Stille. Meine Brüder suchen die Nähe zu Gott im Schweigen und in der Einsamkeit.»

Das mit dem Schweigen und der Einsamkeit kenne ich, aber dass es mich Gott nähergebracht hätte, kann ich nicht behaupten. Bruder Hugo führt mich durch den Innenhof. In seinen Ledersandalen scheint er über die Pflastersteine zu schweben. Aus Respekt vor den schweigenden Brüdern versuche ich, es ihm gleichzutun, doch meine Wanderschuhe machen einen Heidenlärm. Mönche, die mit Gartenarbeit beschäftigt sind, bewegen sich wie in Zeitlupe. Meine Anwesenheit scheinen sie nicht zur Kenntnis zu nehmen.

«Hier bitte, das Telefon, lassen Sie sich ruhig Zeit.»

Mit diesen Worten lässt mich der Mönch in einer kleinen Kammer mit gekalkten Wänden zurück. Vor mir steht ein Tisch, ein Stuhl, ein Telefon und ein überraschend zeitgemäßer Computer. Es ist angenehm kühl hier drin. In diesen heiligen Hallen erscheint mir mein Wunsch profan, aber ich bin jetzt nun mal hier. Ich wähle die Nummer der Telefonauskunft.

«Guten Tag, mein Name ist Lauterbach. Ich suche eine bestimmte Mitarbeiterin von Ihnen.»

«Das ist keine Dienstleistung, die wir anbieten. Kann ich etwas anderes für Sie tun?»

Wortlos lege ich auf. Der malträtierte Jesus über der Tür schaut mitleidig auf mich herunter. Bruder Hugo bringt mir ein Glas Wasser und zieht sich wieder zurück. Bei meinem nächsten Anruf versucht mich der Mitarbeiter des Callcenters wieder direkt abzuwimmeln, aber ich bleibe hartnäckig.

«Gut, dann möchte ich jetzt mit Ihrem Vorgesetzten sprechen.»

Warteschleifenmusik bohrt sich unangenehm in mein Ohr.

«Einen wunderschönen guten Tag, Schneider am Apparat, wie kann ich Ihnen behilflich sein?»

Wie ich diese latent aggressive Freundlichkeit hasse.

«Ich bin auf der Suche nach einer Mitarbeiterin von Ihnen.»

«Warum, wenn ich fragen darf?»

«Wegen einer privaten Angelegenheit.»

«Sind Sie ein Angehöriger?»

«Äh, nein …»

«Dann sind mir leider die Hände gebunden.»

«Es ist aber sehr wichtig.»

«Dann schicken Sie uns bitte eine Mail. Ich werde mich persönlich darum kümmern.»

Na toll, jetzt bin ich keinen Schritt weiter. Bruder Hugo kommt zurück.

«Und, hatten Sie Erfolg?»

«Haben Sie Internet hier?»

«Ob Sie es glauben oder nicht, ab und zu haben wir tatsächlich Kontakt zur Außenwelt, nicht zuletzt, um unsere Waren zu veräußern. Warten Sie, ich stelle Ihnen den Computer an.»

Nicht schlecht. Ich bin gespannt, was Bruder Hugo noch für Asse im Ärmel hat.

«Vielen Dank, Sie sind sehr freundlich.»

Ich logge mich in meinen Account ein und fühle mich wie ein Junkie, der nach langer Zeit zum ersten Mal wieder rückfällig wird. Der Posteingang zeigt mir, dass ich in der Zwischenzeit ein gefragter Mann war. Ich sortiere die paar Hundert Mails nach Absender und überfliege diejenigen von Malte. Bei einer bleibe ich hängen:

Mensch, Bast, ich kann dich nirgendwo erreichen. Außerdem ist die Mailbox von deinem Handy voll. Bitte ruf mich unbedingt schnell zurück.
Gruß Malte.

Ein paar Mails weiter erhellt sich die Sache. Scooter und Malte hatten einen heftigen Streit wegen der Abmischung unserer neuen CD, und Malte bittet mich darum, zu vermitteln. Ich habe keine Ahnung, wie ich das von hier aus machen soll, aber fest steht: Ohne Endmix keine neue Platte, und ohne neue Platte kein Vorschuss von der Plattenfirma. Das würde uns allen von der Band finanziell das Genick brechen. Was für ein Scheiß. Ich merke, wie ich gedanklich völlig raus bin aus dem ganzen Wahnsinn. Mir ist, als hörte ich Stimmen aus einer anderen Welt. Ich notiere mir die Nummer von Scooter, aber habe eigentlich nicht vor, dort anzurufen. Ich bin einfach noch nicht so weit.

Die Mail an das Callcenter zu schreiben, ist die nächste Katastrophe. Mir will einfach keine glaubwürdige Begründung dafür einfallen, warum ich die Frau mit der göttlichen Stimme unbedingt sprechen muss. Ich weiß ja nicht einmal ihren Namen. Mit dem Mut der Verzweiflung versuche ich, romantische Motive ins Feld zu führen, aber schon beim Schreiben ist mir die Aussichtslosigkeit meines Vorgehens bewusst. Ich schicke die Mail trotzdem ab. In diesem Moment kommt Bruder Hugo wieder in die Kammer. Anscheinend kann er in meinem Gesicht lesen.

«Was bedrückt Sie, mein Sohn?»

«Ich habe gerade eine für mich sehr wichtige Mail abgeschickt, und dann habe ich realisiert, dass ich die Antwort gar nicht empfangen kann.»

«Sie können gerne noch mal wiederkommen.»

«Das ist sehr nett von Ihnen, aber …»

«Darf ich Ihnen einen Vorschlag machen? Wir haben gerade ein neues Mobiltelefon bekommen. Das alte können Sie gerne mitnehmen. Es hat sogar noch ein bisschen Guthaben.»

«Das kann ich wirklich nicht annehmen.»

Aber da kramt der freundliche Mönch bereits in der Schublade seines Schreibtisches.

«Die Nummer ist das Datum der Heiligsprechung des ehrwürdigen Hieronymus.»

Als er merkt, dass mir dieses historische Datum genauso wenig sagt wie der Name des Heiligen, sagt er: «1767802.»

«Vielen Dank, ich weiß Ihre Hilfsbereitschaft wirklich sehr zu schätzen.»

Hastig schreibe ich zwei weitere Mails. In der ersten teile ich dem Callcenter die Nummer des geliehenen Handys mit, und in der zweiten verspreche ich Malte, mich so bald wie möglich bei Scooter zu melden. Als Bruder Hugo mich durch die Arkaden des Innenhofes zurück zum Tor geleitet, höre ich die Mönche singen. Ihre Musik berührt mich auf ganz seltsame Weise; ich werde glücklich und traurig zugleich. Als ich mich von dem alten Mann verabschiede, habe ich Schwierigkeiten, meine Tränen zurückzuhalten.

27. IRISIERENDE FARBEN

Der Besuch im Kloster war anstrengend. Nicht körperlich – ganz im Gegenteil, der Fußmarsch war mir eine willkommene Abwechslung –, sondern emotional. Meine Kapazität, Reize von außen aufnehmen zu können, scheint sich drastisch reduziert zu haben. Von Malte zu hören, hat mich gefreut, aber ich kann mich in die Probleme der Band gerade überhaupt nicht reindenken. Die Voodoos, die neue Platte, alles ist unendlich weit weg. Ans Rocken möchte ich nicht mal denken, als sei es ein ketzerischer Gedanke, der in der Natur, die mich umgibt, einfach keinen Platz hat. Aber die Jungs habe ich schon vermisst, vor allem, mit ihnen zu lachen.

Ich schenke mir etwas Quellwasser aus der Karaffe ein. Das Sonnenlicht bricht sich im Glas, wie in einer Kristallkugel. Zu gerne würde ich aus ihr die Zukunft lesen können. Ich muss an den Gesang der Mönche denken. Er hat mich ganz tief berührt, hat ein lange vergessenes Gefühl in mir geweckt. Ich würde jetzt gerne Musik hören, ruhige Musik. Unglaublich, noch vor ein paar Wochen hätte ich jemandem, der so etwas sagt, einen Vogel gezeigt. *Wenn etwas nicht richtig panzert, hat es keinen Wert.* Genau das war mein Weltbild. Um das Chaos in meinem Kopf zu übertönen, bedurfte es immer schon einer bestimmten Lautstärke. Doch hier, in dieser ursprünglichen Umgebung, kann ich mir nichts Schöneres vorstellen als ein paar sanfte, hingetupfte Töne.

Ich durchsuche das Brandwärterhäuschen. Vielleicht hat mein Vorgänger ein Radio zurückgelassen. Ich öffne den primitiven Holzschrank neben meinem Bett, und erst jetzt fällt mir auf, dass er aus massiver Eiche gefertigt ist. Unglaublich, so etwas könnte man in der Stadt gar nicht bezahlen, aber hier ist es einfach Material, das im Überfluss vorhanden ist. Viel hat er nicht dagelassen, der gute Alois. Ein jägergrüner Regenmantel hängt verwaist im Schrank. Ich nehme ihn vom Bügel, um zu schauen, ob er mir passt. Dahinter kommt eine Decke zum Vorschein, in die irgendetwas eingewickelt ist. Ich lege sie vor mir auf den Tisch, löse die Kordel und ziehe eine klassische Gitarre hervor. Volltreffer.

Die verrosteten Wirbel quietschen, als ich versuche, sie zu stimmen. Obwohl ich ganz sanft zupfe, schmerzt der erste Akkord mir im Ohr. Ich stecke meine Stopfen rein. Wie lange schon hatte ich kein Instrument mehr in der Hand? Unser Konzert in München muss das letzte Mal gewesen sein. Erschreckend. Ich spiele ein paar Riffs. Es ist wie bei einem Gespräch mit einem alten Freund, das man problemlos für Jahre unterbrechen kann. Wenn man sich dann wiedersieht, spricht man einfach dort weiter, wo man aufgehört hat. Mir kommt ein klassisches Stück in die Finger, welches ich als Jugendlicher mal im Gitarrenunterricht gelernt habe. Ich habe es Jahre nicht gespielt, aber meine Finger erinnern sich für mich. Unglaublich. Ich spiele sehr langsam und bewusst. Es fühlt sich gut an. Die Töne schillern in irisierenden Farben. Wie brillant dieses Stück komponiert ist, denke ich. Es spricht etwas tief in mir an, als würde eine unumstößliche Wahrheit ausgesprochen.

Nach einer Viertelstunde stecke ich die Gitarre zurück in ihr provisorisches Futteral, als wäre meine Dosis Musik für heute erreicht. Beseelt steige ich auf den Hochstand. Die Musik klingt in mir nach und mischt sich mit dem Summen einer Hummel, die am Fuße des Turms nach Nektar sucht. Ich versuche, mich auf meine Arbeit zu konzentrieren. Kein Rauch am Horizont und keine Wolke am Himmel. Immer wieder gleiten meine Gedanken auf einer Rampe aus Musik in diese oder jene Richtung. Dabei kommt mir Maltes Bitte, bei Scooter anzurufen, wieder in den Sinn. Daran zu denken, erzeugt einen stechenden Schmerz in der Magengegend. Was haben die beiden bloß für ein Problem? Ich erinnere mich dunkel an ein paar angespannte Momente während der CD-Produktion und nehme mir fest vor, es heute Abend mal bei Scooter zu versuchen. Insgeheim hoffe ich, dass ich keinen Handyempfang haben werde. Mir ist, als bräche gerade mein altes Leben in mein neues ein.

28. PEACE, ALTER.

Heute Abend sieht alles so anders aus von hier oben. Ich könnte noch stundenlang so dasitzen und mir die ganzen Veränderungen anschauen, die der Regen auf die Landschaft malt, aber es hilft nun mal nichts – ich prokrastiniere. Ein großes Wort für: Ich schiebe auf, kann mich nicht aufraffen, habe einfach keinen Bock, bei Scooter anzurufen. Wahrscheinlich spreche ich schon gar nicht mehr dieselbe Sprache wie die Menschen da draußen.

Mein bisheriges Leben als Musiker, der Rausch der Lautstärke, auf einer Bühne im grellen Licht zu stehen, all das erscheint mir hier oben als ... profan. Vor Ort habe ich alles, was ich brauche: die Stille, einen wunderschönen Ausblick, und ab und zu ein paar Minuten allein mit der Gitarre. Nichts gegen Scooter, aber ich befürchte, dass mich ein Gespräch mit ihm zurück in einen mentalen Zustand katapultieren wird, der mir gerade mehr als fremd ist – doch ich habe es Malte nun mal versprochen. Ich ziehe den Zettel aus der Tasche, auf dem ich mir vor ein paar Tagen im Kloster Scooters Nummer notiert habe, und tippe sie ein. Dann habe ich ein komisches Gefühl. Nein, von meinem Turm aus werde ich mit niemandem telefonieren, ich muss dazu in die Hütte gehen, zurück in die «Zivilisation».

Vorsichtig klettere ich die rutschigen Stufen des Hochstandes herunter. Der Regen trommelt einen Trauermarsch auf das vertrocknete Laub. Alois' Mantel leistet mir gute Dienste, aber meine Hose ist völlig durchnässt. Ich ziehe eine trockene an, setze mich an den Tisch und drücke auf Wahlwiederholung. Das war klar: Hier gibt es kein Netz. Erleichtert lege ich das Handy auf den Tisch. Im Augenwinkel sehe ich einen Empfangsbalken auf dem Display kurz aufflackern. So einfach komme ich wohl doch nicht davon. Mit dem Telefon in der Hand gehe ich in der Hütte auf und ab, aber erst an der Tür wird der Balken dauerhaft angezeigt. Unter dem Blätterdach einer riesigen Buche, vor dem Regen geschützt, wähle ich erneut. Es klingelt.

«Ja, bitte?»

Ich muss den Hörer trotz der Stopfen ganz weit von meinem Ohr weghalten.

«Hi, hier ist Bastian. Malte meinte, ich soll mal mit dir reden.»

Als ich spreche, fühlt es sich so an, als habe sich mein Gaumen durch die Nichtbenutzung bereits verformt.

«Malte geht mir echt auf den Sack. Jetzt mal ohne Scheiß, ich mache nichts mehr am neuen Album, wenn wir die Sache mit den Produzentenpunkten nicht klären.»

«Erklär mal genauer!»

«Wer hat das neue Album produziert?»

«Wir alle zusammen, wie immer.»

«Genau.»

«Und?»

«Wer steht am Ende hintendrauf als Produzent?»

«Na, die Band, wie immer.»

«Eben, und da habe ich absolut keinen Bock mehr drauf. Malte stellt sich da komplett quer. Wir haben letztens …»

Ab da kriege ich nichts mehr mit, weil ich den Hörer mit der Hand zuhalte. Als ich die Muschel wieder loslasse, ist Scooter immer noch am Lamentieren. Mir erscheint das alles gar nicht wie ein Problem, sondern eher wie ein Missverständnis, auf jeden Fall leicht zu lösen und vor allem der Aufregung nicht wert. Von mir aus kann er gerne als Co-Produzent auf der neuen Platte stehen. Peace, Alter.

«Okay.»

«Okay, was?»

«Ich sag Malte, dass er dich auch draufschreiben soll.»

«Echt? Und was ist mit den Prozenten?»

«Natürlich kriegst du auch Prozente.»

«Willst du mich verarschen?»

«Nein, überhaupt nicht. Ich will einfach keinen Ärger in der Band.»

«Danke, ich weiß gar nicht … sag mal, stimmt irgendetwas nicht mit dir? Du klingst so …»

«Nee, alles bestens. Hau rein.»

Ich lege auf. Na, das ging doch einfach. Wer sich für die Band ins Zeug legt soll auch was bekommen vom Kuchen, da gibt es gar kein Vertun. Ich schreibe Malte eine SMS, dass die Sache geregelt ist und er Scooter mitberücksichtigen soll. Wahrscheinlich bekomme ich jetzt mit *ihm* einen Riesenärger.

29. ROTER BLITZ

Nach einer ruhigen Nacht halte ich Morgenwache. Nebel liegt über dem Bayerischen Wald, ein Sperling singt sein einsames Lied. Das Orchester der Natur spielt pianissimo. Plötzlich zerreißt ein fieser Piepton die majestätische Stille. Er ist nicht mal besonders laut; da er aber weit und breit der einzige artifizielle Klang ist, ätzt er sich seinen Weg durch die Tür der Hütte, kriecht über die Lichtung, hangelt sich die Holzleiter hinauf zur Aussichtsplattform und direkt weiter in mein Ohr. Vor Schreck fällt mir fast das Fernglas aus der Hand. Das Geräusch erzeugt eine giftig gelbe Farbe vor meinem inneren Auge.

Sollte mein Gebet so schnell erhört worden sein? Eigentlich bete ich ja nicht, aber gestern vor dem Schlafengehen bin ich kurz in mich gegangen und habe mir intensiv gewünscht, dass alles gut werden soll – dass meine Jungs die Platte fertig bekommen und ich hier noch eine Weile meine Ruhe habe. Insgeheim habe ich noch ganz vorsichtig den Wunsch drangehängt, irgendetwas über die Besitzerin der traumhaften Stimme zu erfahren. All das geht mir durch den Kopf, während ich schneller als *der Rote Blitz* die Leiter herunterjage. Am Brandwärterhäuschen angekommen, reiße ich die Tür auf. Klar, dass das Handy genau in diesem Moment aufhört zu klingeln.

Ich sehe, dass es Malte war. War das jetzt schon das befürchtete Donnerwetter? Todesmutig wähle ich seine Nummer. Während es läutet, fühle ich mich ganz komisch, als würden die elektrischen Wellen, die das Gerät aussendet, die Natur kontaminieren. Malte kommt gleich zur Sache:

«Hi Bast, Super-GAU!»

«Hä?»

«Unsere Aufnahmen sind weg.»

«Wie, weg?»

«Scooter sagt, sie sind gestohlen worden.»

«Fuck, und jetzt?»

«Ich glaube ihm nicht.»

«Warum nicht? Ich habe mich doch gestern mit ihm in Sachen Credits geeinigt. Ich kann mir nicht vorstellen, dass Scooter so 'ne Nummer abzieht.»

«Ich traue ihm alles zu.»

«Jetzt beruhig dich erst mal.»

Während ich das Ohr wechsle, kickt Malte irgendetwas durch die Gegend. Im Moment kann ich solche Wutausbrüche schlecht ertragen – nicht in psychischer Hinsicht und schon gar nicht in akustischer.

«Hey! Ganz ruhig, Brauner!»

«Bast, du musst uns helfen. Ohne die Aufnahmen haben wir echt ein Problem. Wo steckst du überhaupt?»

«In Bayern, hab ich dir doch erzählt.»

«Wo? Was machst du da überhaupt? Ich dachte, du ...»

In diesem Moment bricht die Verbindung zusammen. Ich laufe hin und her und schließlich nach draußen, bekomme aber ums Verrecken keinen Empfangsbalken mehr angezeigt. Das Dilemma, in dem ich stecke, schnürt mir die Luft ab. Eigentlich müsste ich schleunigst zurück, meinen Jungs helfen. Es kann doch nicht wahr sein, dass unsere Produktion so kurz vor dem Ziel aus der Kurve fliegt. Auf der anderen Seite habe ich im Moment große Schwierigkeiten, mir vorzustellen, jemals wieder zurückzukehren – zurück in die Stadt mit ihrem lärmenden Inventar.

30. GUTES OMEN

Ich schnalle mir meinen Rucksack um und mache mich auf den Weg. Hoffentlich passiert meinem geliebten Wald nichts, bis der nächste Verrückte seinen Dienst auf dem Turm antritt. Überraschenderweise sorgte meine Kündigung nach nur drei Wochen nicht für besonders großen Unmut bei der Nationalparkverwaltung. Wahrscheinlich haben sie von einem Stadtbewohner aus Norddeutschland nichts anderes erwartet. Schade, das wars mit meinem Leben als Eremit. Bevor mich der Waldschrat morgen Mittag abholen wird, habe ich allerdings noch etwas zu erledigen. Ich möchte mich von Bruder Hugo verabschieden, dessen Hilfsbereitschaft mich sehr bewegt hat. Ich kam als völlig Fremder zu ihm, und anstatt dumme Fragen zu stellen, hat er mir ohne Wenn und Aber geholfen. Solche Menschen wie ihn findet man selten heutzutage. Insgeheim hoffe ich auf seinen Segen für die bevorstehende Mission.

Die Aussicht, zurück nach Hamburg zu fahren, ist für mich der blanke Horror, aber ich kann meine Jungs einfach nicht hängen lassen. Wahrscheinlich war die Perspektive, zu Hause, mit all den Möglichkeiten moderner Kommunikationstechnologien, effektiver meiner Traumstimme nachstellen zu können, das Zünglein an der Waage. Ohne diesen Faktor hätte ich mich sicher nicht so einfach von mir selbst überreden lassen, diesen heilsamen Ort so schnell wieder zu verlassen.

Unter dem grauen Himmel sieht das Kloster nicht mehr ganz so idyllisch aus wie noch vor ein paar Tagen, aber immer noch Zuflucht versprechend, wie eine Insel inmitten rauer See. Wieder klopfe ich an das schwere Tor. Die Klappe öffnet sich, und Bruder Hugo schaut mich aus freundlichen Augen an.

«Grüß Gott. Möchten Sie noch einmal den Computer benutzen?»

«Nein, ich wollte mich von Ihnen verabschieden und außerdem das hier zurückgeben.»

Ich schiebe sein Handy durch die Luke.

«Bitte behalten Sie es. Vielleicht bringt es Ihnen ja Glück.»

Das kann ich brauchen, denke ich und stecke es wieder ein.

«Vielen Dank.»

Ich reiche ihm die Hand.

«Auf Wiedersehen.»

«Gott sei mit Ihnen und schenke Ihnen die nötige Ruhe.»

Ich nehme seine Worte als gutes Omen und laufe, mit etwas mehr Zuversicht als beim Hinweg, ein letztes Mal zurück zum Brandwärterhäuschen.

TEIL 2

31. SINFONIE AUS KRACH

Die drei Wochen der Isolation haben mich verändert. Neben meiner akustischen Hypersensibilität habe ich offenbar noch eine Überempfindlichkeit gegen zu viele Menschen auf zu engem Raum entwickelt. Seit ich in Würzburg in den überfüllten ICE «Werdenfelser Land» umgestiegen bin, fühlt sich mein Schädel an, als sei er eine ordentlich mit Mentos geimpfte Colaflasche. Dabei habe ich mich extra in die sogenannte *quiet zone* gesetzt. Warum diese so heißt, ist mir jedoch völlig schleierhaft. Allein die Fahrgeräusche des Zuges überschreiten trotz Stopfen in den Ohren deutlich meine Schmerzgrenze. Und an das Verbot zu telefonieren hält sich natürlich kein Mensch, im Gegenteil, es ist immer mindestens ein Businesstyp dabei, hirnrissige Anweisungen in sein Smartphone zu schreien, um den ohnehin schon hohen Geräuschpegel des nahezu voll besetzten Großraumabteils zu übertönen. Hinter mir spielt ein unter Akne leidender Jugendlicher ein Computerspiel, das von einer zweisekündigen Melodie in Dauerschleife untermalt wird, und die Durchsage des Schaffners – nah an der Rückkopplungsgrenze – setzt dem akustischen Brei das Sahnehäubchen auf.

Ich habe mich extra auf den Gangplatz gesetzt und mein Gepäck auf dem Sitz am Fenster drapiert, damit ich von keinem Sitznachbarn behelligt werde. Ein älterer Herr, der suchend durch das Abteil irrt, durchschaut meinen Bluff und erkundigt sich freundlich, ob er dort Platz nehmen dürfe. Ich kann ihm das nicht abschlagen, denn neben mir befindet sich tatsächlich der letzte freie Platz im Waggon. Ich hoffe sehr, dass er sich nicht mit mir unterhalten will. Nach fünf Minuten bricht er sein höfliches Schweigen: «Junger Mann, dürfte ich fragen, was Sie nach Franken führt?», woraufhin ich wortlos ins Bordrestaurant flüchte und mir ein Bier bestelle. Nach der halben Flasche habe ich bereits einen im Tee; vorhersehbar, nach über einem Monat völliger Abstinenz.

Den Rest der Bahnfahrt über steigert sich das Ausmaß meiner Kopfschmerzen, die auf der anschließenden Taxifahrt auch nicht gerade besser werden. Meine Wohnung riecht immer noch wie ein Aschenbecher, was einen heftigen Brechreiz in mir auslöst. Ich sehne mich zurück nach der frischen Luft auf dem Rachel. Regentropfen schlagen wie Pistolenkugeln gegen die Fensterscheibe meines Wohnzimmers. Eben im Zug habe ich mir noch versucht einzubilden, ich sei ein Superheld und käme zurück, um die Welt oder zumindest die Daten der *Voodoo-Psycho*-CD zu retten, da ich mit meinem Supergehör jedem Dieb eine Nasenlänge voraus bin. Zurück in der gnadenlosen Realität der Großstadt, muss ich leider feststellen, dass mein empfindliches Gehör keinen Vor-, sondern einen Nachteil darstellt. Irgendjemand im Haus schaut Fernsehen auf einem alten Gerät, das einen ultrahohen Störton aussendet. Eine Waschmaschine lässt die Wände erzittern wie bei einem Erdbeben. Der Verkehr vor meinem Fenster; eine alte Frau, die bitterlich weint; ein Technoliebhaber im Nachbarhaus; alles zusammen ergibt eine apokalyptische Sinfonie aus Krach. Wie habe ich es hier nur so lange aushalten können?

Ich sollte schleunigst bei Malte anrufen, fühle mich jedoch zu schwach dazu. Zumindest meine Mails sollte ich checken, um wieder auf den neuesten Stand in Sachen verschwundener Festplatten zu kommen. Insgeheim hoffe ich zudem, dass sich die Chefetage vom Callcenter erbarmt und mir geantwortet hat. Während ich die zahlreichen Eingänge überfliege, pumpt mein Herz hörbar Blut durch meine Arterien. Dann bleibt es für einen kurzen Moment stehen.

Betreff: Ihre Anfrage vom 13.06.

Sehr geehrter Herr Lauterbach,
Sie hatten sich nach einer ehemaligen Mitarbeiterin von uns erkundigt, die Ihren Anruf am 11.05. entgegengenommen hat. Da sie zum jetzigen Zeitpunkt nicht mehr für uns arbeitet,

kann ich Ihnen bedauerlicherweise, aus Datenschutzgründen, keine weiteren Auskünfte erteilen.

Mit besten Grüßen
Peter Everling

Warum nicht? Blöder Bürokrat. Er kann mir doch wenigstens ihren Namen nennen. Ich schreibe eine hasserfüllte und überflüssige Antwort und haue beim Abschicken fast meine Tastatur kaputt. Ganz schön frustrierend, wie schnell sich meine in den letzten Wochen erworbene Gelassenheit am ersten Abend bereits wieder verflüchtigt. Ich versuche, mich zu beruhigen, stehe auf und atme mit geschlossenen Augen mehrmals tief ein und aus. Schon besser. Dann versuche ich, mir die wunderschöne Aussicht auf dem Rachel vorzustellen. Die dichten Baumkronen bis hinunter ins Tal. Super, es wirkt. Aber genau wie dort, schleicht sich auch diesmal wieder diese atemberaubende weibliche Stimme in mein Bewusstsein. Ich höre sie ganz real mit meinen inneren Ohren, könnte sie immer noch in allen Einzelheiten wiedergeben. Wenn es doch irgendeine Möglichkeit gäbe, Schall aus dem Gedächtnis aufzuzeichnen.

Ich gehe rüber zum Sofa, und während ich so grübele, muss ich an eine ganz unglaubliche, aber wahre Geschichte denken, die ich während meines Aufenthaltes im Weidenhof gelesen habe. Unlängst wurde ein Artefakt des französischen Tüftlers Édouard-Léon Scott de Martinville entdeckt, der Ende des neunzehnten Jahrhunderts eine Vorrichtung namens *Phonautographen* erfand, die es ihm ermöglichte, Schall optisch aufzuzeichnen. Das war zwanzig Jahre, bevor Edison mit seinem Phonographen auf den Markt kam. Dummerweise konnte Scott de Martinville seine Aufnahme später nicht wieder hörbar machen, sodass seine Erfindung schnell wieder in Vergessenheit geriet. Hundertfünfzig Jahre später ist es Wissenschaftlern nun gelungen, mittels eines Computerprogramms die Bilder, die der Phonautograph aufgezeichnet hat, wieder in Schall zu verwandeln. Das muss ein bewegender Moment gewesen sein, als eine Stimme aus der Vergangenheit plötzlich, verrauscht und geisterhaft, das Kinderlied *Au Clair de la Lune* anstimmte. Schade nur, dass dieser ganze wissenschaftliche Fortschritt mir bei meinem Problem kein Stück weiterhelfen kann.

Ich nehme meinen Laptop zur Hand und tippe das Wort «Sprecherkartei» in die Suchmaske meines Browsers ein. Dann klicke ich auf die erste der angezeigten Websites, auf denen professionelle Sprecher ihre Dienste anbieten. In der Rubrik «Stimmcharakteristika» setze ich bei folgenden Kästchen Häkchen: «Geschlecht: weiblich; Timbre: jung, dunkel; Genre: Sachtext», und drücke dann Enter. Daraufhin werden mir über zwanzig Vorschläge verschiedener Frauenstimmen gemacht. Ich beginne damit, mir jedes einzelne Sprachbeispiel genau anzuhören.

32. MR. CLANGOUR

Dr. Müller-Canstatt hat mir neue Ohrenstopfen zugeschickt. Er hat sie extra für mich anfertigen lassen, und sie haben folgende Besonderheit: Ich kann mit einem Rädchen stufenlos ihre Schalldurchlässigkeit verstellen. Volle Dämpfung entspricht dem Schallschutz eines Fluglotsen. Das Gegenteil, also die möglichst offene Einstellung, simuliert den Zustand, nichts im Ohr zu haben.

Auf dem Weg von St. Pauli zu Scooters Studio habe ich fast auf volle Schalldämmung gestellt. Anders könnte ich den Lärm des Straßenverkehrs nicht ertragen. Er macht mich auf Dauer einfach porös. Ich betrete das Studio und muss Scooter erst mal einnorden, damit er mich nicht so anschreit. Wahrscheinlich hat er im Leben einfach schon zu viele Bands gemischt, jedenfalls spricht er immer einen Ticken zu laut. Jetzt, wo das geklärt ist, kann ich meine Stopfen wieder etwas aufdrehen. Malte ist wie immer zu spät. Ich möchte die Geschichte mit den verschwundenen Aufnahmen unbedingt noch einmal ganz genau, und vor allem aus erster Hand, hören. Beim Sprechen fummelt sich Scooter dauernd mit der Hand im Gesicht rum.

«Am besagten Abend wollte ich die Festplatten mit nach Hause nehmen, um dort weiterzuarbeiten. Am Auto fiel mir ein, dass ich etwas oben vergessen hatte. Also hab ich sie in den Wagen gelegt und abgeschlossen.»

«Bist du dir sicher?»

«Dass ich abgeschlossen habe? Klar, tausendprozentig.»

«Ja und dann?»

«Bin ich noch mal hochgegangen. Als ich wieder runterkam, stand die Beifahrertür offen, und die Dinger waren weg. Ich hab den Hof abgesucht und bin vor zur Straße gelaufen, aber da war niemand.»

«Wow, das heißt, irgendjemand muss dich beobachtet und genau in dem Moment zugeschlagen haben, als du noch mal reingegangen bist.»

«Das denk ich auch. Aber wer macht so etwas, und vor allem, warum?»

«Ich hab keinen Schimmer, fehlt denn sonst noch irgendetwas aus deinem Wagen?»

«Komischerweise nicht.»

«Sag mal, hast du eigentlich ein Back-up gemacht?»

«Klar.»

«Und wo ist das jetzt?»

«Weg. Es war auch im Auto.»

«Na super.»

«Ich wollte nichts an Daten im Studio lassen. Ich konnte ja nicht ahnen, dass ausgerechnet jemand an diesem Abend ...»

In diesem Moment kommt Malte herein und mit ihm der Geruch fauler Eier.

«Hi Jungs.»

Als er merkt, dass wir komisch gucken, winkt er mit den Armen wie ein Fußballspieler, der ein Foul begangen hat und seine Unschuld beteuert. «Hey, ich wars nicht.»

«Malte!»

«Was denn?»

«Ich hab *gehört*, wie du deine Arschbacken nicht länger zusammenkneifen konntest.»

«Okay, gewonnen. Ich hatte vergessen, dass *Mr. Clangour*, das Superohr, mit im Raum ist.»

Scooter mustert mich.

«Damit könntest du mir super beim Mixen helfen.»

«Nee, ist mir alles zu laut gerade. Außerdem müssen wir erst einmal zusehen, dass wir die Aufnahmen zurückbekommen.»

«Aber wie?», fragt Malte.

«Wir sollten die Polizei einschalten», schlage ich vor.

«Lieber nicht», sagt Scooter, «wenn die Plattenfirma Wind davon bekommt, dass die Daten futsch sind, halten die den Vorschuss zurück. Und wenn das passiert, bin ich pleite.»

Maltes Gesicht verdunkelt sich. Er legt seinen Arm auf Scooters Schulter.

«Jetzt noch mal ohne Quatsch. Wir können echt über alles reden. Hast du wirklich keine Ahnung, wo die Aufnahmen sind?»

«Nein. Ich schwöre es. Aber ich ...»

«Aber was?»

«Ich bin echt enttäuscht, dass du mir so etwas zutraust», sagt Scooter, stapft beleidigt aus dem Raum und lässt sich auf seinen Sessel hinterm Mischpult fallen. Seine Schritte hallen wie Paukenschläge in meinen Ohren nach.

33. DUMPFER SCHMERZ

Wie oft habe ich den Sprachschnipsel jetzt schon hintereinander abgespielt? Sicher ein Dutzend Mal. Währenddessen verändere ich das Frequenzspektrum. Eine weibliche Stimme wird nicht müde zu sagen: «Vom Numinosen zur Faktizität – Wissenschaft und Meditation in …»

Der Text hat nichts damit zu tun, wonach ich suche. Er ist mir beim Durchforsten unzähliger Sprachmuster zufällig untergekommen. Ich jage einem bestimmten Klang hinterher. Die Stimme, die ich ausgesucht habe, kommt meiner Vorstellung schon ziemlich nahe. Aber das menschliche Sprechorgan ist etwas so Individuelles, dass es mir gerade als ziemlich aussichtslos erscheint, was ich hier vorhabe: Eine menschliche Stimme durch technische Manipulation in eine andere real existierende Stimme zu verwandeln. Dabei sitze ich hier schon seit über zwei Stunden und habe unzählige Möglichkeiten der Klangbearbeitung durchprobiert. Obwohl ich mich Stück für Stück der Stimme der geheimnisvollen Frau nähere, fehlt immer noch dieses gewisse Quäntchen, und langsam fühle ich mich wie jemand, der vergeblich versucht, einem leblosen Körper eine Seele einzuhauchen.

Ich starre aus dem Fenster. Der Nachbar von gegenüber hat die Rollladen unten, als wolle er die Welt aussperren. Ich kann ihn gut verstehen und will gerade auch mit niemandem etwas zu tun haben. Plötzlich klingelt das Telefon, das mir Bruder Hugo vermacht hat. Aus purem Aberglauben habe ich es nach meiner Rückkehr nach Hamburg mit meiner SIM-Karte bestückt und benutze es seitdem. Es ist Malte. Ich stehe auf und strecke mich.

«Und, was sagst du?», fragt Malte ungeduldig.

«Wozu?»

«Zu Scooter.»

«Er ist pleite, aber er hat nichts mit dem Verschwinden der Festplatten zu tun. Ich glaube, er sagt die Wahrheit.»

«Woher weißt du das?»

«Ich habe auf seinen Herzschlag geachtet, als du ihm auf den Zahn gefühlt hast. Ich hätte gemerkt, wenn er uns etwas verheimlicht hätte. Scooter ist chaotisch, und im Moment hat er auch ordentlich Scheiße am Hacken. Aber er lügt uns mit Sicherheit nicht an.»

«Na toll, und jetzt?»

«Jetzt sollten wir endlich die Polizei einschalten.»

«Ich weiß nicht, Bast. Meine Familie frisst mir gerade die Haare vom Kopf. Ich könnte den Vorschuss wirklich gut gebrauchen.»

«Und was sollen wir dann deiner Meinung nach machen?»

«Vielleicht 'ne Anzeige aufgeben nach dem Motto: Datenklau. Zahle ordentlichen Finderlohn.»

«Und wo willst du das posten? Meinst du, die Diebe sind bei *Facebook*? Außerdem haben sie die Dinger doch längst zu Bargeld gemacht.»

«Shit, wenn die Aufnahmen für immer weg sind, ist unsere Kapelle am Ende.»

Ich fühle einen dumpfen Schmerz im Magen.

«Die Aufnahmen werden schon wieder auftauchen. Wir sollten jetzt unbedingt …»

«Wart mal eben», sagt Malte, «es klingelt auf der anderen Leitung. Ich melde mich wieder.»

«Okay, bis später.»

Nicht, dass ich über Nacht zum Hellseher geworden wäre, aber seit ich so gut hören kann, habe ich einen viel stärkeren Bezug zu dem, was ich ahne. Immer öfter kommt es mir so vor, als könnte ich spüren, was gerade abgeht, könnte bei allem leichter auf den Grund schauen. Als Malte auflegt, bin ich mir sicher, dass die ganze Sache gut für uns ausgehen wird. Ich überlege, was ein nächster, sinnvoller Schritt sein könnte. Da mir keiner einfällt, setze ich mich wieder an den Schreibtisch und drücke auf *play*.

Das Ergebnis meiner Frequenzbearbeitung klingt gar nicht so schlecht. Aber irgendetwas fehlt. Ich meine mich an einen ganz leichten Akzent zu erinnern. Eine Färbung der Sprache, die ich beim besten Willen keiner geografischen Region zuordnen kann. Langsam kriege ich echt die Motten.

34. SONDERBAR GESTELZT

Als ich am Gruenspan vorbeiradle, klingelt mein Handy. Ohne anzuhalten, fummele ich es aus der Hosentasche, schaue für einen Moment nicht nach vorne und kann gerade noch einem Laternenpfahl ausweichen. Ich halte an, um an meinen Stöpseln zu drehen. Dabei habe ich Schwierigkeiten, das richtige Verhältnis zwischen Straßenlärm und Sprachverständlichkeit einzustellen.

«Hallo?»

Eine selbstbewusste Stimme am anderen Ende der Leitung fragt: «Spreche ich mit Herrn Lauterbach?»

Das verheißt nichts Gutes. Mit *Herr Lauterbach* werde ich normalerweise nur von Polizisten oder anderen offiziellen Personen angesprochen.

«Am Apparat.»

«Wir haben etwas, das Sie interessieren könnte.»

Der Mann hat einen merkwürdigen osteuropäischen Akzent, spricht jedoch ausgezeichnetes Hochdeutsch.

«Wer ist ‹wir›?»

«Das spielt im Moment keine Rolle.»

Was ist das wohl für ein Vogel? Er spricht sonderbar gestelzt. Ich versuche, ihn mir vorzustellen: grauhaarig, drahtig, Mitte fünfzig?

«Was wären Ihnen die Aufnahmen Ihrer Musikgruppe wert?»

Verstehe, daher weht der Wind. Ich ziehe mein Fahrrad mit der freien Hand auf den Gehsteig. Was soll ich jetzt sagen? Was will er hören? Ich selbst kann ihm fast nichts anbieten, aber wenn wir alle von der Band zusammenlegen, vielleicht zehntausend Euro.

«Sind Sie noch dran?», fragt der Fremde bestimmt. Ich überlege krampfhaft.

«Na?»

«Drei Riesen.»

Ich höre ein spöttisches Schnaufen.

«Ich denke, ein Finderlohn von fünftausend Euro wäre angebracht, meinen Sie nicht?»

«Okay, das kriegen wir hin.»

«Genaue Anweisungen folgen. Passt es Ihnen morgen um neunzehn Uhr?»

Der Sack tut immer noch so, als hätte ich eine Wahl.

«Äh, ja.»

«Sehr gut. Im Übrigen möchte ich Sie darauf hinweisen, dass wir Ihr Telefon überwachen. Kein Wort zu irgendjemandem. Und kommen Sie allein. Andernfalls wandern Ihre Daten in den Sondermüll.»

«Geht klar, ich …»

«Und noch was: Keine Polizei!»

35. UNSER LEBEN

Ich glaube nicht, dass ein Gangster, der läppische fünftausend Euro Lösegeld für unsere CD, sprich *unser Leben* fordert, über die technischen Möglichkeiten verfügt, ein Handy abzuhören. Doch wer weiß? Irgendwie hat mich der Anruf des osteuropäischen Gentlemans gestern ganz schön nervös gemacht. Langsam werde ich paranoid: Ich traue mich nicht mehr, mein eigenes Telefon zu benutzen. Zum Glück ist Jörn, mein Nachbar, sehr verständnisvoll. Er ist zwar etwas verstrahlt, aber nett. Die Leute in meinem Haus sind eigentlich alle echt korrekt, was man von bestimmten asozialen Subjekten, die einem die Früchte der harten Arbeit stehlen, nicht gerade behaupten kann. In meiner Zeit im Wald hatte ich ganz vergessen, was für gestörte Typen in der Stadt herumlaufen. Es ist ein Trauerspiel. Jörn öffnet verpennt die Tür.

«Moin, sach mal, könnte ich mir noch mal für fünf Minuten dein Handy leihen? Meins ist immer noch kaputt, und ich muss ganz dringend jemanden erreichen.»

«Klar.»

«Soll ich dir ein bisschen was dafür geben?»

«Spinnst du?»

Ganz schön peinlich, dieser Dialog. Ich habe totale Hemmungen, Jörn dauernd anzuschnorren, denn er ist ein ziemlich armer Schlucker. Zurück in meiner Wohnung, rufe ich Malte an.

«Hör zu, der Gangster hat sich inzwischen wieder gemeldet. Ich soll das Geld zur Horner Rennbahn bringen, und zwar heute Abend um sieben.»

«Ich komm mit.»

«Besser nicht. *Mr. Unbekannt* hat klipp und klar gesagt, dass ich allein kommen soll, und ich glaube, er kann verdammt ungemütlich werden, wenn etwas nicht so läuft, wie er sich das vorstellt.»

Malte überlegt.

«Ebendarum sollte ich in deiner Nähe sein. Ich kann ja schon eher zur Rennbahn fahren und bin dann schneller am Start, wenn du mich brauchst.»

«Ich weiß nicht. Aber sag mal, kann ich dein Auto nehmen? Bei dem Pech, was ich im Moment habe, kann es gut passieren, dass mir jemand in der U-Bahn noch das Lösegeld klaut.»

«Kein Problem. Ich nehm dann die Karre von meiner Mutter.»

«Willst du unbedingt den Helden spielen? Ich glaube nicht, dass das eine gute Idee ist. Wir sollten den Typen nicht unnötig provozieren.»

«Nee, klar. Ich mach mir einfach Sorgen um dich.»

Wir schweigen uns für einen Moment gegenseitig an. Währenddessen schießen mir verschiedene Szenarien durch den Kopf. Irgendwie finde ich Maltes Idee plötzlich gar nicht so schlecht.

«Vielleicht hast du recht. Du kannst ja irgendwo ums Eck parken. Aber zieh dir eine Mütze an, damit dich niemand erkennt.»

«Mach ich.»

«Okay, dann komme ich gleich bei dir vorbei und hol mir das Geld ab.»

«Alles klar.»

«Bis später.»

Ich bringe Jörns Handy zurück. Als ich meine Wohnungstür zuziehe, beginnt es in meinem linken Ohr zu brummen, als würde neben mir ein Hubschrauber starten.

36. LEIDER NEIN

Ich parke Maltes kackbraunen Skoda Fabia vor der U-Bahn-Station Horner Rennbahn. Ein normaler Mensch fährt so einen Hobel sicher nicht freiwillig, aber soviel ich weiß, hat Malte ihn von seiner Oma geerbt. Immerhin ist der Lack in einem Topzustand, weil der Wagen die meiste Zeit in der Garage stand. Es fehlt eigentlich nur noch das gefütterte Lenkrad. Während ich aussteige, frage ich mich, warum ich eigentlich noch nie beim Pferderennen war? Das wäre sicher lustiger, als mit irgendwelchen dubiosen Osteuropäern Geschäfte zu machen. Ehrlich gesagt, würde ich gerade *alles* bedeutend lieber machen als das. Ich nehme mir fest vor, mal ein Rennen zu besuchen, wenn das hier überstanden ist. Zunächst bin ich unschlüssig, in welche Richtung ich gehen soll, dann wende ich mich wahllos nach rechts, laufe an der *Horner Marie* vorbei und habe plötzlich das unangenehme Gefühl, beobachtet zu werden. Mein Handy vibriert. Die SMS lautet:

Bitte gehen Sie zur Telefonzelle am Park+Ride-Parkplatz!

Das mit dem *Sie* finde ich immer noch kurios. Der Fremde scheucht mich durch die Gegend, wird unsere Band um fünftausend Euro erleichtern, aber bleibt trotzdem betont höflich dabei. Ich drehe um und gehe Richtung Parkplatz. Eine Telefonzelle?! Seit es Handys gibt, habe ich kein gelbes Häuschen mehr betreten. Ohne die gerade empfangene SMS wäre ich mir gar nicht sicher, ob es sie überhaupt noch gibt. Ich schaue mich um. Etwa die Hälfte der Parktaschen ist belegt. Den Rand der Asphaltfläche säumen Bäume, Verkehrsschilder und Laternen. Weit und breit kein Telefon. Ein schmerzhaft lautes Klingeln beendet meine Suche. Natürlich, die Dinger sind jetzt pink. Diese Ära ist komplett an mir vorbeigerauscht. Ich sprinte los, erreiche die Zelle noch rechtzeitig und nehme ab.

«Wenn Sie mit dem Rücken zur Telefonzelle stehen, sehen Sie auf drei Uhr eine Sackgasse. Gehen Sie dorthin! Im Wendehammer stehen zwei grüne Mülltonnen. In der linken befinden sich Ihre Festplatten. Legen Sie das Geld in die andere! Keine Tricks, ich beobachte Sie.»

«Ich muss sie testen.»

«Leider nein!»

Ich lege auf und scanne die Umgebung – optisch und akustisch. Dabei konzentriere ich mich auf verdächtige Geräusche in meiner Umgebung, bekomme jedoch keinen Hinweis auf den Aufenthaltsort meines unliebsamen Gesprächspartners. Vielleicht ist er ja gar nicht in der Nähe. Meine Angst verwandelt sich langsam, aber sicher in Wut, und ich spüre, wie sich mein Körper anspannt. Ich kann den merkwürdigen Fremden schlecht einschätzen. Er wirkt nicht besonders gewalttätig, aber seine aggressive Freundlichkeit ist mir richtig unangenehm.

Zwei Minuten später stehe ich vor den Tonnen. Tatsächlich, in der linken liegt eine weiße Plastiktüte. Die Festplatten sind dem ersten Anschein nach noch intakt. Ich überlege kurz, ob ich das Geld überhaupt hineinlegen soll, aber der Ton in der Stimme des Gangsters hat mir mehr Angst eingeflößt, als ich zugeben möchte. Also platziere ich die Tasche mit dem Geld wie vorgeschrieben und mache mich auf den Rückweg zu Maltes Auto. Auf halber Strecke schlüpfe ich in eine Toreinfahrt. Wenn der Typ mich, wie ich vermute, von einer Stelle aus beobachtet, die irgendwo am Rande des Parkplatzes liegt, hätte ich mich so seinem Blick entzogen. Ich rufe Malte an.

«Ich hab die Festplatten.»

«Yeah!»

«Was sollen wir jetzt machen?»

«Du fährst direkt nach Hause. Ich bringe meiner Mutter ihre Karre zurück und komme dann, so schnell es geht, zu dir. Dann können wir checken, ob noch alles drauf ist. Sagen wir, in einer Stunde?»

«Alles klar.»

Erleichtert gehe ich zurück zum Wagen und setze mich hinters Steuer. Die Festplatten lege ich vorsichtig ins Handschuhfach. Geschafft. Als ich den Zündschlüssel umdrehe, spüre ich irgendetwas Kaltes aus Metall an meinem Hals.

37. ABSOLUTE DUNKELHEIT

«Wenn du dich umdrehst, du bist tot. Wenn du schauen Rückspiegel, du tot auch.»

Fuck, was passiert hier eigentlich gerade?

«Fahren los!»

Meine Hände zittern. Ich lege den Gang ein, trete aufs Gas und würge den Motor ab. Beim zweiten Versuch rollen wir los.

«Wo lang?»

«Wenn ich sage nichts, heißt geradeaus.»

Der Mann hinter mir spricht mit starkem, wahrscheinlich russischem, Akzent und stinkt nach Schweiß, Alkohol und Zigarettenrauch. Komisch, dass mir das nicht schon beim Einsteigen aufgefallen ist. Die Euphorie, unsere Platte wieder in Händen zu halten, hat wahrscheinlich meine Wahrnehmung getrübt. Schlagartig sind alle Sinne wieder voll da. Ich höre die Lunge des Mannes rasseln. Der Pistolenlauf bohrt sich immer noch unangenehm kalt von hinten in meinen Nacken. Mir schießen tausend Fragen durch den Kopf. Gehört der Mann zu dem anderen Gangster? Wenn nein, was will er dann von mir? Ist er zufällig hier, ein Trittbrettfahrer oder doch Komplize?

Soweit ich das in meiner Aufregung mitbekomme, fahren wir in nordwestlicher Richtung. Wo will er mit mir hin? Demnächst müssten wir eigentlich die A 24 kreuzen. An einer Bushaltestelle befiehlt mir der Russe rauszufahren. Er macht das in einem Ton, als hätte er alle Zeit der Welt. Wahrscheinlich macht er so etwas öfter. Er reicht mir eine schmuddelige Wollmütze nach vorne. Dabei sehe ich, dass er in seiner anderen Hand einen Schraubenschlüssel hält. Der Typ hat mich 1a verarscht, aber diese Erkenntnis hilft mir gerade auch nicht weiter. Mit dem Schraubenschlüssel kann er mich zwar nicht erschießen, aber ich habe auch wenig Lust herauszufinden, wie es sich anfühlt, wenn er ihn mir auf den Kopf haut. Ich ziehe mir die siffige Mütze über die Augen und bin blind. Der Gestank ist unerträglich. Mir wird schlecht. Ich höre, wie der Kidnapper aussteigt und die Fahrertür öffnet. Seinen Ellenbogen in meiner Seite zu spüren, verstehe ich als schmerzhafte Aufforderung, auf den Beifahrersitz zu rutschen. Der Russe steigt ein und brettert los.

Kurz danach macht er überraschend einen U-Turn, wodurch mein Kopf gegen die Seitenscheibe knallt. Ich sehe Sternchen. Bislang dachte ich immer, das sei eine Comiczeichner-Erfindung, aber es gibt sie tatsächlich. Sie tanzen gerade munter vor meinem Gesichtsfeld. Der Stinker fährt jetzt wieder etwas langsamer. Wahrscheinlich ist ihm aufgegangen, dass es strategisch besser wäre, sich halbwegs an die Verkehrsregeln zu halten, um kein Aufsehen zu erregen. Zwischendurch gehen ihm immer wieder die Pferde durch, und er tritt aufs Gas. Wenn wir, wie ich vermute, gerade nach Osten unterwegs sind, müssten wir irgendwann ein Gebiet namens Sachsenwald erreichen. Ich hab den Namen mal in einem Magazin der Deutschen Bahn aufgeschnappt. Keine Ahnung, ob mir diese Information irgendwas nützen wird, aber der Versuch, alles um mich herum genau zu registrieren, gibt mir die Illusion, nicht gänzlich die Kontrolle zu verlieren. Durch den Stoff der stinkenden Mütze zu atmen, ist unerträglich.

Nach einer geschätzten Viertelstunde holpert der Wagen über einen unbefestigten Weg. Die Erschütterungen lassen meinen Oberkörper hin- und herschaukeln. Ich kralle mich mit beiden Händen am Sitz fest. Nach weiteren fünf Minuten bleiben wir stehen. Der Russe steigt aus, geht um den Wagen herum und zerrt mich aus dem Wagen, wobei ich mir erneut den Kopf stoße. Er durchsucht mich und nimmt mir mein Handy ab. Dann schiebt er mich ein paar Meter vor sich her, bis sich der Schall, den unsere Schritte erzeugen, an etwas Großem, vielleicht einer Scheune bricht. Quietschend rollt ein Tor zur Seite. Der Russe gibt mir einen Schubs, ich verliere das Gleichgewicht und falle ungebremst auf harten Boden. Hinter mir schließt sich das Tor wieder. Ich reiße mir die Mütze vom Kopf und kann trotzdem nichts sehen. Absolute Dunkelheit umfängt mich.

38. KLACK, KLACK, KLACK

Ich starre ins Nichts. Obwohl meine Augen in der Dunkelheit krampfhaft nach Licht suchen, bleibt es stockfinster. Ganz schön unheimlich. Ich fange an, Töne von mir zu geben, damit es nicht auch noch totenstill ist. Ich erzeuge kurze Ahs, die stark nachhallen. Offensichtlich befinde ich mich in einem ziemlich großen, leeren Raum. Je nachdem, wohin ich meinen Kopf drehe, werden die Ahs ganz unterschiedlich zurückgeworfen. Die Klänge erzeugen verschiedene Farben in meinem Kopf. Ich nehme die Stopfen aus den Ohren und bin dabei ganz vorsichtig, damit sie mir nicht aus der Hand fallen und im Schwarz verschwinden. Vorsichtig produziere ich weitere Laute. Die Farben werden intensiver. Links von mir «höre» ich eine kahle Wand. Ich stehe auf und gehe vorsichtig auf sie zu, dabei gebe ich ununterbrochen Laute von mir. Je kürzer sie sind, umso genauer ist das Resultat meiner akustischen Vermessung. Ich versuche es mit Schnalzern meiner Zunge. Klack, klack. Wie bei einem Echolot erzeugt der reflektierte Klang einen optischen Eindruck bei mir.

Im Gänsemarsch bewege ich mich weiter auf die Wand zu. Klack, klack, klack. Schmerzhaft knallt mein Knie irgendwo gegen. Ich unterdrücke einen Schrei. So nah am Boden war ich auf nichts gefasst. Ich taste nach dem Ding, das im Weg ist. Es scheint ein hüfthoher Klotz aus Stein, vielleicht auch Beton, zu sein. Ich sollte beim Schnalzen meinen Kopf besser nicht nur hin und her, sondern auch nach oben und unten bewegen. An der Wand angelangt, drehe ich um und gehe zurück in die andere Richtung. Ab jetzt zähle ich die Schritte, ohne mit dem Schnalzen aufzuhören. Klack, klack. Dabei bewege ich meinen Kopf horizontal und vertikal. Das Bild vor meinem inneren Auge wird immer plastischer, mein Gang selbstbewusster. Irgendetwas ist hier auf Augenhöhe. Ich bleibe stehen und lege meinen Kopf in den Nacken. Die Decke ist ziemlich hoch. So hoch, dass sie den Schall kaum zurückwirft. Trotzdem bricht hier etwas direkt vor mir den Schall. Ich strecke vorsichtig meine Hand aus. Sie berührt etwas Hartes, Kaltes. Als ich daran ziehe, bewegt es sich mit einem lauten Quietschen auf mich zu. Es fühlt sich an wie ein Metallhaken, und es klingt so, als sei er an einer Kette und diese an einer Laufschiene unter der Decke befestigt. Das Geräusch ist unangenehm laut. Ich höre auf zu ziehen. Mein Entführer soll besser nicht wissen, dass ich den Raum so gründlich untersuche.

Weiterhin schnalzend, bewege ich mich auf die gegenüberliegende Wand zu. Sie hat offenbar eine andere, diffusere Oberfläche. Ich ertaste ein Regal, in dem lauter Kartons stehen. Von Wand zu Wand sind es dreißig Schritte, also ungefähr zwanzig Meter. Nützt mir diese Erkenntnis irgendetwas? Ich wende mich nach links und schreite voran, bis es nicht mehr weitergeht. Dort angekommen, drehe ich mich wieder um neunzig Grad nach links. Nach einem kurzen Stück müsste ich jetzt eigentlich wieder vor dem Eingang stehen, dort, wo ich reingeschubst wurde. Ich ertaste einen Lichtschalter. Nachdem sich meine Augen an die Helligkeit gewöhnt haben, sehe ich, dass meine akustische Vermessung in den meisten Punkten gar nicht so schlecht war. Der Raum ist annähernd so groß, wie ich dachte. Ich hatte lediglich «übersehen», dass das Regal nicht direkt an der Wand steht, sondern dahinter noch ein schmaler Zwischenraum ist, sodass man es beidseitig benutzen kann. Das Eingangstor ist etwa drei mal fünf Meter groß. Ich rüttele daran. Es bewegt sich keinen Millimeter. Wieder mit den Stopfen in den Ohren versuche ich es erneut mit vollem Körpereinsatz. Keine Chance. Nachdem ich das Licht gelöscht habe, taste ich mich schnalzend durch die Dunkelheit zurück zum Betonsockel und setze mich darauf. Inzwischen habe ich jegliches Zeitgefühl verloren.

39. «RIEN NE VA PLUS!»

Die Zeit vergeht anders in kompletter Dunkelheit – gnadenloser. Als wäre die Situation, in der ich mich befinde, nicht schon aussichtslos genug, quäle ich mich zusätzlich durch horrorfilmartige Visionen, was als Nächstes passieren könnte. Vor allem bedrückt mich die Vorstellung, dass ich die Frau mit der Traumstimme womöglich nie mehr wiedersehen werde. Wobei, «wiedersehen» das falsche Wort ist, ich muss sie ja überhaupt erst finden. Aber genau daran werde ich alles setzen, wenn ich hier jemals wieder rauskommen sollte. Dieser Gedanke setzt bei mir Reserven frei, und ich kauere nicht länger auf dem Betonsockel, sondern drücke mein Kreuz durch und balle meine Hände zu Fäusten.

Plötzlich, nach einer gefühlten Ewigkeit, öffnet sich das Schiebetor. Inzwischen ist es draußen dunkel geworden. Der stinkende Russe stampft in die Halle und betätigt den Lichtschalter. Die Augen zusammengekniffen, sehe ich, wie er sich wortlos vor mir aufbaut. Er hält die Arme verschränkt. Hinter ihm kommt ein kleiner, grauhaariger Mann zum Vorschein.

«Guten Abend, Herr Lauterbach. Ich freue mich sehr, Sie hier begrüßen zu dürfen.»

Ich erkenne die Stimme, mit der ich telefoniert habe. Der feine Anzug passt gut zur höflichen Art des Mannes. Er sollte ihn allerdings mal zur Reinigung bringen.

«Was wollen Sie von mir?»

«Darf ich Sie zunächst etwas fragen?»

Ich bin irritiert.

«Ich nehme Ihr Schweigen als Zustimmung. Was verdienen Sie momentan?»

Habe ich richtig gehört? Er interessiert sich für mein Einkommen? So ein Schwachsinn, bei mir ist echt nicht viel zu holen.

«Ich weiß nicht, ob Sie das mit meinen Ohren wissen, also im Moment verdiene ich … nichts.»

«Und das genügt Ihnen?»

«Natürlich nicht, aber ich bin gerade auf der Suche, nach ...»

«Sehen Sie, und da helfen Ihnen doch sicher Ihre besonderen Fähigkeiten?»

Der russische Riese steht mit ausdruckslosem Gesicht neben seinem Chef. Dabei spannt er immer wieder die Finger seiner gigantischen Pranken an, bis deren Knöchel weiß hervortreten.

«Was meinen Sie mit besonderen Fähigkeiten?»

«Ach, kommen Sie, Sie sind berühmt. Jeder weiß, wie gut Sie hören können.»

«Im Moment kann ich nicht mal mehr Musik machen.»

Der alte Mann prustet: «Pöh, Musik. Ich hätte da einen besseren Vorschlag für Sie.»

«Und der wäre?»

Der Grauhaarige setzt ein schmieriges Lächeln auf.

«Sie scheuen sich doch sicher nicht vor neuen Herausforderungen, oder irre ich mich da?»

Ich habe keine Idee, worauf er hinauswill. Er holt einen Zettel aus der Tasche und beginnt vorzulesen:

«‹Wahrscheinlich bin ich bald Millionär, denn ich brauchte nur in ein Casino zu spazieren, mich an den Roulettetisch zu setzen und am Klackern der Kugel vorherzusagen, in welchem Fach sie liegen bleibt› ... Kommt Ihnen das irgendwie bekannt vor?»

Ohne es zu wollen, muss ich lachen. Der Riese macht einen Schritt auf mich zu, aber der alte Mann pfeift ihn zurück.

«Was ist daran so lustig?»

«Das habe ich doch nur so dahergesagt.»

«Aha, Sie können es also nicht?»

«Na ja, woher soll ich das so genau wissen? Habs noch nie ausprobiert.»

«Wären Sie bereit zu einem Test?»

«Ach, kommen Sie, das ist doch Zeitverschwendung. Lassen Sie mich gehen, und wir können unseren kleinen Tausch von eben gerne dezent unter den Tisch fallen lassen.»

«Sie spielen Gitarre, nicht wahr?»

Der alte Mann macht dem Russen ein Zeichen mit dem Kopf. Dieser greift nach meiner Hand – er hätte sie ebenso gut in einen Schraubstock spannen können – und zerrt sie Richtung Betonblock. Die Klinge seines Springmessers fährt zischend aus dem Griff. Ich beginne zu schwitzen und versuche, meine Stimme unter Kontrolle zu bringen. Aber sicher entgeht keinem der Anwesenden, wie sehr sie zittert:

«Wir können es gerne versuchen. Ich meine, das mit dem Roulette.»

«Sehen Sie, ich wusste, dass Sie einer interessanten Idee gegenüber nicht abgeneigt sein würden.»

«Ich, ich kann Ihnen aber nichts versprechen.»

Der Grauhaarige hat jetzt wieder sein feinstes Schmierlappenlächeln aufgelegt.

«Darf ich Ihnen etwas zu trinken anbieten?»

«Ein Schluck Wasser wäre toll.»

Mit einer Handbewegung schickt er den Russen nach draußen. Was für eine absurde Idee. Ich soll den Gangstern helfen, ein Spielcasino zu erleichtern. Wie konnte ich nur so blöd sein, öffentlich zu behaupten, ich hätte diese Gabe. Wodurch hat dieser Kleinkriminelle überhaupt davon erfahren? Er sieht nicht gerade wie jemand aus, der in Musikzeitschriften blättert. Der alte Herr öffnet eine Tür hinter dem Regal. Sie führt in eine kleine Kammer, die von einer Neonröhre in kaltes Licht getaucht wird.

In der Mitte des Raumes befindet sich ein Roulettetisch, an dem vier Stühle stehen. Der russische Riese kommt zurück und schließt die Tür hinter sich. Ich frage seinen seltsamen Chef: «Wie darf ich Sie ansprechen?»

Dieser überlegt kurz und antwortet dann: «Nennen Sie mich Herr Basieux!»

Er deutet auf einen der Stühle.

«So, wir beginnen nun mit dem Test.»

Er versetzt die Roulettescheibe in Drehung und wirft die Kugel in entgegengesetzter Richtung in das Rund. Die ganze Aktion sieht sehr professionell aus, als hätte er eine gewisse

Übung darin. Ich nehme die Stopfen aus den Ohren. Die Kugel saust geräuschvoll über das Holz des sich drehenden Kessels.

«Rien ne va plus!»

Ich konzentriere mich, obwohl ich nicht weiß, worauf ich überhaupt achten soll. Die Kugel sucht sich mit einem klickenden Geräusch ein Fach und bleibt liegen.

«Und?»

«Und was?»

«Wo liegt die Kugel?»

«Soll das ein Witz sein?»

«24, schwarz.»

Der Mann dreht erneut das Roulette.

«Achtung, zweiter Versuch.»

Klick. Die Kugel kommt mit einem etwas anderen Geräusch zur Ruhe.

«Na, was meinen Sie?»

«Woher soll ich wissen, welche Ziffer das ist?»

Der Mann haut mit der flachen Hand heftig auf den Tisch. Ich zucke zusammen und bedecke schützend meine Ohren.

«Ich dachte, Sie können das», sagt er, lauter als nötig.

«So funktioniert das nicht.»

«Wie sonst?»

Nervös fahre ich mir mit der Hand durch die Haare.

«Ich weiß nicht. Vielleicht mit ganz viel Übung. Ich könnte versuchen, nach und nach den Klang der einzelnen Fächer zu lernen.»

«Wir haben alle Zeit der Welt.»

Mir wird schwindelig.

«Das war übrigens die schwarze 11. Nächster Versuch.»

Wieder rollt die Kugel, bis sie in einem Fach liegen bliebt.

«Na?»

Unglaublich. Ist der Typ doof oder einfach nur stur?

«Ich habe keine Ahnung.»

«Natürlich nicht. Sie sollten zumindest versuchen, sich die verschiedenen Klänge einzuprägen. Das war gerade die rote 16.»

Als Nächstes fällt die schwarze 2 und daraufhin die 0.

Mir erscheint das Ganze als ziemlich sinnlos. Mit stoischer Ruhe dreht Herr Basieux das Roulette wieder an. Als die Kugel sich das nächste Fach sucht, löst das entstehende Geräusch ein Gefühl in mir aus. Es kommt mir vor, als träfe ich einen alten Bekannten. Doch, es besteht kein Zweifel, das ist der Sound vom Anfang.

«24!»

«Gratuliere.»

«Und jetzt?»

Der alte Mann lächelt und sagt:

«Jetzt werden wir gemeinsam reich. Allerdings befürchte ich, dass uns der Roulettetrick nicht dabei helfen wird.»

«Warum?»

«Überlegen Sie mal.»

Ich checke überhaupt nichts mehr und denke angestrengt nach. Was haben die beiden Typen mit mir vor? Der alte Mann starrt mich erwartungsvoll an. Ich komme mir vor, als wäre ich in einer Zeitmaschine zurück in meine Schulzeit katapultiert worden und hätte meine Hausaufgaben nicht gemacht. Mir will einfach nichts Plausibles einfallen. Als ich bemerke, dass mich Herr Basieux weiterhin erwartungsvoll anstarrt, sage ich:

«Weil alle Spieltische unterschiedlich sind.»

«Sie haben recht, aber das ist nicht das Problem. Darauf könnten wir uns einstellen.»

Ohne es kontrollieren zu können, beginne ich, auf meinem Stuhl hin und her zu wippen. Meine Blicke suchen den Raum nach potenziellen Fluchtmöglichkeiten ab. Aber hier gibt es nicht mal ein Fenster. Ich versuche, mich wieder auf die Frage des seltsamen Irren zu konzentrieren. Worauf will er hinaus? Dann dämmert es mir. Mann, bin ich blöd …

«Auch wenn ich hören kann, wohin die Kugel rollt, weiß ich es immer erst zu spät, weil man ab einem bestimmten Zeitpunkt nicht mehr setzen darf.»

«Exakt.»

«Aber was soll ich dann hier?»

«Lassen Sie es mich so formulieren: Ihre unbedachte Äußerung hat mein Interesse geweckt. Ich hatte zwar befürchtet, dass Sie nicht besonders helle sein könnten, aber aus einem solch einzigartigen Gehör lässt sich sicher noch auf andere Weise Kapital schlagen.»

Der Russe schiebt den Roulettetisch an die Wand, dann verlässt er den Raum. Kurze Zeit später kommt er mit einem Rollwagen zurück, auf dem etwas liegt, das wie ein altmodischer Taschenrechner aussieht.

«Wissen Sie, was das ist?»

Ich gehe etwas näher heran.

«Sieht aus wie eine Tastatur.»

«Korrekt. Es handelt sich um ein Tastenfeld, das in den meisten deutschen Geldautomaten Verwendung findet. So, und jetzt konzentrieren Sie sich bitte!», sagt Herr Basieux streng.

Ich schließe die Augen. Der alte Mann drückt auf die Tastatur. Es entsteht ein leises Geräusch, das an das Ticken einer Uhr erinnert.

Er sagt: «Eins.»

Diesen Vorgang wiederholt er sicher zehnmal. Dann sagt er: «Sieben», und drückt die entsprechende Taste. Auch das wiederholt er einige Male.

«Jetzt sind Sie an der Reihe!»

Wieder drückt er eine Taste. Trotz äußerster Konzentration bin ich mir nicht sicher, welche von beiden Tasten er gedrückt hat, und ich traue mich nicht, etwas Falsches zu sagen.

«Herr Lauterbach, Sie sollten sich etwas kooperativer verhalten.»

Der Riesenrusse kommt mir so nah, dass ich seinen stechenden Geruch wahrnehme. Herr Basieux drückt zwei Tasten hintereinander. Im direkten Vergleich klingen die Tasten ziemlich unterschiedlich. Zuversichtlich sage ich: «Sieben, eins.»

«Bravo.»

Tipp, tipp, tipp, tipp.

«Eins, sieben, sieben, eins.»

«Jetzt erhöhen wir den Schwierigkeitsgrad.»

Der alte Herr tippt in schneller Folge auf die Tastatur, wodurch er mir den Klang zweier weiterer Ziffern vorstellt, nämlich den der Fünf und der Neun. Nach etlichen Wiederholungen bin ich bereit.

«Okay, legen Sie los.»

Tipp, tipp, tipp, tipp.

«Bitte noch mal.»

Tipp, tipp, tipp, tipp.

Mir ist, als würden verschiedene farbige Ziffern vor meinem inneren Auge aufleuchten.

«Neun, eins, fünf, sieben.»

Obwohl der stinkende Russe immer noch vor mir steht, entspanne ich mich ein bisschen. Es ist grotesk, aber die ganze Sache beginnt, mir Spaß zu machen. Ich hätte nicht gedacht, dass so etwas überhaupt möglich ist.

«Fünf, eins, sieben, sieben, neun.»

Herr Basieux' Lederhandschuhe spenden einen morbiden Applaus.

«So und jetzt pauken Sie mit Georgij die restlichen Ziffern der Tastatur. Wenn Sie sich weiter so geschickt anstellen, sehen wir einer goldenen Zukunft entgegen.»

Herr Basieux verlässt die Kammer. Der Riese setzt sich mir gegenüber an den Tisch und hackt auf die Tastatur ein. Ziffer für Ziffer geht er mit mir durch. Unter anderen Umständen könnte ich mich über seinen obskuren Akzent amüsieren. Aber ein Blick in sein brutales, ausdrucksloses Gesicht erinnert mich daran, dass ich mich lieber konzentrieren sollte, wenn ich vorhabe, jemals wieder Gitarre zu spielen. Nach anderthalb Stunden habe ich den Klang jeder Ziffer im Kopf. Zudem fühlt sich mein Hirn an, als müsste es jeden Moment zerplatzen. Grußlos verlässt der Russe den Raum und verschließt die Tür meiner gefängniszellengroßen Kammer.

40. HEPHAISTOSMÄSSIG

Was ein Wahnsinn. Meine Entführer wollen mit meiner Hilfe Bankautomaten leer machen, mich als akustischen Safeknacker missbrauchen. Dummerweise lässt Georgij keinen Zweifel darüber aufkommen, was er mit meinen Fingern anstellen wird, wenn ich nicht mitspielen sollte. Ich muss dringend hier raus.

Die Tür der Kammer sieht so aus, als würde sie kein allzu großes Hindernis darstellen. Sie ist durch ein ganz normales Bartschloss gesichert, das man normalerweise problemlos überlisten kann. Jedenfalls habe ich als Jugendlicher mal dem Hausmeister unserer Schule dabei zugesehen, wie er die Tür zu seinem Büdchen mit einem gebogenen Draht geöffnet hat, weil er mal wieder seinen Schlüssel verbummelt hatte. Und das sah nicht besonders schwierig aus. Aber ganz ohne Hilfsmittel? In der Kammer liegt kaum etwas herum, als sei sie schon länger verwaist. Aber an der Wand entdecke ich eine Uhr, die stehen geblieben ist. Ich nehme sie ab und klappe das gewölbte Glas auf. Nach etlichem Hin- und Herbiegen bricht der Minutenzeiger ab. Ich versuche, ein Ende umzuknicken, aber das Metall sträubt sich erfolgreich dagegen. Wieder suche ich den Raum nach etwas Brauchbarem ab und bleibe mit meinem Blick an einer Fuge, die der Frost ins Mauerwerk gesprengt hat, hängen. Mit ihrer Hilfe bringe ich den Zeiger in die gewünschte L-Form. Dann führe ich den selbst gemachten Dietrich in das Schloss ein und drehe ihn so lange hin und her, bis ich auf einen Widerstand stoße. Aber ohne richtigen Griff kann ich nicht genug Kraft umsetzen. Eine Zange wäre gut, aber da kann ich mir auch gleich wünschen, dass mich jemand hier rausbeamt.

Auf dem Boden liegen mehrere Winkeleisen herum. Ich hebe zwei von den verrosteten Dingern auf und klemme den abgebrochenen Minutenzeiger dazwischen. Damit versuche ich erneut mein Glück. Immer wieder verändere ich dabei die Position des Metallstücks im Schlüsselloch, aber das Schloss bleibt störrisch. Wütend werfe ich alles auf den Boden und ärgere mich sogleich über den entstehenden Lärm, der mir in den Ohren dröhnt. Immerhin beflügelt die Wut meine Gedanken, und mir kommt direkt die nächste Idee. Ich nehme ein Winkeleisen, halte das kurze Ende auf den Spalt zwischen Tür und Wand und schlage mit der Faust auf das lange Stück. Langsam bahnt sich das Eisen seinen Weg in den Zwischenraum. Dann drücke ich mit aller Kraft dagegen. Nichts passiert. Ich verändere meine Position, stütze mich mit beiden Händen an der Wand ab und trete mit dem Fuß gegen das Metall. Das Holz beginnt zu splittern. Yes! Warum nicht gleich so?

Ich durchquere die Halle und untersuche erneut das Schiebetor. Ohne richtiges Werkzeug erscheint es mir unmöglich, es zu knacken. Eine wahnwitzige Idee schießt mir in den Kopf. Wenn ich nicht aus eigener Kraft flüchten kann, muss ich den Spieß eben umdrehen, die Gangster hierherlocken und sie dann im richtigen Moment überraschen. Aber womit soll ich sie attackieren? Hier liegt zwar einiges an Gerümpel herum, aber nichts, was man gescheit als Waffe gebrauchen könnte. Außer vielleicht die Winkeleisen, aber ob ich mit denen etwas gegen das russische Riesenbaby ausrichten könnte? Ich würde es ungern darauf ankommen lassen. Ich habe nur dann eine Chance, wenn ich mir irgendwie einen taktischen Vorteil verschaffe. Komm schon, Sebastian, denk nach!

Während das Blut in meinem Kopf zu pulsieren beginnt, schaue ich mir die Halle noch mal ganz genau an. Ein Sicherungskasten neben der Tür zur Kammer fällt mir ins Auge. Mit lautem Quietschen gibt die Klappe beim Öffnen den Blick auf zwei betagte Schmelzsicherungen frei. Wenn ich die linke rausdrehe, erlischt die Neonröhre in der Kammer, und wenn ich den Kontakt zur rechten unterbreche, gehen die drei Pendelleuchten in der Halle aus. Ich arretiere beide Sicherungen wieder, präge mir ein, welche von beiden zu welchem Raum gehört, und hole mir zwei Winkeleisen aus der Kammer. Eins stecke ich mir in die Gesäßtasche meiner Hose, mit dem anderen beginne ich, auf das Schiebetor einzuschlagen. Es schmerzt, obwohl ich die Stopfen in den Ohren habe, und klingt, als würde der Schmied der Unterwelt auf seinen Amboss hämmern. Das ist schon merkwürdig, anstatt zu überlegen, wie genau ich weiter vorgehen soll, wenn die Gangster, durch meinen Krach angelockt, tatsächlich hier auftauchen sollten, zerbreche ich mir den Kopf darüber, wie der Held aus der verdammten Sage heißt. Ich dresche weiter auf das Tor, und plötzlich fällt es mir wieder ein: Sein Name ist Hephaistos. Abgefahren, an was für kuriose Details aus meiner Schulzeit ich mich manchmal erinnern kann. Vor allem, bei was für unpassenden Gelegenheiten.

Immer wieder mache ich Pause, um zu hören, ob sich draußen etwas tut, aber es bleibt totenstill. Wer weiß, wo genau sie mich überhaupt hingeschafft haben? Vielleicht liegt die Halle irgendwo weit draußen im Nichts, und die Typen sind nicht mal in der Nähe. Ich hämmere weiter hephaistosmäßig auf das Tor ein. Irgendwann lasse ich meinen Arm erschöpft sinken. Plötzlich höre ich ein Geräusch. Kein Zweifel, draußen wird eine Tür geöffnet. Hoffentlich habe ich beide Gangster herlocken können. An den schweren Schritten, die sich dem Schiebetor nähern, identifiziere ich Georgij.

«Was sein los?»

«Mach sofort das Tor auf. Es brennt.»

Keine Antwort. Dann höre ich, wie der alte Mann dazukommt.

«Was will er?» Seine Stimme klingt müde.

«Er sagt, da drin Feuer.»

«Herr Lauterbach, ist alles in Ordnung bei Ihnen?»

«Es brennt, verdammt noch mal. Holen Sie mich hier raus! Schnell!»

Ich höre, wie Schlüssel klimpern. Das Schiebetor bewegt sich zur Seite.

«Geh weg von Tür!»

Der Russe betritt die Halle in Zeitlupe. Die Klinge seines Messers funkelt im Licht der Pendelleuchten. In seinem Windschatten nähert sich der alte Herr und mustert mich skeptisch. Er fragt: «Wo?»

«In der Kammer ist ein Kabel durchgeschmort.»

Wortlos nimmt er mir das Winkeleisen aus der Hand und geht an mir vorbei. Der Russe zieht das Tor zu und verstellt mir den Weg nach draußen. Als Herr Basieux den Eingang der Kammer erreicht, laufe ich los, springe ab und klammere mich an den Metallhaken. Mit lautem Quietschen schwebe ich an der Rolle über den Boden der Halle. Ich strecke meine Füße nach vorne und halte auf das Regal zu. Erschrocken dreht sich der alte Mann um, aber es ist zu spät. Ich treffe mit voller Wucht auf das Regal. Es gerät ins Wanken und kippt Richtung Wand. Herr Basieux flüchtet in die Kammer. Einige Kartons gehen mit Getöse zu Boden. Durch den Aufprall knallt die Tür zu, und das Regal kommt schräg über dem Türrahmen zum Liegen. Herr Basieux ist gefangen.

Der Russe kommt auf mich zugerannt. Jetzt muss es schnell gehen. Ich eile zum Sicherungskasten. Verdammt, welche Sicherung war noch mal für die Halle zuständig? Ich drehe die rechte raus, und es wird stockfinster. Aus der Kammer höre ich Schläge gegen die Tür. Der Russe in der Halle flucht in seiner Muttersprache. Dadurch bleibt er für mich sichtbar. Ich gehe langsam um ihn herum. Dabei komme ich ihm so nahe, dass ich seinen – immer noch bestialischen – Geruch einatme. Als ich ihn anspreche, höre ich, wie die Klinge seines Messers durch die Luft saust. Ich beginne zu schnalzen, damit ich ihn weiterhin im Dunkeln «sehen» kann, und gehe um den Betonblock herum.

«Hey, du stinkender Sack, wo bist du?»

Immer wieder senst er hektisch mit dem Messer durch die Finsternis. Ich zücke das zweite Winkeleisen, werfe es in seine Richtung und treffe, was mir sein lautes Fluchen verrät. Ich provoziere ihn weiter und rufe: «Komm, du Russenarsch, fang mich, sonst wird dein Boss sauer!»

Der Riese rennt los. Ich höre drei, vier schnelle Schritte und dann, wie ein massiger Körper zu Boden fällt. Es muss ordentlich wehtun, so unvorbereitet in vollem Lauf von einer Betonkante am Knie getroffen zu werden. Der Russe schreit vor Schmerz, seine Flüche erreichen infernalische Ausmaße. Ich laufe zum Schiebetor und haste nach draußen. Mit zitternden Fingern hänge ich das Schloss ein und lasse es zuschnappen. Ich höre, wie Georgij in der Halle auf die Beine kommt und hinter mir herbrüllt. Dann sprinte ich los.

41. AKUSTISCHE LANDKARTE

Eine Funzel taucht das Areal vor der Halle in ein gespenstisches Licht. Die Silhouette eines Backsteinhäuschens ist schwach zu erkennen. Davor parken zwei Autos, eins davon ist Maltes Karre. Wahrscheinlich hat der Russe die Schlüssel in seiner Hosentasche, vielleicht liegen sie aber auch im Haus. Die Tür sieht nicht danach aus, als könnte ich sie so einfach aufbrechen. Es hilft nichts, ich muss da rein, mein Handy finden, oder, wenn es hier so etwas geben sollte, vom Festnetz aus Hilfe rufen. Ich kann schwer abschätzen, ob und wie schnell sich meine beiden Entführer aus der Halle werden befreien können, aber eins steht fest: Ich sollte möglichst weit weg sein, wenn es so weit ist.

Ich bücke mich nach einem Stein und schmeiße die Fensterscheibe ein. In diesem Moment höre ich, wie der Russe am Schiebetor der Halle rüttelt und Laute von sich gibt, die ich sonst nur aus Hagenbecks Tierpark kenne. Ich verliere die Nerven und renne blindlings davon. Nach etwa hundert Metern werde ich von einem Holzzaun, an dem ein Fahrrad lehnt, gestoppt. Ich ziehe das Rad auf den Weg und muss leider feststellen, dass das Hinterrad blockiert. Ohne Werkzeug könnte es schwierig werden, das Zahlenschloss loszuwerden. Soll ich mich wirklich damit aufhalten? Plötzlich kommt mir eine Idee. Ich nehme meine Stopfen raus und drehe die Rädchen einzeln und ziffernweise weiter. Klick, klick, klack. Vor meinem unfreiwilligen Geldautomatentastatur-Workshop hätte ich nie gedacht, dass ich so etwas kann, aber zu meiner eigenen Überraschung höre ich ganz deutlich, wenn ein Rädchen die Sperre freigibt. Klick, klack. Als sich das dritte Rädchen löst und der Verschluss aufspringt, strömt Adrenalin durch meinen Körper. Für einen Moment habe ich das Gefühl, noch besser hören zu können.

Ich lausche in die Dunkelheit und suche nach Anhaltspunkten, in welche Richtung ich flüchten soll. Dummerweise kommen die Zivilisationsgeräusche genau aus der Richtung, aus der ich gerade gekommen bin. Ich springe aufs Rad und jage wieder auf die Halle zu. Schon von Weitem höre ich, wie Herr Basieux' Schläger auf das Tor einprügelt und weiterhin animalische Laute von sich gibt. Ich trete, so fest ich kann, in die Pedale, aber auf dem klapprigen Hollandrad komme ich nur langsam voran. Der Vorderreifen ist ziemlich platt, und das hintere Schutzblech schleift, wodurch ein unangenehm lautes Geräusch entsteht, das allerdings einen willkommenen Nebeneffekt hat: Mit seiner Hilfe kann ich die Umgebung scannen und «sehe», wie der Schotterweg verläuft.

Ein Licht am Horizont – ich kann schwer schätzen, wie weit es entfernt ist – gibt mir Hoffnung. Ich versuche, mir einzureden, dass ich in Sicherheit wäre, wenn ich es bis dorthin geschafft habe. Plötzlich dringt das Geräusch zerreißenden Metalls an meine Ohren, und ich weiß augenblicklich, was das zu bedeuten hat: Die Kidnapper sind nicht länger in der Halle gefangen. Ich trete fester in die Pedale. Kühler Fahrtwind fegt mir über das Gesicht, trotzdem ist mir heiß. Ich spüre das Pochen meines Herzens bis hinauf zu den Schläfen. Schweiß läuft mir in die Augen und brennt. Hinter mir wird ein Automotor gestartet. Zweifel kriechen mir den Nacken hoch, Zweifel daran, noch rechtzeitig sicheren Grund zu erreichen. Meine Gedanken beginnen zu flattern. Soll ich vom Weg abfahren, mich verstecken? Wenn sie mich dann entdecken, bin ich erst recht geliefert. Oder soll ich weiter geradeaus fahren? Ich trete unablässig in die Pedale, aber der Wagen kommt näher und näher. Rechts von mir taucht ein Heuschober aus dem Dunkeln auf. Ich könnte dort hineinkriechen. So oder so bleibt mir nicht viel Zeit.

Plötzlich mischt sich ein weiteres Geräusch in meine akustische Landkarte. In einiger Entfernung schleift Metall auf Metall, wahrscheinlich eine S-Bahn, die eine enge Kurve nimmt. Eine unendliche Minute später kreuzen Schienen den Schotterweg, und eine Betonrampe deutet auf eine spartanische Bahnstation hin. Ich rolle mit dem Rad in den Graben und drehe mich um. Hinter mir durchlöchern zwei Autoscheinwerfer das Schwarz der Nacht, und vor mir beginnen die Andreaskreuze, rot zu blinken. Ein Bimmeln warnt vor der einfahrenden S-Bahn. Jetzt gibt es kein Zurück mehr. Mit schweißüberströmtem Gesicht warte ich auf den einen, alles entscheidenden Moment. Ich schiebe das Fahrrad an, springe auf und rolle, kurz bevor die Bahn den Übergang erreicht, über die Schienen. Dem Auto meiner Verfolger wird der Weg abgeschnitten. Ich weiß nicht, ob sie mich noch gesehen haben, jedenfalls haben sie so schnell keine Möglichkeit mehr, auf die andere Seite der Trasse zu gelangen. Ich rase zur Haltestelle, lasse das Fahrrad fallen und hechte im letzten Moment in die Bahn. Mein T-Shirt klebt mir am Körper. Völlig außer Atem lasse ich mich in dem leeren Abteil auf einen der Sitze fallen und schließe die Augen.

42. EINE EWIGKEIT

Nils und Malte sitzen auf meinem Sofa. Seit einer halben Stunde versuche ich, ihnen zu erklären, was alles passiert ist, seit ich mich gestern von Malte verabschiedet habe. Aber die beiden starren mich nur ungläubig an, als sei ich der leibhaftige Geist von Dee Dee Ramone.

«Was wollten die eigentlich genau von dir?»

«Na ja, die wollten erst mal rausfinden, ob ich hören kann, wo die Roulettekugel hinrollt.»

«Ach komm, das funktioniert doch nie im Leben.»

«Doch, ich schwörs, nach tausend Versuchen klappt es tatsächlich irgendwann. Aber am Ende kann man überhaupt nichts damit anfangen, denn wenn man hört, wo die Kugel hinrollt, ist es ja bereits zu spät, denn dann darf man nicht mehr setzen.»

Ich sehe Nils' Gesicht an, dass er mir kein Wort glaubt.

«Und was sollte der ganze Schwachsinn dann überhaupt?»

«Die wollten halt testen, wie gut mein Gehör wirklich ist.»

Malte hat ein Talent für unbequeme Sitzpositionen. Gerade scheint er fast von der Sofakante zu rutschen.

«Und wozu?»

«Letztendlich war der Plan, mit meiner Hilfe Bankautomaten leer zu machen.»

Nils schaut immer noch skeptisch.

«Bist du dir sicher, dass du das Ganze nicht nur geträumt hast?»

Enttäuscht schüttele ich den Kopf. Wenigstens hält Malte zu mir.

«Hauptsache, du bist wieder hier. Ich habe mir totale Sorgen gemacht.»

«Zu Recht, ich hatte wirklich Angst um mein Leben. Aber als ich dann aus der Halle raus war und die Gangster drinnen gefangen waren, dachte ich nur: Ich bin ein verdammter Superheld.»

Nils verdreht die Augen.

«Und warum hast du es dann mit deinen Superkräften nicht geschafft, die Festplatten und unsere Kohle zu retten? Spider-Man hätte das locker hingekriegt.»

«Der Russe wollte mir die Finger abschneiden. Ich hätte nie wieder Gitarre spielen können.»

«Die Band ist sowieso am Arsch, seit du weg bist. Und wenn es keine neue CD gibt, können wir es eh vergessen. Die ganze Entführung hast du dir doch selbst eingebrockt, durch deine unüberlegte Äußerung.»

Nils' Worte treffen mich wie ein Baseballschläger. Bis jetzt habe ich mich eigentlich als Opfer der Umstände gefühlt, aber sein letzter Satz erzeugt bei mir ein tonnenschweres schlechtes Gewissen.

«Ich wollte der Presse und unseren Fans halt glaubhaft erklären, warum ich im Moment keine Musik machen kann. Ich gebe zu, ich hab das alles ein bisschen blumig ausgedrückt, aber im Prinzip stimmt alles, was ich gesagt habe. Ich konnte es bis gestern auch nicht glauben.»

Wir schweigen uns eine Weile an. Malte durchbricht als Erster die entstandene Stille:

«Ich bin jedenfalls froh, dass dir nichts Schlimmes passiert ist. So, und jetzt müssen wir nach vorne schauen. Lasst uns die Polizei einschalten.»

Ehrgeiz flammt in mir auf.

«Die Bullen werden uns kein Wort glauben. Und wenn die Gangster nicht völlig hohl sind, sind sie bereits über alle Berge. Mit unseren Festplatten können sie jetzt nichts mehr anfangen, und ich denke, wenn wir uns beeilen, liegen die immer noch dort, wo sie mich eingesperrt haben.»

«Bist du wahnsinnig?», ruft Nils. «Du willst echt noch mal dorthin zurück?»

«Wieso nicht: Zwei Großmäuler und ein Superheld, denen wird so schnell nichts passieren.»

«Ach, du Kacke …»

Malte steht auf und winkt uns zu sich ran. Wir umarmen uns, wie vor unserem letzten Konzert vor anderthalb Monaten. Seitdem scheint eine Ewigkeit vergangen zu sein.

43. ZU-GLEICH!

Die Sonne steht flach über dem Horizont. Ich betätige den elektrischen Fensterheber, wodurch angenehm kühle Landluft ins Auto dringt.

«Ich liebe diesen Geruch.»

«Bast, du hast dich echt verändert, seit du es an den Ohren hast.»

«Was hat das denn mit meinen Ohren zu tun?»

«Früher bist du nicht vor zwölf aufgestanden, tagsüber war es dir immer zu hell, und außerdem lief rund um die Uhr hammerharter Sound. Und jetzt ... ach, vergiss es!»

Nils hat recht. Ich bin als jemand anderes aus dem Bayerischen Wald zurückgekehrt. Aber ehrlich gesagt, ich fühle mich gut dabei.

«Wenn ich nicht wüsste, warum wir hier sind, hätte ich jetzt richtig Lust, spazieren zu gehen.»

Nils schlägt resigniert die Hände vor dem Gesicht zusammen, und Malte feixt von der Rückbank:

«Du meinst, mit deiner neuen Flamme?»

«Mensch, Malte, das solltest du doch für dich behalten.»

Nils fragt: «Echt, geht da was bei dir?»

«Ja, also ... ich hab jemanden kennengelernt.»

«Echt? Erzähl!»

Malte kommt mir zuvor: «Unser guter Bast hat sich in eine Phantomfrau verguckt. Ach nee, vergucken kann man eigentlich nicht sagen, er kennt ja nur ihre Stimme.»

«Muss ich das jetzt kapieren?», fragt Nils, und als er keine Antwort erhält: «Egal, ich glaube, wir haben jetzt eh Wichtigeres zu tun.»

«Du hast recht», sage ich und verbiete mir vorerst, weiter über die Frau mit der unglaublichen Stimme nachzudenken. Erst müssen wir es irgendwie hinkriegen, das mit der Pflicht zu regeln und die *Voodoo-Psycho*-CD zu retten, dann erst sollte ich mir gestatten, über so etwas wie eine Kür nachzudenken. Über die B 207 geht es weiter der aufgehenden Sonne entgegen.

«Achtung, hier rechts.»

Ohne Navi haben wir Schwierigkeiten, die Bahnhaltestelle zu lokalisieren, wo ich den Gangstern entwischt bin, aber Malte hat eben an der Tanke gefragt. Kein Wunder, dass die Deutsche Bahn chronisch pleite ist, wenn sie Stationen aufs offene Feld pflanzt, die kein Mensch findet. Am Ende des Schotterweges ragt die hässliche Halle wie ein notgelandetes UFO aus der platten Landschaft. Ich habe kein gutes Gefühl. Vor dem Backsteinhäuschen steht ein Wagen, dummerweise ist es nicht Maltes. Nils schreit mir ins Ohr: «Scheiße, die sind noch hier.»

Ich versuche, mich zu erinnern, in welchem Auto mich die beiden verfolgt haben, aber vor meinem inneren Auge blenden mich lediglich zwei Scheinwerfer.

«Sicher nicht.»

«Woher willst du das wissen?», fragt Nils.

«Weil Maltes Karre gestern auch noch hier stand und jetzt weg ist.»

«Na super», beschwert sich Malte.

«Aber sagt mal, hat einer von euch eine Idee, wie wir ins Haus kommen sollen?»

Nils ist am fittesten von uns und klettert problemlos durch das Fenster, was ich gestern eingeschmissen habe. Eine halbe Minute später lässt er uns rein. Es riecht streng, nach abgestandenem Zigarettenqualm und einer lange nicht geputzten Toilette. Im Wohnzimmer stolpere ich über eine von unzähligen leeren Bierflaschen, die sich neben einer siffigen Sofagarnitur aus braunem Kunstleder angesammelt haben. Die dreckigen Fenster lassen nur wenig Licht herein.

«Jungs, lasst uns echt jeden Stein umdrehen. Die Festplatten müssen hier irgendwo sein. Ich schau mal oben, ob ich was finde.»

Im ersten Stock sind zwei kleine, so gut wie leere Zimmer. In einem stehen ein paar Eimer herum, vermutlich um Wasser aufzufangen, wenn es regnet. In dem anderen liegt eine lose Matratze auf dem Boden. Das Bettzeug riecht schon von Weitem muffig. Ich kann mir kaum vorstellen, dass Herr Basieux hier übernachtet. Wahrscheinlich dient das Häuschen lediglich seinem russischen Gorilla als Unterschlupf. Ich gehe wieder runter. Noch auf der knarzenden Treppe kommt mir eine Idee.

«Seht ihr hier irgendwo einen Autoschlüssel rumliegen?»

Zu dritt krempeln wir die Räuberhöhle noch mal um, aber der Schlüssel ist nirgends zu finden, nicht auf dem zerkratzten, runden Holztisch im Wohnzimmer und auch nicht in der Küche – oder besser gesagt, in dem Raum, aus dem man wieder eine Küche machen könnte, wenn man den ganzen Müll und die Stapel alter Pizzakartons entsorgen würde.

Irgendwann robbe ich, meinem Ekel zum Trotz, über den klebrigen Boden, als Nils triumphierend mit einem Schlüsselbund winkt.

«Schaut mal, was ich in der Polsterritze gefunden habe.»

«Pst, seid mal ruhig!»

«Was ist?»

Ich drehe an meinen regulierbaren Stopfen:

«Ich hab was gehört.»

Malte lauscht angestrengt und zuckt mit den Schultern.

«Ich hör gar nichts.»

«Doch, das ist garantiert der Sound von deiner Karre. Wir müssen uns beeilen, die Gangster sind in einer Minute hier.»

Wir rennen zum Wagen vor dem Haus. Unter anderen Umständen hätte ich mich erst mal darüber ausgelassen, dass unsere B-Movie-Ganoven so was von keinen Stil haben. Die kriegen es nicht mal hin, ein vernünftiges Fahrzeug zu klauen. Stattdessen steht hier so eine typische Neureichenkarre, ein BMW 5er, und dann auch noch in Mintgrün, einem Farbton, der schon vor zehn Jahren megaout war. Ich würde mich nicht wundern, wenn Derrick tot im Kofferraum liegen würde. Aber jetzt muss es schnell gehen. Wir springen in den Wagen, ich drehe den Schlüssel um und fahre los. Nils schreit: «Wo willst du hin?»

«Wir kommen hier nicht mehr rechtzeitig weg.»

Ich fahre auf die Wiese hinter dem Häuschen und mache den Motor wieder aus.

«Ist das dein Ernst?», fragt Malte.

«Hast du 'ne bessere Idee? Hier vermuten die Typen uns wenigstens nicht.»

Ich höre, wie zwei Autotüren zugeschlagen werden. Nils duckt sich auf dem Beifahrersitz.

«Und jetzt?», fragt Malte.

«Jetzt warten wir», antworte ich.

«Worauf?», fragt Nils.

«Darauf, dass die Typen wieder abhauen.»

«Und wenn das erst in zwei Stunden ist?»

«Dann dauert es eben zwei Stunden.»

Nach fünf Minuten hören wir aufgeregte Stimmen aus dem Haus. Im Rückspiegel sehe ich, wie Georgij mit rotem Kopf vergeblich versucht, die Hintertür aufzustemmen. Ich starte den Motor und heize los. Wir schlingern über die Wiese in Richtung Maisfeld. Urplötzlich tut sich vor uns ein Graben auf. Ich trete das Gaspedal durch.

«Achtung, festhalten!»

Alle vier Räder verlassen den Boden, wir springen ein kurzes Stück, dann setzen wir mit einem krachenden *Rumms* auf und hängen fest.

«Scheiße, ihr müsst schieben!»

Nils und Malte hechten nach draußen und drücken von hinten gegen den Wagen. Ich gebe Gas, doch die Hinterräder drehen durch. Über die Schulter sehe ich Georgij und Basieux in Maltes Karre auf uns zurasen. Sie sind noch höchstens vierhundert Meter entfernt. Meine Bandkollegen rütteln den Wagen hin und her. «Zu-gleich, zu-gleich!»

Die Hinterräder berühren zwischendurch immer mal wieder den Boden. Im Rückspiegel sehe ich, wie Nils eine volle

Ladung Erde abbekommt. Die Gangster kommen bis auf dreihundert Meter heran.

«Los, Jungs, gebt alles!»

Als die Räder wieder den Boden berühren, gebe ich Gas, erst sachte, dann etwas beherzter. Der Wagen macht einen Satz nach vorne, wobei ein Geräusch entsteht, das nichts Gutes verheißt. Wahrscheinlich ist gerade der Auspuff abgerissen. Zumindest greifen die Reifen wieder. Malte und Nils springen in den Wagen. Unsere Verfolger sind jetzt noch etwa fünfzig Meter von uns entfernt und brettern auf den Graben zu. Der BMW klingt ohne Auspuff wie ein schlecht frisiertes Moped. Hinter uns haben die Entführer in Maltes Auto den Graben erreicht, springen ab … und bleiben stecken.

Wir jagen auf das Maisfeld zu. Ich drehe meine Stopfen auf volle Dämmung. Der Abstand zu unseren Verfolgern wird größer. Wir jagen durch ein Labyrinth aus mannshohen, grünen Stängeln und erreichen eine Schotterpiste. Zwei Minuten später haben wir wieder Asphalt unter den Rädern. Von den Gangstern keine Spur. Ich drossele das Tempo. Mit unserem trashigen Auspuffsound sind wir ohnehin auffällig genug, deshalb sollten wir nicht auch noch zu schnell fahren. Wenn die Polizei uns jetzt anhält, brauchten wir schon eine verdammt gute Geschichte, um plausibel zu erklären, was wir ohne Papiere in einer geklauten Zuhälterkarre machen. Als wir in die Bergedorfer Straße einbiegen, hält Malte eine Tasche hoch:

«Hey, die habe ich doch schon mal irgendwo gesehen!»

Ich fahre rechts ran und drehe mich erwartungsvoll um.

«Sieht aus, als wären da lauter kleine Scheine drin.»

«Stimmt», sage ich, «es sollten genau fünf Riesen sein.»

44. PATT

Maltes Mutter steht auf der Terrasse ihres Bauernhauses und winkt. Ihr graues Haar glänzt im Sonnenlicht wie Lametta.

«Aber Junge, warum sagst du denn nicht Bescheid? Hätte ich gewusst, dass ihr heute kommt, hätte ich frischen Kuchen gebacken.»

«Wir waren gerade in der Gegend.»

Unter dem ungläubigen Blick von Frau Clausen steigen wir aus dem Wagen der Erpresser.

«Das ist aber ein schöner Wagen.»

«Mama, wir gehen mal kurz in den Garten.»

«Wollt ihr was trinken? Eine Limo?»

«Kaffee», antworten wir unisono.

«Du siehst blass aus, Malte. Ist irgendetwas passiert?»

«Nee, alles bestens.»

Frau Clausen mustert ihn weiterhin skeptisch.

«Kannst du uns bitte kurz allein lassen?»

«Ja, natürlich.»

Sie wirft den Kopf in den Nacken und dackelt beleidigt ins Haus.

«Das nennt man Patt», sage ich, um den Faden wieder aufzugreifen.

«Wie meinst du das?», fragt Nils.

«Wir haben unser Geld wieder und die Gangster immer noch die Festplatten. Außerdem sind die Autos vertauscht.»

«Wir sollten endlich die Polizei informieren», sagt Malte und setzt sich auf einen der sonnengebleichten Gartenstühle. Er hat es scheinbar immer noch nicht gerafft.

«Auf keinen Fall. Das ist der einzige Trumpf, den wir noch haben.»

«Hä?»

«Wir haben den Gangstern jetzt nur noch eins zu bieten.»

«Und das wäre?»

«Sie nicht anzuzeigen.»

«Und wie sollen wir Kontakt mit ihnen aufnehmen?», fragt Malte.

«Wir können ja noch mal zurück zum Häuschen fahren», sagt Nils.

«Das wäre zwecklos. Die Typen gehen bestimmt davon aus, dass wir die Bullen alarmieren, und haben längst den Sittich gemacht.»

«Wahrscheinlich hast du recht. Ja und jetzt?»

«Vielleicht melden die sich ja auch wieder bei dir, Bast», sagt Nils.

«Glaub ich kaum. Aber bevor wir uns weiter das Hirn zermartern, sollten wir erst mal wieder runterkommen. Ich bring den BMW gleich zu Olsen. Der schraubt uns da preiswert einen neuen Auspuff drunter.»

«Wozu das denn?»

«Damit wir direkt reagieren können, *wenn* die Typen sich doch noch melden sollten. Vielleicht wollen sie ihre Schüssel ja zurückhaben, aber mit dem Krach, den sie macht, würden wir der Polizei direkt in die Arme fahren.»

«Polizei? Spielt ihr Jungs schon wieder Räuber und Gendarm?» Frau Clausen schaut uns über ein Tablett voll Kaffee und Kuchen hinweg fragend an. Es ist verrückt. Immer, wenn wir bei Maltes Mutter zu Besuch sind, tut sie so, als wären die letzten zwanzig Jahre nicht vergangen und wir immer noch kleine Jungs. Ihr Käsekuchen schmeckt jedenfalls immer noch genauso gut wie damals.

45. KORREKTE HAUT

Schon im ersten Gang klingt Herr Basieux' Wagen wie ein getunter Trecker. Mit diesem Sound könnte man ohne Weiteres beim nächsten Dragster-Rennen auf dem Heiligengeistfeld antreten. Zum Glück ist Olsens Werkstatt in Reinbek, also nicht weit entfernt vom Haus von Maltes Mutter. In der kleinen Halle stehen ausschließlich coole Karren. Ein Cadillac Eldorado Baujahr '59 erzählt von einer vergangenen, aber designtechnisch deutlich schöneren Zeit, und Johnny Burnette singt dazu über Frauen, die man noch ungestraft *Sweet Baby Doll* nennen durfte. Als Olsen mich kommen hört, rollt er unter einem polierten Pick-up hervor. Er umarmt mich zur Begrüßung. Während er den BMW mustert, wandern seine Mundwinkel zusammen mit den riesigen Koteletten ein paar Millimeter nach oben, in Richtung schwarzer Tolle.

«Moin, Bast, wo hast du denn dieses Schmuckstück aufgegabelt?»

«Hi Olsen, sag mal, könntest du mir da bitte einen neuen Auspuff dranschrauben?»

«Einen neuen oder einen neuen alten?»

«Möglichst billig, das Ganze.»

«Klar, bis wann brauchst du die Pocke denn wieder?»

«Ich kann dir gerade nicht genau erklären, warum, aber das Schicksal der nächsten *Voodoo-Psycho*-Scheibe hängt maßgeblich davon ab. Wenn ich ehrlich bin, am besten sofort.»

Olsen pfeift tonlos durch seine Zahnlücke.

«Alles klar, ich schiebs dazwischen. Wenn ich den passenden Topf dahabe, kannst du den Hobel morgen wieder abholen.»

«Du bist echt 'ne korrekte Haut. Und ... äh ...»

«Bitte, was?»

«Tut mir leid, wenn ich dir mit so 'ner hässlichen Karre die Aussicht verstelle.»

«Kein Ding.»

Mit diesen Worten legt sich Olsen wieder auf sein Rollbrett und verschwindet unter dem schwarzen Laster. Ich durchwühle das Handschuhfach des BMWs. Papiere liegen hier natürlich keine, aber ich mache trotzdem eine sehr interessante Entdeckung: Irgendjemand hat sein Handy im Fußraum der Beifahrerseite liegen gelassen.

In Lebensspannen von Mobiltelefonen gerechnet, ist es ein Vorkriegsmodell, ziemlich abgerockt und verdreckt. Zudem hat es eine bemerkenswerte Eigenschaft – die Schriftzeichen der zerkratzten Tastatur sind kyrillisch. Ich nehme einen Lappen von Olsens Werkbank und wickele es darin ein. Auf dem Weg zur nahe gelegenen S-Bahn-Station kann ich meine Augen kaum offen halten.

46. UNBESTIMMTE SEHNSUCHT

Die Welt da draußen scheint in meiner Abwesenheit zu einem Hort des Irrsinns verkommen zu sein, der von russischen Schlägern und zweitklassigen Trickbetrügern bevölkert wird. Außerdem ist sie unerträglich laut. Traurigerweise scheint die Kraft, die ich während meines Aufenthaltes im Bayerischen Wald sammeln konnte, wieder vollständig aufgebraucht zu sein. Nur noch selten klingt die Stille in mir nach. Nachdem ich mich gestern Abend, am Ende meiner Odyssee, völlig erschöpft auf mein Sofa geschleppt hatte, fühlte es sich so an, als hätte mir jemand eine Bratpfanne über den Kopf gezogen. Das gesamte Adrenalin, das aufgrund der Ereignisse der letzten Tage in großen Mengen durch meinen Körper gepumpt wurde, hatte sich auf einen Schlag verflüchtigt, und ich fiel in einen komatösen Schlaf, der bis eben – genauer gesagt, bis heute Mittag – anhielt.

Mit dem großen Zeh prüfe ich vorsichtig die Temperatur des Badewassers, bin zufrieden mit dem Ergebnis meiner Messung und lasse mich in die Wanne gleiten. Als das Wasser über meinem Kopf zusammenschlägt, empfinde ich seit Langem mal wieder einen Moment der Ruhe, den ich möglichst lange auszukosten versuche. Dabei fahre ich mir genüsslich mit den Händen über die Kopfhaut.

Das Nächste, das ich höre, ist ein apokalyptischer Krach, so als öffne sich die Erde unter mir. Reflexartig schnellt mein Oberkörper in die Senkrechte, was die Wanne zum Überlaufen bringt. Über der Wasseroberfläche entpuppt sich das Geräusch als harmlose Klospülung, die in der Wohnung nebenan ausgelöst wurde.

Vorsichtig lehne ich mich wieder zurück, bis mein Kopf unter dem Schaum verschwindet. Wieder hüllt mich diese beruhigende Stille ein, die nur ab und zu durch leises Blubbern unterbrochen wird. Irgendwo im Haus tauschen zwei Menschen verbale Zärtlichkeiten aus. Durch das mich umspülende Fluidum klingen ihre Worte verschwommen, aber ich kann dem Dialog trotzdem folgen. Wahrscheinlich hat die alte Dame von unten wieder den Lautstärkeregler ihres Fernsehers auf Anschlag gedreht. Zwischendurch muss ich kurz auftauchen, um Luft zu holen, dann sinke ich wieder ins angenehm temperierte Wasser. Eine der beiden Stimmen ist weiblich. Die Frau flüstert Worte knapp vorbei am Kitsch, Worte wie: «Ich fühle mich so wohl in deiner Nähe ...» Ich weiß nicht, warum, aber ihre sanfte Stimme löst bei mir eine unbestimmte Sehnsucht aus. Schmerzlich wird mir bewusst, dass mir etwas fehlt. Klar, die Musik geht mir gerade schon ziemlich ab, aber da ist noch etwas anderes. Ich vermisse etwas, ohne dass ich es verloren hätte. Ich bin nicht komplett.

In den Filmdialog mischt sich ein banaler Satz aus meiner Erinnerung, den ich sicher längst vergessen hätte, wenn ihn nicht die Frau aus dem Callcenter mit ihrer wundervollen Stimme gesagt hätte: *«Dann wünsche ich Ihnen noch einen schönen Tag.»*

Plötzlich scheint das Badewasser kochend heiß zu werden, und ich tauche nach Luft schnappend auf. Nachdem ich mich beruhigt habe, gehe ich wieder auf Tauchstation, denn ich will ja wissen, wie sich der Liebesdialog aus dem Off entwickelt. Während ich weiter gebannt lausche, wächst in mir die Vermutung, dass es sich bei den beiden Turteltäubchen gar nicht um Schauspieler handelt, sondern ich gerade mehr oder weniger unfreiwillig Zeuge einer Szene aus dem wirklichen Leben werde. Denn ich bezweifle doch sehr, dass Drehbuchautoren, die fürs deutsche Mittagsfernsehen schreiben, ihren Figuren Sätze in den Mund legen wie:

«Mach dich wieder locker, Jonas, mein Eisprung ist schon über zwei Tage her ...»

47. SOUNDSCAPE

In ein großes weißes, aus irgendeinem Viersternehotel geklautes Handtuch gewickelt, lasse ich meinen Computer hochfahren, öffne *Logic* und bin total gespannt, wie sich das Ergebnis meiner letzten Klangforschung anhört. Ich möchte unbedingt wissen, ob ich der charakteristischen Farbe der Stimme nähergekommen bin, die mir schon seit einigen Wochen nicht mehr aus dem Kopf geht. Vorsichtig bewege ich den Lautstärkeregler. Aus den Boxen erklingt ein x-beliebiger Satz: «Nicht alle Wüsten sind mit Gluthitze gleichzusetzen. Mit einer Geschwindigkeit von achtzig Kilometern pro Stunde bringen sibirische Winde sogar Schnee in die ...»

Der Sound dieser Worte hat ernüchternd wenig mit der akustischen Gravur meiner Erinnerung zu tun. Es ist zum Verrücktwerden. Wenn ich nicht so enttäuscht wäre, müsste ich lachen. Ich habe eine glasklare Vorstellung davon, wie die von mir angebetete Stimme klingt, aber es gibt auf der ganzen Welt keinen Apparat, der in der Lage wäre, hörbar zu machen, was ich in meinem Kopf habe. Nicht mal Worte vermögen das, und selbst wenn sie es könnten, würden sie kaum einen objektiven Klang im Kopf meines Gegenübers erzeugen.

Ich versuche es trotzdem: Die besagte Traumstimme klingt sanft, aber bestimmt, zwar etwas schüchtern, aber auf eine uneitle und natürliche Weise selbstbewusst. Sie hat einen aufregenden, verführerischen Klang, soweit man das anhand der profanen Worte, die sie mit mir gewechselt hat, hochrechnen kann. Leicht angeraute Stimmbänder verraten eine gewisse Lebenslust. Außerdem bin ich mir sicher, dass die Stimme einem Menschen gehört, der ein großes Herz hat. Ich sehe gerade deutlich eine Frau vor mir; nicht, welche Haar- oder Augenfarbe sie hat, sondern ein wunderschönes Wesen, in seiner Erscheinung als Ganzes.

Das Klingeln meines Mobiltelefons zersägt meine selbstinduzierte akustische Trance. Es ist Scooter.

«Hey Bast, wie ist es gelaufen?»

«Ganz gut, *the eagle has landed* ...hä, hä.»

«Du klingst irgendwie seltsam.»

«Wieso? Alles super.»

«Na, da bin ich ja beruhigt. Gestern rief nämlich der Alex von Sony an und wollte wissen, wann er mal in einen der Mixe reinhören kann. Und da würde ich ihm am liebsten was Fertiges anbieten.»

Ich weiß nicht, warum, aber ich bekomme es nicht übers Herz, Scooter die Wahrheit zu sagen.

«Kein Problem, ich bring dir die Daten demnächst vorbei.»

«Je eher, desto besser. Wie wäre es mit morgen?»

«Gut, aber ... hier ist gerade schlechter Empfang ... Scooter? Bist du noch dran? Ich meld mich wieder bei ...»

Mannomann, ich Idiot. Anstatt alles dafür zu tun, die Festplatten zurückzubekommen, vertändele ich meine Zeit mit romantischem Schwachsinn. Ich darf meine Jungs echt nicht so hängen lassen.

«Sebastian, reiß dich zusammen!», brülle ich mir innerlich zu. «Komm endlich aus den Puschen, und zwar JETZT!»

Nur wenn ich möglichst schnell rauskriege, wo genau sich die Gangster aufhalten, besteht noch so etwas wie eine Chance darauf, unsere Studioaufnahmen zurückzuerobern. Aber wie soll ich das anstellen? Mir kommt das Handy in den Sinn, das ich in dem Luden-BMW gefunden habe. Vorsichtig entferne ich den Lappen, in den ich es eingewickelt hatte. Das Gerät ist mit irgendeinem fiesen Zeug beschmiert, mein Körper produziert bei so etwas immer gleich Herpesbläschen. Ich gehe in die Küche und ziehe mir die Gummihandschuhe über, die ich immer vor wichtigen Konzerten benutze, damit meine Hornhaut nicht aufweicht beim Spülen. Mit Handschuhen zu arbeiten, ist eh besser, denn wenn ich jetzt auf eigene Faust nichts rausfinden sollte, kann ich das Handy später noch von der Polizei auf Fingerabdrücke untersuchen lassen.

Der Akku hat zum Glück noch Saft. Ich tippe mich durch das kyrillische Menü. Im Adressspeicher sind lediglich eine Handvoll Namen gespeichert. Mit solchen Steinzeithandys kenne ich mich aus, habe mich ja selbst lange genug geweigert, auf den Smartphone-Zug aufzuspringen. Ich drücke die Eins und höre die Mailbox ab. Es werden zwei Nachrichten angesagt. Bei beiden ist eine russische Stimme zu hören, die nach Herrn Basieux klingt. Natürlich hat er dabei seine Rufnummer unterdrückt. Obwohl ich kein Wort verstehe, entgeht mir nicht der überaus gereizte Tonfall seiner Worte. Aus der Tatsache, ihn auf der Mailbox zu hören, schlussfolgere ich, dass das Mobiltelefon nicht ihm, sondern seinem russischen Gorilla gehört.

Ich überlege, ob ich jemanden kenne, der Russisch spricht, aber mir fällt niemand ein. Mein Mund wird trocken. Ich gehe rüber in die Küche und hole mir ein Glas Wasser. Dabei zermartere ich mir das Hirn, wie ich weiter vorgehen soll. Im Wohnzimmer höre ich mir die beiden Nachrichten noch mal genauer an. Obwohl ich immer noch nichts verstehe, habe ich bei einigen Worten eine Ahnung, was sie bedeuten könnten. *Tilifon* zum Beispiel klingt so ähnlich wie Telefon, aber das bringt mich jetzt auch nicht wirklich weiter. Doch etwas anderes fällt mir auf: Es gibt einiges an Hintergrundgeräuschen.

Um sie besser untersuchen zu können, überspiele ich beide Nachrichten mit einem Mikrofon in mein Musikprogramm. Anhand der Wellenform schneide ich die gesprochenen Passagen heraus und schiebe die übrig gebliebenen leiseren Passagen zusammen. Ich drücke auf Abspielen und höre nicht viel mehr als ein Rauschen. Irgendwie muss das doch deutlicher gehen. Ich versuche es mit einem Effektgerät, das ich auf den Kanal meines virtuellen Mischpultes ziehe. Die Software wird normalerweise dazu benutzt, Aufnahmen von alten, zerkratzten Vinylplatten zu restaurieren. Dann puste ich das Ganze mit einem Kompressor auf. Die hintereinander geschnittenen Tonbrocken klingen in beiden Fällen ziemlich ähnlich. Einmal höre ich eine Kirchturmglocke läuten. In beiden Nachrichten sind Hafengeräusche zu hören: Nebelhörner, Dieselmotoren und aufeinander hämmerndes Metall.

Ein plastisches Bild der Szenerie entsteht vor meinem inneren Auge. Ich nehme einen Stadtplan von Hamburg zur Hand. Kirchen in Hafennähe gibt es einige. Ich könnte versuchen, Aufnahmen von allen Hamburger Kirchturmglocken aufzutreiben. Sicher gibt es irgendwo im Netz so eine Seite; es gibt für alles Freaks mit ausgeprägtem Mitteilungsdrang. Aber bevor ich damit anfange, suche ich nach weiteren Anhaltspunkten. Ich spiele die Aufnahmen immer wieder ab. Halt, was war das? Ein tiefes Dröhnen. Ich suche die Frequenz mit einem Equalizer und verstärke sie. Es besteht kein Zweifel, als Herr Basieux telefoniert hat, fuhr in nächster Nähe ein Linienbus vorbei. Langsam, aber sicher engt sich der Radius um den Ort, von dem aus er telefoniert haben muss, weiter ein. Ich fasse noch einmal zusammen, was ich bislang herausgefunden habe: Herr Basieux stand, als er auf die Mailbox sprach, in einer Wohnung mit Balkon zur Straße hin. Unter ihm fuhr ein Bus vorbei. Dabei blickte er auf den Hafen und hatte eine Kirche in unmittelbarer Nähe. Meine Handflächen werden feucht. Nützen mir diese Informationen irgendetwas? Im Idealfall habe ich zumindest den Kiez ermittelt, von dem aus der Gauner telefoniert hat.

Ich starre auf das billige, silberfarbene Handy, als könnte ich ihm dadurch weitere Geheimnisse entlocken. Plötzlich fängt es an zu klingeln. Mein Herz setzt für einen Moment aus. Ich schaue auf das Display, aber es wird keine Nummer angezeigt. Geistesgegenwärtig starte ich die Aufnahme und halte das Mikro an den Hörer. Dann drücke ich auf *Abnehmen*. Es ist wieder Herr Basieux, der offensichtlich noch nicht weiß, dass Georgij sein Handy vermisst. Er fragt etwas, zumindest vermute ich das anhand der Sprachmelodie, die am Ende nach oben geht: «Privét?». Ich antworte nicht, um mich nicht zu verraten. Nach weiteren vergeblichen Versuchen, mich zu einer Antwort zu bewegen, legt er auf. Wieder schneide ich die Gesprächspassagen heraus und verstärke den Rest. Wieder höre ich Hafengeräusche. Ich bin mir ziemlich sicher, dass sich Herr B. am selben Ort wie bei den anderen Gesprächen aufhält.

Nachdem ich mir die Aufnahme noch ein paar Mal angehört habe, entdecke ich einen Klang, der neu ist in der akustischen Textur. Ganz leise mischt sich eine Stimme in die Collage. Sie gehört einem Sänger, den ich kenne, aber ich komme nicht auf seinen Namen. Ist vielleicht auch nicht so wichtig, denn ein Radio kann ja schließlich überall rumstehen. Aber irgendwie wurmt es mich schon, so ein Brett vor dem Kopf zu haben. Der Sänger klingt ein bisschen wie Jan Delay auf Helium, unglaublich hoch und fistelig. Jetzt sehe ich plötzlich ein Gesicht zu dieser Stimme, und ich weiß auch, warum ich den Namen des Künstlers nicht kenne. Er spielt nämlich nur auf der Straße, und ich hab ihm sogar schon mal eine Münze in seinen Gitarrenkoffer geschmissen, weil ich cool fand, dass er eigene Songs singt. Aber wo genau war das? In St. Pauli oder doch eher in Altona? Ich mache mir eine Notiz und konzentriere mich wieder auf die übrigen, etwas konkreteren Anhaltspunkte. Wenn es irgendwo so etwas wie ein Archiv mit akustischen Landkarten von Hamburg gäbe, könnte ich den Ort ziemlich sicher ausfindig machen. Tja, wenn …

Ein Punkt über meinem Steißbein beginnt zu kribbeln, und ich weiß, dass ich auf einer heißen Spur bin. Wie ferngesteuert laufe ich im Zimmer auf und ab. Das Wort *Landkarte* hat sich in meinem Kopf festgesetzt. Landkarte … Landschaft … Landscape. Eine Erinnerung blitzt auf. Ich hatte mal einen Small Talk mit einem Gitarrenkollegen, den ich auf einer Party leichtsinnigerweise fragte, was er gerade so macht. Ludger zündete sich ein Zigarillo an, nippte an seinem Cabernet Sauvignon und erzählte in aller Ruhe, dass er auf so normale Musik mit Strophe und Refrain keinen Bock mehr hätte und jetzt mehr in Richtung Klanginstallation und *Environment Sounds* gehen wollte. Das meiste von dem, was er erzählte, ging in mein eines Ohr rein und aus dem anderen direkt wieder raus. Aber das Wort *Soundscape* blieb bei mir hängen, und ich glaube, das hatte etwas mit Originaltönen aus aller Welt, und im Speziellen aus Hamburg, zu tun. Ich gebe seinen vollen Namen *Ludger Lorenz* in das Suchfeld bei Google ein, und Bingo! Zwischen den zahlreichen Suchergebnissen finde ich den richtigen Link.

Eine überraschend geschmackvoll gestaltete Website öffnet sich, auf der es tatsächlich den Menüpunkt *Soundscapes* gibt. Ich fahre mit der Maus darüber und kann zwischen Rio de Janeiro, St. Petersburg, New York und Hamburg auswählen. Hamburg selbst ist unterteilt in zehn Stationen. Ich klicke auf die erste. Eine stark befahrene Straße ist zu hören. Ich überlege, wo das sein könnte. Im Grunde genommen überall. Jetzt erst entdecke ich die Beschriftung unten links. Die Aufnahme wurde an der Einfahrt des Elbtunnels gemacht. Merkwürdig, und das soll Kunst sein? Ich starte die zweite Klangprobe. Naturgeräusche mischen sich mit Fangesängen aus dem Stadion. Plastisch sehe ich den Volkspark vor meinem inneren Auge. Mithilfe der nächsten beiden Klangproben reise ich akustisch vom Fischmarkt nach Eimsbüttel. Ist schon interessant, wie akustische Reize unmittelbar Bilder in einem erzeugen. Trotzdem bekomme ich langsam das Gefühl, meine Zeit zu verschwenden. Der Vollständigkeit halber höre ich noch in das letzte Klangbeispiel rein und kriege augenblicklich eine Gänsehaut, denn ich erkenne die Kirchturmglocke von Herrn Basieux' erster Nachricht wieder!

Ich lade die Datei runter und lege sie in meinem Musikprogramm auf eine freie Spur. Dann schalte ich zwischen meiner Klangprobe und der *Soundscape* hin und her. Die Spuren klingen nicht genau gleich, aber zumindest auffällig ähnlich; die Klangqualität ist halt sehr verschieden. Aber es gibt einige Gemeinsamkeiten: Die Hafengeräusche, die Kirchturmglocke, und es fährt sogar ein Bus vorbei. Unten auf der Seite steht «Altona-Altstadt» und daneben die geografischen Koordinaten. Ich suche die genaue Position auf *Google Earth* heraus und halte meinen Stadtplan daneben. Dann male ich einen Kringel um den Klopstockplatz und rufe Malte an.

48. OHREN AUF UND DURCH

Ich will keine Zeit verlieren und rufe mir ein Taxi. Im Wagen stinkt es nach – vergeblich mit Raumspray übertünchtem – Zigarettengeruch. Als ich an Maltes Wohnung ankomme, steht er schon vor der Tür. Über die Königstraße fahren wir Richtung Altonaer Fischmarkt und lassen uns an der Ecke Museumsstraße absetzen.

«Was machen wir, wenn wir ihn finden?», fragt Malte im Schatten der ausladenden Krone einer Sommerlinde.

«Herr Basieux geht sicher davon aus, dass wir ihm die Polizei auf den Hals hetzen. Ich möchte nicht wissen, was passiert, wenn er uns sieht, und habe keinen Bock, dass er seinen russischen Bluthund von der Leine lässt.»

«Ich bin da auch nicht sonderlich scharf drauf. Wie sollen wir vorgehen?»

«Wir finden raus, wo der Vogel wohnt, und nehmen aus sicherer Entfernung Kontakt mit ihm auf.»

«Und dann?»

«Bieten wir ihm das Einzige an, was wir haben.»

«Nämlich was?»

«Das Versprechen, ihn nicht anzuzeigen, im Tausch gegen die Festplatten.»

«Meinst du, er hat sie überhaupt noch?»

«Keine Ahnung, auf jeden Fall sollten wir uns beeilen.»

«Alles klar, dann lass uns den Kiez mal auf links drehen.»

Malte hat wie immer einen flotten Spruch auf den Lippen, aber sein unkontrolliert mahlendes Kiefergelenk verrät mir, wie es ihm eigentlich geht. Ich fühle mich keinen Deut besser. Durch das strahlende Wetter erlag ich eben im Taxi für zwei Sekunden der Illusion, wir wären unterwegs zu einer unterhaltsamen Stadtrallye, aber der kurze Dialog mit Malte hat mich schlagartig zurück in die eisenharte Realität befördert. Ohne ein weiteres Wort zu verlieren, gehen wir los.

Ehrlich gesagt, habe ich keinen blassen Schimmer, wonach wir suchen sollen. Der alte Ossi hat mich mit Sicherheit verarscht, als er sich mit *Herr Basieux* vorgestellt hat – warum überhaupt ein französischer Name? Rätselhaft … Als Profigangster wird er sicher nicht so dumm sein, ihn auch noch an die Klingel zu schreiben. Meine Gedanken kreisen. Wenn wir ihn nicht finden sollten, kann das ganz verschiedene Gründe haben. Erstens: Wir suchen an der falschen Stelle; zweitens: Er hat sich bereits aus dem Staub gemacht; oder drittens: Er hockt irgendwo in seinem Loch, verhält sich komplett unauffällig, sodass wir ihn nicht orten können. Aber eigentlich sollte ich mir solche Gedanken komplett sparen, denn sie machen mir nicht gerade Mut. Besser wäre es, daran zu glauben, auch mal wieder etwas Glück zu haben nach dem ganzen Schlamassel. Also, Ohren auf und durch.

Dummerweise scheint heute ganz Hamburg auf den Beinen zu sein. Die warme Sommerluft ist erfüllt von heiteren Kinderstimmen und Kommandos gut gelaunter Herrchen an ihre vierbeinigen Freunde. Wir marschieren die Karl-Theodor-Straße entlang, schauen uns gründlich um und versuchen, dabei möglichst unauffällig zu bleiben. Meine Tarnung besteht aus einer Schiebermütze, die ich tief ins Gesicht gezogen habe. Malte hat eine Basecap und eine Sonnenbrille an. Wir müssen davon ausgehen, dass die Gangster recherchiert haben, wie Malte aussieht, weil sie vor ihrem Coup auch genau wussten, wer Scooter ist, in welcher Beziehung er zu uns steht und wann er die Festplatten mit den Aufnahmen aus dem Studio holt. Herr Basieux ist für mich ein Buch mit sieben Siegeln. Er scheint eigentlich ein gebildeter und kultivierter Mensch zu sein. Komisch, dass er dann mit so zwielichtigen Geschäften versucht, an Geld zu kommen. Manchmal weiß ich wirklich nicht, was ich von der Welt halten soll.

Wir gehen durch die Kirchentwiete, die von frei stehenden Häusern mit gepflegten Vorgärten gesäumt wird. Eins von denen würde ich auch nehmen, wenn ich es mir leisten könnte.

Hier wohnen Menschen mit soliden Berufen. Aber wer weiß, mit was genau hier manche ihr Geld verdient haben. Wahrscheinlich verschanzen sich diejenigen, die richtig Dreck am Stecken haben, hinter besonders sorgfältig geweißten Fassaden.

Eine langbeinige Blondine, die sich von einem pferdegroßen Windhund auf ihren Rollerblades über den Asphalt ziehen lässt, lenkt mich für einen Moment ab. Plötzlich habe ich ein komisches Gefühl. Mein Unterbewusstsein schlägt Alarm. Ich tippe Malte auf die Schulter und lege meinen Zeigefinger senkrecht an die Lippen. Mir ist, als ob ich etwas gehört habe, was meine normale Aufmerksamkeitsgrenze unterschreitet. Ich muss mich stärker fokussieren, schließe die Augen und versuche, genauer hinzuhören, aber ein startender Rasenmähermotor hindert mich abrupt daran. Kurz darauf stottert der Zweitakter und verstummt – jetzt dominiert das engagierte Fluchen des Hobbygärtners die Szenerie. Aus großer Entfernung weht Herr Basieux' Stimme zu mir herüber. Ich justiere meine Stopfen und schließe wieder die Augen. Trotz äußerster Konzentration gelingt es mir jedoch nicht, weitere Worte des Ganoven aus den Umgebungsgeräuschen herauszufiltern. Stattdessen höre ich ein Kind schreien und werde von einer Fahrradklingel aus nächster Nähe akustisch geblendet.

«Wo lang?», fragt Malte. Ich habe keine Ahnung und gehe trotzdem los. Statt unserer Zielperson höre ich nun jemanden auf einer Akustikgitarre zupfen. Langsam werde ich nervös. Was, wenn der Gauner plötzlich vor uns stehen sollte? Ich befürchte, dass Malte ihm direkt an die Gurgel gehen könnte. Seine impulsive Art hat ihn schon so manches Mal von der Kneipe direkt ins Krankenhaus befördert. Schritt für Schritt nähern wir uns dem Klopstockplatz. Die Gitarre verstummt. Trotzdem höre ich keinen Laut von Herrn Basieux. Sind wir in die falsche Richtung gelaufen?

Vor uns liegt jetzt ein Straßencafé, dessen Bistrotische bis auf den letzten Platz besetzt sind. Das Gezupfe setzt wieder ein. Dann endlich fällt der Groschen, und ich sprinte los. Als ich in die Holländische Reihe einbiege, laufe ich fast einen hageren Straßenmusiker über den Haufen. Er ist dünn wie eine Gitarrensaite. Schräg über seinem Kopf schwebt das grüngelbe «H» einer Bushaltestelle. In seinem Rücken breitet sich der Hafen mit den Containerschiffen und den Löschanlagen aus. Als er anfängt zu singen, bin ich mir sicher, dass wir unserem Ziel ziemlich nah gekommen sind, denn es erklingt dasselbe Heliumfalsett, das ich eben noch beim Telefonat mit Herrn Basieux gehört habe.

Ich schaue mich um und suche nach Häusern mit Balkons zur Straße hin. Obwohl die zahlreichen Cafégäste und der hochgepitchte Liedermacher für eine ganz schöne Grundlautstärke sorgen, springen mich zwischendurch immer wieder einzelne russische Worte an. Mir ist, als könne ich sie wittern, ich rieche die Konsonanten, schmecke den säuerlichen Ton, mit dem Herr B. seinen Gehilfen beschimpft. Meine synästhetische Empfindung ist so intensiv, dass sie mir wie ein neuer, zusätzlicher Sinn erscheint. Er führt mich und Malte zu einem weißen Haus mit blau abgesetzten Fensterrahmen und … Balkonen. Über uns höre ich deutlich Herrn Basieux sprechen.

Er klingt nicht besonders gut gelaunt. Ich fange Maltes konspirativen Blick auf und drücke mich an der Hauswand entlang zum Eingang, wo wir die Klingelschilder in Augenschein nehmen, die akkurat beschriftet sind. Natürlich steht auf keinem *Basieux*, nicht mal irgendein russisch klingender Name. Ich gebe Malte ein Zeichen, mir ins Café zu folgen.

«Unglaublich, du hast ihn gefunden», sagt er, «jetzt lass uns die Bullen rufen, dann hat der Spuk endlich ein Ende!»

«Und dann? Meinst du, die kommen mit einem mobilen Einsatzkommando und stürmen die Wohnung? Vor allem, welche? In der Zwischenzeit türmt unser Mann in aller Ruhe. Wir müssen locker bleiben.»

Ich frage die blasse, blonde Bedienung des Cafés, die man getrost für eine Imagebroschüre für Norddeutschland verpflichten könnte, nach einem Stift und Zettel, auf den ich Folgendes schreibe:

Sehr geehrter Herr Basieux,
ich möchte Ihnen ein Geschäft vorschlagen. Bitte rufen Sie mich auf dem Mobiltelefon Ihres Assistenten an.
Sebastian Lauterbach

Im Blumenbeet vor dem Café suche ich nach einem passenden Kiesel, wickele den Zettel darum, werfe ihn in die offene Balkontür der verbrecherischen Ratte und sprinte los.

49. EHRENWORT

Nach fünf Minuten drosseln Malte und ich unser Tempo und gehen völlig außer Atem und verschwitzt weiter Richtung St. Pauli. Als das Handy der Gangster in meiner Gesäßtasche anfängt zu vibrieren, zerre ich Malte in eine Hauseinfahrt. Während ich auf Abnehmen drücke, schaut er sich nervös um.

«Sie haben mich erschreckt.»

«So?»

«Mir einen Stein ins Fenster zu werfen, damit hab ich nun wirklich nicht gerechnet. Was wollen Sie?»

«Immer noch unsere Musik zurück.»

«Warum sollte ich Ihnen helfen? Bislang waren Sie auch nicht besonders kooperativ.»

«Ich verspreche Ihnen, Sie nicht anzuzeigen. Die Daten gegen mein Ehrenwort.»

«Und das soll mir genügen?»

«Hören Sie zu, Herr Basieux! Ich habe keine Lust mehr auf Ihre Spielchen. Wir treffen uns heute Abend. Lassen Sie Ihren Gorilla zu Hause, und bringen Sie die Festplatten mit.»

Statt einer Antwort höre ich ihn geräuschvoll ausatmen.

«Ich werde Ihnen den Ort mitteilen», sagt er schließlich.

«Nichts da, seien Sie froh, dass die Polente nicht vor Ihrer Tür steht. Sehen Sie zu, dass Sie um Punkt sechs an den Landungsbrücken neben der Pegeluhr stehen.»

«Und woher soll ich wissen, dass Sie nicht die Polizei mitbringen?»

«Ich sagte Ihnen bereits, Sie haben mein Ehrenwort.»

«So, und ich sage Ihnen jetzt auch mal was. Wenn Sie *irgendjemanden* mitbringen, platzt unser Deal. Und …»

«Und was?»

«Wenn Sie ohne zehntausend Euro erscheinen, landen Ihre Festplatten in der Elbe.»

Herr Basieux hat aufgelegt. Ich schaue Malte entmutigt an.

«Was ist?»

«Er will zehn Riesen.»

«Dieses dumme Arschloch», schreit Malte, «aber dieses Mal machen wir den Sack zu und holen die Bullen.»

«Ich habe ihm mein Ehrenwort gegeben.»

«Ach, hör doch auf. Schon mal was von Christian Wulff gehört?»

«Ich fürchte, wenn wir irgendetwas machen, was ihm gegen den Strich geht, können wir unser neues Album vergessen.»

Malte starrt ins Leere. Ich weiß nicht, ob er mich hört:

«Ich frage mich echt, wo wir die restlichen fünftausend Euro auftreiben sollen.»

Plötzlich nimmt er meinen Arm und zieht mich entschlossen Richtung Hauptstraße.

50. REGENTANZ

Graue Wolken ziehen sich den Nachmittag über immer weiter zusammen. Regen liegt in der Luft. Malte habe ich an der U-Bahn-Station zurückgelassen. Er hat mal wieder darauf bestanden, in der Nähe zu bleiben, um im Ernstfall schnell zur Stelle zu sein. Aber was soll schon passieren? Ich gebe Herrn Basieux die Tasche mit dem Geld, nehme die Festplatten entgegen, und dann hat der Albtraum hoffentlich ein Ende.

Auf dem Platz vor den Landungsbrücken ist wie immer viel los. Touristen strömen zu den Anlegestellen der Fähren nach Finkenwerder und Blankenese oder fallen in die zahlreichen Souvenirshops ein. Geschäftsleute in dunklen Anzügen drängen sich um eine Bude, die frische Krabbenbrötchen feilbietet. Von Herrn Basieux keine Spur. Vom Ausgang Hafentor ergießt sich ein Menschenstrom auf den Platz. Die Schiffsglocke am Turm schlägt Punkt sechs. Zehn Jahre im Rock-'n'-Roll-Geschäft konnten mich nicht von meiner chronischen Pünktlichkeit heilen. Pünktlich heißt, zu früh zu sein, jedenfalls in unserem Business. Wahrscheinlich haben sich die Gangster eh längst aus dem Staub gemacht. Ein Gefühl, beobachtet zu werden, beschleicht mich, und ich drücke die Sporttasche mit dem Geld fester an meinen Körper. Die Minuten dehnen sich ins Unendliche. Plötzlich löst sich ein mir bekanntes Gesicht aus der Menge. Herr Basieux hat sich nicht an unsere Abmachungen gehalten. Stattdessen kommt sein Schläger im Stechschritt auf mich zu.

«Wo ist Money?»

Ohne eine Antwort abzuwarten, reißt er mir die Tasche aus der Hand.

«Wo sind die Festplatten?», brülle ich zurück.

Im Weggehen knallt er mir eine Plastiktüte, in der etwas Hartes steckt, vor die Brust. Ich bekomme sie nicht richtig zu fassen und muss zuschauen, wie sie auf den Boden schlägt.

«Was soll der Scheiß?», rufe ich Georgij hinterher.

Panisch falle ich auf die Knie und ziehe die Plastikgehäuse aus der Tüte. Ich könnte kotzen, eins hat einen Riss an der Seite. Wenn die Festplatten etwas abbekommen haben sollten, hätte ich gerade zehntausend Euro in den Wind geblasen. Geld, das zur Hälfte Maltes Mutter gehört und das sie wahrscheinlich nie mehr wiedersehen wird.

Als ich wieder aufschaue, bietet sich mir ein merkwürdiges Bild. Die Passanten auf dem Platz bilden einen Kreis, der sekündlich enger wird. Der russische Riese sucht nach einer Lücke, aber zu spät, der Kreis hat sich gerade geschlossen. Es stehen über hundert Menschen um uns herum. Ich hätte nicht gedacht, dass die Geldübergabe so viel Aufsehen erregen würde. Was erwarten die Leute hier zu sehen? Herrn Basieux' Schläger wird langsam nervös, er läuft hin und her, wie ein eingesperrtes Tier. Dann beginnt er, einzelne Personen anzurempeln. Eine Handvoll mutiger Jungs drängen sich dazwischen und keilen ihn ein. Die Menge skandiert irgendetwas. Erst zaghaft, dann immer lauter. Ich muss an meinen Stopfen drehen. Währenddessen scheinen mich Georgijs kalte Augen durchbohren zu wollen. Die Menge ruft: «Geld zurück, GELD ZURÜCK …» Woher wissen die Leute, was hier vor sich geht?

«GELD ZURÜCK, GELD ZURÜCK …» Es klingt wie ein archaischer Regentanz mit falschem Text. Trotzdem verfehlt die Zauberformel nicht ihre Wirkung und es beginnt tatsächlich zu schütten.

Die Passanten nicken mir zu, als würden sie mich kennen. Manche Gesichter kommen mir auch irgendwie bekannt vor. Aber woher? Natürlich, von unseren Konzerten. Irgendwer muss unsere Fans alarmiert haben … Malte. Der Kreis wird immer enger, was den Druck im Zentrum erhöht. Plötzlich zückt der Russe sein Messer. Die Menschen spritzen kreischend auseinander, sodass der Gangster sich unbehelligt auf den Rand des Kreises zubewegen kann. Gleich hat er es geschafft und ist durch. Ich frage mich, ob wir nicht doch besser die Polizei gerufen hätten.

Plötzlich rennt ein bulliger junger Mann los und wirft sich wie ein Rugbyspieler von hinten in die Beine des Russen, der taumelt und stürzt. Dabei lässt er die Tasche mit dem Geld fallen. Ein Mädchen greift danach und verschwindet in der Menge. Mehrere Jungs stürzen sich auf den gestrauchelten Riesen. Einer von ihnen tritt auf Georgijs Arm ein, bis dieser das Messer mit schmerzverzerrtem Gesicht loslässt. Kurz danach ist es verschwunden. Wie ein Fischschwarm zieht sich die Menge wieder um uns zusammen. Der Regenschauer hat aufgehört, von Weitem ertönt eine Polizeisirene. Ein rothaariges Mädchen kommt auf mich zu und reicht mir die Tasche mit dem Geld, was die Menge mit lautem Johlen kommentiert. Die Gesichter um mich herum schauen mich fragend an, und ich komme mir vor wie Cäsar, der im Kolosseum über das finale Schicksal eines Gladiators entscheiden muss.

Ich überschlage die Situation: Wir haben das Geld und die hoffentlich einigermaßen intakten Festplatten wieder, also mache ich eine wegwischende Bewegung mit der Hand. Der Menschenkreis öffnet sich und entlässt den ungläubig dreinschauenden Russen, der augenblicklich losläuft, als sei die *Seven Nation Army* hinter ihm her. Mir gegenüber bilden unsere Fans jetzt eine Gasse, durch die Nils, Freddy und Malte auf mich zukommen und mich umarmen. Wie einen Pokal halte ich die Plastiktüte mit unserem zukünftigen Album nach oben. Wieder beginnt die Menge begeistert zu rufen: «*Voodoo Psycho, Voodoo Psycho.*» An die zehn Polizeibeamten durchkämmen den Platz, aber Georgij ist längst verschwunden. Während wir alle zusammen zur U-Bahn-Station gehen und unsere Fans unseren bislang größten Hit *Stone hearted* singen, kann ich die Tränen nicht länger zurückhalten.

51. HYPERAKUSIS

Scooter und die anderen von der Band sind schon da und lümmeln sich auf der Sitzgruppe im Präsidium.

«Sag mal, Malte, wo kamen gestern eigentlich die ganzen Fans so plötzlich her?», frage ich.

«Na ja, Facebook hat manchmal auch seine guten Seiten. Ich hab gepostet, dass wir uns kurz vor sechs an den Landungsbrücken treffen und dass es echt wichtig ist, zu kommen. Und dann waren ja auch tatsächlich über zweihundert Leute da.»

«Wir haben echt die besten Fans der Welt.»

Nils sagt: «Dann sollten wir ihnen zur Belohnung aber auch ein super Album liefern.»

«Wie sieht es denn aus mit unseren Aufnahmen?», fragt Freddy und schaut erwartungsvoll zu Scooter rüber.

«Eine Festplatte hat einen Sprung im Gehäuse, aber die Daten haben glücklicherweise nichts abbekommen.»

Jubel bricht aus, und ich muss mir trotz meiner Stopfen die Ohren zuhalten. Malte sagt: «Kommt, Jungs, lasst uns mal reinhören. Eben beim Checken hat es mich schon voll gekickt. Mit Abstand klingen die Aufnahmen richtig frisch. Ich glaube, wenn die erst fertig gemischt sind, kommt das echt killermäßig.»

Scooter geht rüber in die Regie und fährt den ersten Track ab. Nils nickt begeistert mit dem Kopf zum Rhythmus des Songs.

«Geht das auch leiser?»

Die anderen schauen mich an, als hätten sie sich verhört.

Freddy sagt: «Das ist doch nicht laut!?»

Scooter rennt zurück in die Regie und dreht die Lautstärke runter.

«Jungs, ich glaube, ihr habt es immer noch nicht gepeilt. Für mich ist *alles* zu laut im Moment. So einen Pegel kann ich höchstens zehn Sekunden ertragen, danach gehe ich die Wände hoch.»

«Und wie soll das dann später bei den Konzerten gehen?»

«Ich fürchte, dass es für mich so schnell keine Konzerte geben wird.»

«Und wenn du dir einfach noch dichtere Stöpsel machen lässt? Ich hatte da mal welche ...»

«Nils, du blickst es leider nicht. Man hört mit dem ganzen Körper. Außerdem kann derselbe Schalldruck bei verschiedenen Menschen ganz unterschiedliche Empfindungen hervorrufen. Für mich ist Musik gerade einfach nur Folter. Ich brauche dringend eine Pause.»

Meine Kollegen schauen sich ratlos an. Niemand wagt, der daraus resultierenden Tatsache ins Auge zu schauen. Eine Minute später bringt es Malte auf den Punkt:

«Und wer soll dann Gitarre spielen bei unseren Konzerten?»

«Ich definitiv nicht. Vorläufig jedenfalls. Dr. Müller-Canstatt meint, dass so eine Hyperakusis irgendwa...»

«Eine was?»

«Na, meine Überempfindlichkeit bei bestimmten Tönen. Der Doktor meint, dass das auch irgendwann wieder besser werden kann.»

Malte hält sich die Stirn und starrt den Boden an.

«Was sollen wir denn ohne dich machen?», fragt Nils.

«Ich glaub, ich hab da eine Idee», antworte ich, «vertraut mir einfach!»

52. TRAUMSTIMME

Das Gewicht der Ungewissheit drückte mich in den letzten Tagen schmerzhaft zu Boden. Aber seit wir unsere Aufnahmen wieder in den Händen halten und der Fertigstellung unserer neuen Platte nichts mehr im Wege steht, fühle ich mich von einer tonnenschweren Last befreit. Endlich kann ich mich wieder ohne schlechtes Gewissen meiner Klangforschung widmen. Aber bevor ich das mache, muss ich noch eine Sache herausfinden: Was steckt eigentlich hinter dem seltsamen Namen, mit dem sich mein Entführer bei mir vorgestellt hat?

Im Netz werde ich ziemlich schnell fündig. Pierre Basieux, geboren 1944, ist ein belgischer Mathematiker, der mit 21 Jahren ein Berechnungssystem entwickelt hat, das angeblich die Chance beim Roulettespiel vergrößert. Tja, hat wohl nicht geklappt bei meinem Kidnapper, aber ich weiß jetzt immerhin, von wem er sich seinen Namen ausgeborgt hat.

Ich nehme mir vor, ihn und seinen Schläger möglichst schnell wieder zu vergessen, und öffne hoffnungsfroh die Datei, die beim letzten Versuch, die Stimme der Frau von der Telefonauskunft nachzubilden, entstanden ist. Schon nach den ersten Worten sacke ich enttäuscht zusammen. Sie klingt leider kein bisschen wie ihr Vorbild. Okay, es ist eine gewisse Ähnlichkeit vorhanden, aber ich glaube nicht, dass irgendjemand die Stimme einer realen Person zuordnen könnte. Es ist so, als wollte man jemandem Tomaten erklären und würde ihm stattdessen einen Löffel Ketchup hinhalten. Irgendetwas Essenzielles fehlt. Ich glaube, es ist eine kaum wahrnehmbare Prise fremdländischer Ingredienzen. Ich habe keine Ahnung, um welche Sprache es sich handeln könnte. Russisch ist es sicher nicht, aber trotzdem irgendetwas Osteuropäisches. Mal sehen, was gibt es denn sonst noch alles?

Auf Anhieb fallen mir noch Polnisch und Tschechisch ein, aber auf dem Balkan findet mein Halbwissen bereits sein jähes Ende. Sprechen die da eigentlich alle dieselbe Sprache? Ich schaue im Internet nach und finde eine Liste slawischer Sprachen: Dort unten unterhalten sich die Leute zum Beispiel auf Kroatisch, Slowenisch, Bosnisch und Mazedonisch. Daneben steht dann auch, wie viele Menschen diese Sprache beherrschen, und das sind immer gleich ein paar Millionen. Komisch, dass ich bei manchen nicht mal eine vage Vorstellung davon habe, wie sie klingen. Man kriegt von diesen ganzen Ländern einfach unglaublich wenig mit, hört ihre Namen wirklich selten, außer man zappt aus Versehen mal beim *Eurovision Song Contest* rein. Dabei sind uns diese Länder kilometermäßig um einiges näher als so manches stark frequentierte Urlaubsland. Echt peinlich. Man meckert immer über die ungebildeten Amis und weiß selbst nichts über die eigenen, europäischen Nachbarländer. Zum Beispiel über die mit den *ugrischen Sprachen*. Ungarisch zum Beispiel gehört dazu, überraschenderweise auch Finnisch und, wusste ich bislang auch noch nicht, Estnisch. Dort oben werden noch die baltischen Sprachen gesprochen, zum Beispiel Lettisch und Litauisch und noch weiter östlich Ukrainisch. Dann gibt es noch Sonderfälle, wie die einzige romanische Sprache Osteuropas, nämlich Rumänisch, und eine, die mit keiner anderen verwandt ist, nämlich das Albanische. Alles gut zu wissen, aber es bringt mich kein Stück weiter.

Unter all diesen Sprachen den passenden Akzent aus der Sprecherinnenkartei rauszufischen, scheint mir fast unmöglich zu sein. Zumal es kaum deutsche Sprachbeispiele mit leichtem Akzent gibt. Außer mit französischem, der ja inzwischen so etwas wie ein Comedystandard geworden ist. Ich sollte eher Sprecherinnen auswählen, die zwei Muttersprachen angegeben haben. Das reduziert die Auswahl drastisch. Von diesen höre ich mir dann die deutsche Sprachprobe an und achte unter anderem darauf, wie und ob sie das «R» rollen.

In der vorliegenden Kartei bleiben drei Frauen übrig, die Deutsch und eine osteuropäische Sprache auf ihrer Setkarte stehen haben. Die erste Dame spricht Deutsch und Lettisch. Nach zwei Sätzen bin ich mir sicher: Diese Färbung ist es nicht.

Dann klicke ich auf das Sprachbeispiel einer gewissen Zdenka Brezno, die mit einem hübschen Foto wirbt, auf dem ihre hohen Wangenknochen gut zur Geltung kommen. Slowakisch ist ihre zweite Muttersprache. Ihr Deutsch klingt rein, aber ihr «R» rollt ganz ähnlich wie bei dem meiner Traumstimme. Ich schließe die Augen. Zdenka hat wirklich ein ganz ähnliches Timbre. Was ist es nur, was die Stimme der Frau von der Telefonauskunft so besonders für mich macht? Sicher nicht nur irgendein Akzent, aus welchem Land auch immer. Irgendwie habe ich das Gefühl, als lasse mich der Klang ihrer Stimme auf den Grund ihres Herzens schauen; ich meine zu spüren, dass sie ein guter Mensch ist, der ein aufrichtiges Interesse an seinem Gegenüber hat. Rätselhaft. Nichts würde ich im Moment lieber tun, als diese Frau kennenzulernen, über die ich schon so viel zu wissen glaube. Aber wie soll ich das anstellen?

Verbissen klicke ich weiter. Die dritte und letzte der zweisprachigen Kandidatinnen disqualifiziert sich gleich durch ihre piepsige Stimme. Ich gehe bei Zdenka auf *Kontakt* und bitte sie, per Mail folgende Sätze für mich aufzunehmen und mir zukommen zu lassen:

Guten Tag, Sie sprechen mit der 11880.
Soll ich Ihnen die Nummer kostenfrei als SMS auf Ihr Handy schicken?
Dann noch einen schönen Tag.

Das kann nicht die Welt kosten. Bei dieser Gelegenheit überfliege ich noch meine anderen Mails. Malte schreibt, dass unsere erfolgreiche Flashmob-Aktion bei den Landungsbrücken ein unglaublich großes Echo auf Facebook gefunden hat. Es unterhalten sich so viele User darüber, dass unsere Single vom letzten

Album bei iTunes seit gestern zu den meist heruntergeladenen Titeln gehört. Und jetzt kommt der Hammer: Unsere Fans beginnen, das neue Album bei Amazon vorzubestellen, sodass es, obwohl es bislang nicht einmal fertiggestellt wurde, bereits in die Top 100 eingestiegen ist!

53. SONDERBEGABT

Schweißnass wache ich auf, starre in totale Finsternis. Das Betttuch unter mir ist völlig verwurschtelt. Mir ist so, als hätte ich gerade eine Stimme gehört. Schlaftrunken schließe ich wieder die Augen. Im Ernst, da flüstert doch jemand? Es ist ganz schön gruselig. Schlagartig bin ich hellwach und setze mich auf. Sehr undeutlich höre ich die Stimme meines Vaters, dann schälen sich einzelne Worte aus dem Genuschel. Wieder spricht er auf *Denglisch* zu mir:

«... warum, ... nicht verstehen, du lässt die Jungs von die Band im Stich.»

Was will er denn jetzt von mir? Wo ist er überhaupt? Ich mache das Licht an, aber hier ist niemand. Wütend schreie ich ihn an:

«Ich lasse niemanden im Stich. Ich bin krank, Daddy. Ich würde so gerne wieder auf die Bühne, aber ich kann einfach nicht!»

Keine Antwort.

«Daddy? Wo warst du denn, als ich dich gebraucht habe? Du hast dich verpisst, als ich zwölf war. *Du* hast unsere Familie im Stich gelassen.»

Wieder keine Antwort. Fuck, was war das? Eine Fata Morgana? Werde ich langsam irre? Ich stehe auf und drücke die Klinke der Badezimmertür runter. Sie klemmt. Ich ziehe und ziehe, nichts passiert. Völlig sinnlos drücke ich sie zum Bad hin. Ich meine, ich weiß, wie herum die Tür meines Badezimmers aufgeht, normalerweise. Heute geht sie nach innen auf.

Ich stolpere mit der Tür ins Bad, und es kommt mir vor, als stülpe sich der Raum um sich selbst und ich falle durch eine Ebene in die nächste. Schließlich lande ich schmerzhaft auf dem Boden, öffne die Augen und liege im Dunkeln neben meinem Bett. Mein Puls rast. Wow, das hatte ich ja noch nie. Ich habe im Traum geträumt, dass ich schlafe und aufwache. Woher soll ich jetzt wissen, dass ich wirklich wach bin?

Ich kneife mir in den Arm, und es tut angemessen weh. Aber, wer weiß? Vielleicht gibt es ja unendlich viele Traumebenen, und das Leben, in dem ich *normalerweise* lebe, ist auch nur geträumt. Zumindest empfinde ich mein Leben gerade als ziemlich irreal, denn nichts ist mehr so wie vorher. Ich muss eine unfreiwillige Rock-'n'-Roll-Pause einlegen. Dafür habe ich unendlich viele neue akustische Ebenen dazugewonnen, höre Nuancen, die bei anderen nicht mal an der Aufmerksamkeitsschwelle kratzen. Ich fühle mich, je nach Tagesform, behindert oder eben *sonderbegabt.* Aus meiner neuen Fähigkeit sollte ich eigentlich viel mehr machen, sollte herausfinden, was ich damit alles anstellen kann, und mich fragen, wie ich dadurch meine Band nach vorne bringe. Von der Bühne halte ich mich erst mal fern, aber wer weiß, vielleicht ändert sich das ja auch eines Tages wieder. Eins jedoch steht fest, ich muss so schnell wie möglich umziehen. Der Straßenlärm, der gerade durch das offene Fenster in meine Wohnung kriecht, ist bereits für normale Ohren zu viel. Ich sehne mich nach einem Ort, wo akustischer Frieden herrscht.

54. IN ALLE LÖCHER

Als ich das Fernsehstudio betrete, spielt die Band *The Sound of Silence*. Sehr witzig. Ich nähere mich dem Schreibtisch des Talkmasters. Der Applaus des Publikums dröhnt mir schmerzhaft in den Ohren. Harald Schmidt wirkt, wenn er so vor einem steht, noch größer als auf dem Bildschirm. Keine Frage, er hat Charisma und lächelt mich einschüchternd selbstbewusst an. Irgendwie habe ich das Gefühl, dass er mich nicht ernst nimmt. Irgendetwas an seiner jovialen Art, mir einen Sitzplatz anzubieten, warnt mich vor einer extrem peinlichen Situation. Wahrscheinlich soll ich, unter den Augen schadenfroher Fernsehzuschauer, als Scharlatan entlarvt werden. Die Wahrheit ist manchmal schwer zu glauben und fürs Fernsehen einfach zu komplex. Das meiste, das wir sehen, ist frei erfunden, auch wenn es sich als seriöse Dokumentation tarnt. Ich setze mich auf den schwarzen Ledersessel und versuche, meine Atmung zu beruhigen. Auf der polierten Schreibtischplatte steht unsere neue CD. Egal was gleich passiert, es ist in jedem Fall eine großartige Werbung für unsere Platte, und es wäre dumm, diese Gelegenheit nicht zu nutzen.

«Herr Lauterbach, Sie und Ihre Band *Voodoo Psycho* sind dafür bekannt, in Sachen Lautstärke nicht gerade zimperlich zu sein. Was genau hat bei Ihnen eine Abkehr von dieser Maxime bewirkt?»

Ich möchte einen Moment lang überlegen, wie ich meine Geschichte beginnen soll, aber das geht leider nicht im Fernsehen – Pausen sind der Tod. Dann höre ich mich selbst drauflosreden:

«Also, äh, auf der Bühne wird bei uns eigentlich immer ordentlich gerockt. Aber bei einem unserer letzten Gigs, ich glaube, es war in München, haben wir dann besonders Gas gegeben, und seitdem habe ich ein Pfeifen im Ohr.»

«Haben Sie denn ohne Gehörschutz gearbeitet?»

«Klar, immer.»

«Man kann sich schon 'ne Menge einfangen, wenn man ungeschützten Verkehr auf der Bühne hat.»

Das Publikum quittiert diesen Kalauer mit vereinzelten Lachern. Harald Schmidt kommt langsam in das Alter, wo ihm ein gewisser anzüglicher Altherrenhumor gut zu Gesicht steht. Und er spielt diesen Trumpf in der Regel sehr souverän aus. Ich habe ihn tatsächlich nur ein einziges Mal sprachlos gesehen, als er von der Schriftstellerin Sibylle Berg mit seinen eigenen Waffen geschlagen wurde. Er fragte gleich am Anfang ihres Gesprächs, wie denn so die sexuellen Gepflogenheiten in der DDR waren, und sie sagte frank und frei heraus: «Ach, wir haben damals ordentlich was weggebumst, in alle Löcher rein ...» Ein großartiger Moment der deutschen Fernsehgeschichte.

«Sie haben mal gesagt, Lautstärke sei sexy. Sind Sie jetzt, wie soll ich sagen, durch Ihren Tinnitus akustisch impotent geworden?»

Gelächter im Publikum.

«Ganz im Gegenteil. Ich habe mich von Dr. Müller-Canstatt nach einer neuen Methode behandeln lassen.»

«Und da ist dann etwas schiefgegangen?»

«Na ja, ich bin den Ton im Ohr schon losgeworden, aber als ich aus der Narkose erwachte, hat sich noch etwas anderes verändert. Mein Gehör ist seitdem empfindlicher geworden, bestimmt hundertmal empfindlicher als vorher.»

«Vielleicht können Sie die Lautstärke ja aus anderen Gründen nicht mehr ertragen. Womöglich hat sich die Rockmusik, die Sie mit Ihrer Band machen, ja als eine kulturelle Sackgasse erwiesen, und Ihr Unterbewusstsein hat Ihnen da ein Signal gegeben.»

«Worauf wollen Sie hinaus?»

«Vielleicht bestand das Signal ja darin, Ihnen eine Story einzuflüstern, damit Sie plötzlich in Talkshows sitzen?»

Das lasse ich mir nicht gefallen. Ich stehe auf und will die Show verlassen. Harald Schmidt fasst mich sanft am Arm und sagt: «Das war doch nur Spaß. So was soll es auch manchmal geben im deutschen Fernsehen.»

Das Publikum johlt. Ich setze mich wieder hin.

«Herr Schmidt, Sie können mir glauben, ich würde mir eher die Hand abhacken, als mir so eine Geschichte auszudenken, um daraus Kapital zu schlagen. Unsere neue CD ist der Hammer, aber ich kann leider nicht mit auf Tour gehen, um sie zu promoten.»

«Und wie laufen die *Voodoo-Psycho*-Konzerte dann zukünftig ab? Gibt es einen Ersatzmann für Sie?»

«Ja und nein. Wir haben uns da etwas ganz Besonderes für unsere Fans einfallen lassen. Mehr darf ich im Moment leider noch nicht verraten, aber» – ich schaue dabei direkt in die Kamera – «ihr seid herzlich eingeladen, es herauszufinden.»

«Herr Lauterbach, hätten Sie Lust zu einem kleinen Experiment?»

Ich habe keinen Schimmer, was er damit meint, aber hey, wir sind im Fernsehen, also lächle ich und sage: «Natürlich, sehr gerne.»

«Wir haben hier im Studio irgendwo einen alten Wecker versteckt. Wenn wir den *Liner Notes* Ihres aktuellen Albums Glauben schenken wollen, klingt das leise Ticken dieses Weckers für Sie so, als schlüge jemand mit einem Hammer auf einen Amboss, und dann wäre es ja ein Leichtes, diesen Wecker zu finden.»

Er schaut mich herausfordernd an.

«Okay, es ist so: Um mich vor den Alltagsgeräuschen zu schützen, trage ich momentan einen sehr starken Gehörschutz. Wenn ich ihn herausnehme, sind meine Ohren hyperempfindlich.»

«Ich werde dafür sorgen, dass es vollkommen still ist.»

Das Licht wird gedimmt. Harald Schmidt schneidet wie ein römischer Despot mit seinen langen Armen durch die Luft. Das Publikum ist schlagartig leise. Ich nehme meine Stopfen raus. Unter meinen Armen wird es feucht, denn jetzt bin ich akustisch vollkommen ungeschützt. Der Gitarrist der Studioband kratzt, um Spannung zu erzeugen, mit seinem Plektrum über die tiefe E-Seite. Mir fliegt fast der Kopf weg. Ich reiße die Hände hoch und halte mir die Ohren zu.

«Verdammt, ich hab das eben nicht zum Spaß gesagt.»

Harald Schmidt schaut mich mitleidig an. Er flüstert:

«So, ich bitte jetzt um absolute Ruhe im Studio.»

Ich schließe meine Augen und versuche, mich zu konzentrieren. Unzählige Geräusche schwirren durch den Raum. Ich erinnere mich an ein Interviewtraining, an dem ich vor Jahren mal teilgenommen habe. Besonders folgende Regel ist dabei hängen geblieben: Lass dein Gegenüber an deinen Gedanken teilhaben. Und genau das versuche ich gerade.

«Ruhe ist sehr relativ. Hier im Studio herrscht keineswegs Stille. Hinter den Kulissen zum Beispiel brummen Lichtdimmer mit fünfzig Hertz.»

Einige Zuschauer legen den Kopf nach hinten und versuchen das angestrengt nachzuprüfen.

«Dahinten, auf der linken Seite, kratzt sich gerade jemand am Kopf.»

Derjenige wird von der Kamera eingefangen. Als er sich selbst auf dem Monitor sieht, stellt er es ein.

«Irgendjemand in der letzten Reihe hat etwas Falsches gegessen.»

Das Publikum schmunzelt. Die Kamera fährt die letzte Reihe ab und filmt Gesichter, die versuchen, möglichst unschuldig zu gucken.

«Im Mittelgang hat jemand sein Handy auf Vibrationsalarm gestellt und wird gerade angerufen.»

Augenblicklich schwenkt eine der Kameras auf einen Mann mit grauen Schläfen, der schuldbewusst in die Innentasche seines Jacketts greift. Harald Schmidt nickt mir anerkennend zu. Das Publikum raunt.

«Darf ich mich bewegen?»

«Sie dürfen alles tun, was Ihnen hilft, das gesuchte Objekt zu lokalisieren», flüstert der Moderator. Ich habe das Ticken bereits wahrgenommen, kann es jedoch nicht genau orten, denn es gibt zu viele Störquellen im Raum, Hosenbeine reiben aneinander, und Zuschauer trampeln vor Ungeduld auf den Boden. Ich muss an meinen Ausbruch aus der Halle der Gangster denken. Dort konnte ich jede Einzelheit des unbekannten Raumes im Dunkeln genau vor mir sehen. Aber hier im Fernsehstudio vermischt sich alles zu einem akustischen Brei. Ich kann kaum die Richtung bestimmen, aus der ich das Ticken höre. Wieder schließe ich die Augen und sehe den Schreibtisch des Moderators als akustische Silhouette. Langsam gehe ich auf das Publikum zu, das auf ansteigenden Stuhlreihen sitzt.

Ich wende mich nach links, und das Ticken wird stärker. Nach drei Schritten wird es wieder schwächer. Ich gehe den Mittelgang schrittweise nach oben. Jetzt wird es wieder lauter. Vor Spannung wird das Publikum ruhiger. Plötzlich muss ein Zuschauer neben mir niesen. Ich zucke zusammen. Mit zugehaltenen Ohren bleibe ich einen Moment stehen und muss mich erst wieder sammeln. Vorsichtig nehme ich die Hände runter. Wie eine Wünschelrute bewege ich meinen Kopf langsam hin und her. Vor einem Stuhl bleibe ich stehen und bin mir sicher: Auf dem Boden tickt etwas. Ich bücke mich und hebe ein aus Pappmaschee gebasteltes Paket Dynamit auf, an dem ein Wecker mit Draht befestigt ist, und halte es in die Kamera. Harald Schmidt sagt spöttisch: «Die Rock-'n'-Roll-Polizei im Dienste der Terrorabwehr.»

Das Publikum zögert und weiß nicht, ob es klatschen darf. Ich gebe einem Zuschauer die Zeitbombenattrappe in die Hand und halte mir die Ohren zu. Das Publikum versteht meine Geste und kennt kein Halten mehr. Ein begeisterter Applaus brandet auf. Ich fummele mir die Stopfen wieder rein und gehe zurück auf meinen Platz. Harald Schmidt hebt meinen rechten Arm, als sei ich ein Boxer, der seinen Gegner gerade auf die Bretter geschickt hat. Das Publikum tobt. Der Moderator weist noch einmal auf unsere neue CD hin und wünscht mir alles Gute. Das gefällt mir an ihm, er mag ein Zyniker sein, aber er wirkt zu hundert Prozent glaubwürdig, wenn ihm etwas gefällt. Noch in der Backstage höre ich, wie die Studioband die Singleauskopplung unserer neuen Platte spielt. Ich bin mir ziemlich sicher, dass das Ganze eine astreine Werbeaktion für unsere Band war, und hoffe stark, dass das nicht wieder irgendwelche Spinner auf die Idee bringt, mit mir «zusammenarbeiten» zu wollen.

55. HIMMEL

Ich bin zufrieden mit meinem Werk. Durch die Verwendung einiger Meter weißen Moltons und nach einem Tag Arbeit ist ein Zimmer entstanden, in dem es bemerkenswert still ist. Den Raum schalltot zu nennen, wäre übertrieben, aber in ihm herrscht eine nervenberuhigende Stille. Ich taufe ihn *Himmel*, und er wird fortan meine Rettungsinsel sein.

Aufs Land zu ziehen, war die beste Idee der letzten Jahre. Seit einer Woche bin ich dabei, alles herzurichten. Ich darf hier so lange wohnen, bis Maltes Schwester aus dem Ausland zurückkehrt, und das kann noch ein, zwei Jahre dauern. In dieser Zeit zeichnet sich hoffentlich ab, wie es weitergehen wird: Ob es für mich wieder möglich sein wird, Musik zu machen, oder was ich sonst mit meinen «besonderen» Fähigkeiten anfangen soll. Das Häuschen steht in einem kleinen Ort namens Brunsbek, etwa dreißig Kilometer von Hamburg entfernt, Richtung Osten. Die nächste Autobahn ist drei Kilometer weit weg. Wenn ich größer einkaufen möchte, muss ich eine Viertelstunde mit dem Fahrrad fahren, und zur nächsten S-Bahn-Station brauche ich etwa fünfundzwanzig Minuten.

Allein die letzte Woche hatte, trotz des Umzugs, schon eine beruhigende Wirkung auf mich. Immer wenn die Sonne scheint, muss ich an meine Tage im Bayerischen Wald denken. Obwohl der Blick aus dem Fenster meiner gemütlichen Wohnküche ein völlig anderer ist; statt auf Berge schaue ich über die weite, grüne Heide. Aber diese Aussicht hat trotzdem den gleichen Effekt. Meine Seele atmet durch.

Manchmal sitze ich im Schatten des Reetdaches auf meiner Bank und lasse die letzte Zeit Revue passieren. Noch vor Kurzem habe ich, wenn ich ein paar Bier im Kopf hatte, immer davon gefaselt, was es für mich bedeutet, das Leben zu spüren: Am Tag zu pennen, nachts zu saufen und ab und zu ein paar

Konzerte zu spielen ... halt die ganze Rock-'n'-Roll-Litanei. In meinem neuen Leben dagegen werde ich früh aufstehen und viel spazieren gehen. Und sollte ich mich einmal doch länger in der Stadt aufhalten müssen, um Interviews zu geben, oder aus anderen Gründen zu viel Lärm inhalieren, werde ich mich nach meiner Rückkehr einfach in den *Himmel* legen.

In der letzten Zeit häufen sich die Anrufe diverser Talkshowredaktionen, und ich werde immer mehr zu einem medizinischen Kuriosum. Der Fall meiner speziellen akustischen Hypersensibilität fasziniert Forscher rund um den Globus, und ich muss mich so mancher Einladung erwehren. Im Grunde fühle ich mich gar nicht krank, sondern einfach anders als vorher.

Ich denke viel darüber nach, was aus mir werden soll. Zum Glück hat Nils, der sich um die Finanzen der Band kümmert, letzte Woche endlich meinen Teil des Vorschusses von der Plattenfirma überwiesen, und darum habe ich erst mal keine monetären Sorgen. Unsere CD ist bei Amazon aufgrund der zahlreichen Vorbestellungen in die Top Ten eingestiegen, also kann es gut sein, dass da in absehbarer Zeit noch mal ein warmer Geldregen einsetzen wird. Die Miete, die ich hier zahle, ist nicht der Rede wert. Seit ich aus der Stadt geflüchtet bin, gibt es manchmal Momente, da verursachen alltägliche Geräusche, selbst ohne Stopfen, kaum noch Schmerzen. Und dann keimt in mir die Hoffnung, dass sich mein Gehör irgendwann wieder normalisieren wird. Bis dahin werde ich weiter Songtexte schreiben und hoffe, dass Malte sie gebrauchen kann, wenn es so erfolgreich weitergeht mit unserer Band. Nächsten Monat gehen die Jungs wieder auf Tour. Ich vermisse sie sehr, aber ehrlich gesagt, würde ich es in meinem jetzigen Zustand keinen Tag im Bandbus aushalten. Ein Käfig voller hyperaktiver Narren: Laute Musik, Stimmengewirr und permanent piepende Smartphones. Es ist noch gar nicht lange her, da habe ich diese Hektik mit Intensität verwechselt.

Eben, als ich im *Himmel* lag und die Ruhe sich in meinem Körper wie ein warmer Balsam ausbreitete, musste ich mal wieder an die Stimme der geheimnisvollen Frau denken, und ich sehne mich danach, sie noch einmal in natura zu hören. Morgen, wenn ich alle Kartons ausgepackt habe, finde ich hoffentlich die Festplatte mit der Datei ihrer virtuellen Nachbildung wieder. Beim letzten Versuch, bei der ich die Beispielsätze, die ich mir von einer professionellen Sprecherin habe einsprechen lassen, weiter bearbeitet habe, war das Ergebnis schon ziemlich lebensecht. Ich bin sehr gespannt, was passieren wird, wenn ich die entstandene Sprachprobe als Flaschenpost ins Meer der digitalen Daten schmeißen werde. Hoffentlich wird sie von jemandem gefunden …

56. AVATAR

Malte steht vor einem blauen Fotohintergrund und spielt mit vollem Körpereinsatz Luftgitarre.

«So, und wenn dann gleich das Playback läuft, kannst du richtig abgehen. Dann können wir nämlich später je nach Song einen anderen Hintergrund einfügen. Soll ich die Musik mal anmachen?»

Ich hänge mir nach langer Zeit zum ersten Mal wieder meine E-Gitarre um. Sie fühlt sich an wie ein Fremdkörper. Komisch, noch vor zwei Monaten war sie wie angewachsen. Wie schnell einem Dinge doch fremd werden. Malte legt unser aktuelles Album auf.

«Leiser», schreie ich, «viel leiser ... Bitte!»

«Sorry, Bast. Ich glaube, es ist wirklich gut, dass du die nächste Tour erst mal nicht mit dabei bist.»

Nachdem Malte deutlich runtergedreht hat, läuft die Musik jetzt für Normalhörende nicht mal in Zimmerlautstärke. Ich stelle mich vor die blaue Leinwand. Bei so wenig Druck komme ich nur schwer in Stimmung. Überhaupt habe ich Playbackauftritte immer schon gehasst. Da kann man ja gleich auf den Strich gehen. Der Kameramann unterbricht meine Performance und justiert noch einmal die Beleuchtung nach.

Unsere neue Single *Longing for you* kommt aus den Boxen. Langsam erinnert sich mein Körper an die Bewegungen, die ich gemacht habe, wenn es live richtig abging. Je weniger ich nachdenke, umso natürlicher kommen sie aus mir heraus. Blöd, dass ich meine Haare nicht mehr hin und her werfen kann. Als ich im Wald gelebt habe, waren sie mir lästig, und ich habe sie kurzerhand abrasiert. Hoffentlich erkennen mich unsere Fans überhaupt noch wieder, wenn ich bei den nächsten Konzerten als Videoeinspielung dabei sein werde. Nach und nach performe ich jedes Stück des neuen Liveprogramms. Manche Songs habe ich seit unserer Studioaufnahme nicht mehr komplett gehört, und ich werde richtig sentimental. Malte muss einige dumme Sprüche reißen, damit ich nicht zu traurig aussehe auf dem Video. Nach anderthalb Stunden machen wir eine Pause.

«Ach übrigens, ich habe deine Suchmeldung gestern Nacht noch auf unsere Homepage gestellt. Ich finde es echt sehr charming, wie du die Leute aufforderst, dir bei der Suche nach der Frau mit der ‹schönsten Stimme der Welt› zu helfen. Es hat sich zwar noch niemand gemeldet, der sie erkannt hat, aber ganz viele Fans wollen die Mail weiter streuen, und ich denke, das wird einen riesigen Schneeballeffekt haben.»

Ich wische mir den Schweiß von der Stirn.

«Ich bin echt gespannt, wie die Frau aussieht, die zu dieser Stimme gehört», sagt Malte.

«Glaub nicht, dass ich jetzt völlig durchdrehe, aber mir ist das … egal. Ich hab mich in den Klang dieser Stimme verliebt.»

«Na ja, manchmal denke ich schon, dass du nicht mehr alle Latten am Zaun hast, aber deswegen sind wir ja Freunde.»

Malte drückt mich kurz an sich.

«Komm, lass uns noch die restlichen Songs filmen. Ich glaube, der *Sebastian-Lauterbach-Avatar* wird die Fans ganz schön rocken nächsten Monat. Gib noch mal alles!»

57. GANZ OBEN

Ich halte die Augen geschlossen und genieße die Wärme der Sonne auf meinem Gesicht. Die Stille auf dem Land hat etwas Erhabenes. Von weit her dringt Möwengeschrei an mein Ohr. Irgendwo blökt ein Schaf. Als ich gerade zu meiner Teetasse greife, mischt sich ein ungesund klingendes, elektrisches Geräusch störend unter die natürlichen Klänge. Die Möglichkeit, es könnte Malte sein, der Neuigkeiten bezüglich meiner Suchmeldung hat, lässt mich lossprinten. Ich nehme ab:

«Ja?»

«Hallo, Sebastian?»

Die Stimme eines älteren Mannes ist am anderen Ende der Leitung.

«Wer ist denn da?»

«Ich bins.»

«Wer?»

«Dein Daddy.»

Der Schock verschlägt mir die Sprache. Der Mann am anderen Ende spricht genau so wie die Stimme in meinen Albträumen: Deutsch mit starkem britischen Akzent. Warum meldet er sich gerade jetzt? In einer Zeit, in der ich versuche, mich auf mich selbst zu besinnen.

«Junge, ich habe dir im Fernsehen gesehen. Gratuliere.»

«Wozu?»

«Du bist ganz oben.»

Okay, daher weht der Wind. Mein nichtsnutziger Vater meldet sich nach dreiundzwanzig Jahren bei mir, weil er denkt, ich sei zu Geld gekommen. Wahrscheinlich steckt er wieder, ach, was sage ich, immer noch in Schwierigkeiten und will mich anschnorren. Aber ich bin definitiv nicht derjenige, der das mit sich machen lässt.

«Was willst du?»

«Ich muss dir sehen.»

In die lange Pause hinein höre ich ein Röcheln, als bekäme er schwer Luft.

«Vater, ich glaube, wir lassen besser alles so, wie es ist. Ich habe keine Kraft für so was.»

«Sebastian, please ...»

Ich kann die Situation keinen Moment länger ertragen und drücke ihn weg.

Eine halbe Stunde später klingelt wieder mein Telefon. Ich hätte nicht gedacht, dass sich mein Vater noch mal traut, hier anzurufen. Er war immer schon feige. Eigentlich bin ich noch nicht bereit, mit ihm zu sprechen, aber vielleicht sollte ich mir wenigstens anhören, was er zu sagen hat.

«Ja, bitte?»

«Sebastian?»

Eine junge weibliche Stimme mit osteuropäischem Akzent ist dran. Im Hintergrund läuft Sepultura.

«Wer ist da?»

«Die Frau, nach der du suchst. Ich wusste damals schon, dass da etwas Besonderes zwischen uns ist.»

Die Stimme am anderen Ende der Leitung hat eine gewisse Ähnlichkeit mit derjenigen, die ich seit Wochen in meinem Kopf herumtrage, aber sie klingt nicht annähernd so verführerisch. Meine Verwirrung macht mich sprachlos.

«Freust du dich gar nicht?»

«Doch, schon ... sag mal, wie heißt du?»

«Monika ... ein Name mit M, genau so, wie das in deiner Suchanzeige stand. Aber das mit der 11880 habe ich nicht verstanden.»

«Arbeitest du nicht im Callcenter?»

«Nee, wieso? Wir kennen uns doch aus Jena. Weißt du nicht mehr?»

Dunkel erinnere ich mich an eins der letzten Backstage-Gelage, bei dem nicht nur Alkohol im Spiel gewesen ist.

«Hör zu, Monika, ich glaube, da liegt ein Missverständnis vor. Ich suche jemand anders.»

«So? Aber für eine Nacht war ich dir gut genug, oder? Ihr seid doch alle gleich. Und ich dachte schon …»

«Tut mir leid. Danke für deinen Anruf. Bitte lösch meine Nummer sofort wieder.»

Ich frage mich, ob das mit meiner Suchaktion so eine gute Idee war und ob ich dadurch jemals die Frau meiner Träume wiederfinden werde. Ich kann nur hoffen, dass ab jetzt nicht täglich irgendwelche enttäuschten Groupies bei mir anrufen werden.

58. WIEDER MIT AN BORD

Gestern war das erste Konzert von *Voodoo Psycho* – ohne mich. Das allein geht schon kaum in meinen Kopf, aber noch merkwürdiger finde ich die Vorstellung, dass eine digitale Kopie von mir auf der Bühne stand. Die Show fand beim Wacken Open Air statt und wurde live im Fernsehen übertragen. Da ich seit meinem Umzug keine Glotze mehr habe, sitze ich gerade vor meinem Rechner und schaue nach, ob schon irgendjemand etwas ins Netz gestellt hat. Tatsächlich haben einige Fans ihr Smartphone dabeigehabt und gefilmt. Der Plan, den ich mit Malte ausgeheckt habe, als wir das Video mit meiner Performance gedreht haben, scheint aufzugehen. Die anderen von der Band lassen sich einen *Click Track* auf ihren In-Ear-Monitor geben und können sich so im selben Takt wie der *Video-Bast* bewegen. Und so kommt es, dass ich mir gerade selbst bei einem Gitarrensolo vor achtzigtausend Zuschauern auf die Finger schaue, obwohl ich gestern gar nicht mit dabei war. Während die anderen live rocken, wird mein Avatar auf die zehn mal zehn Meter großen Videowalls links und rechts neben der Bühne projiziert.

Neben meinem Verstärkerturm ist eine weitere Leinwand aufgebaut. Wenn man von Weitem guckt, entsteht die Illusion, dass ich tatsächlich mit auf der Bühne stehe. Malte kommt sogar manchmal zu «mir» rüber und singt mich an, wie er es sonst auch immer bei unseren Shows macht. Ich bin vor Aufregung ganz an die Kante meines Sessels vorgerutscht. Der Song ist zu Ende, und das Publikum grölt frenetisch. Die Aufnahme ist an diesen Stellen ziemlich verzerrt. Ich hätte so große Lust, mit dabei zu sein, aber es geht nun mal nicht – noch nicht.

Jetzt, wo ich sehe, dass die Fans das Ganze wohlwollend annehmen, lehne ich mich wieder entspannt zurück. Malte macht eine Ansage und richtet den Fans von mir schöne Grüße aus.

«… und Bast ist guter Dinge, dass er nächstes Jahr wieder mit an Bord ist!»

Das Publikum quittiert seine Ansage mit tosendem Applaus. Ich bekomme eine Gänsehaut. Aber das Konzert zu sehen, löst nicht nur positive Gefühle in mir aus. Ich freue mich, dass die Jungs weitermachen und dass sie mich irgendwie symbolisch mit dabeihaben, aber hier zu sitzen und völlig anders drauf zu sein, erzeugt bei mir auch ein schlechtes Gewissen. Ich fühle mich wie ein Betrüger, als hätte ich den Rock 'n' Roll verraten. Aber was soll ich machen? Ich kann gerade nicht anders, bin körperlich einfach nicht in der Lage, eine Show in dieser Lautstärke durchzustehen.

Auf dem Monitor meines Computers spielen die Jungs jetzt *Music Soldier*, mein Lieblingsstück der aktuellen Platte. Ich stehe auf und nehme meine Akustikgitarre von der Wand. Dann drehe ich meine Stopfen auf stärkere Dämmung und spiele meinen Part mit. Das Publikum klatscht begeistert im Takt der Musik. Ich bekomme feuchte Augen.

59. MORBIDER SOUNDTRACK

Die ganze Sache schlägt mir auf den Magen. Statt friedlich durchzuschlafen, habe ich die halbe Nacht auf der Toilette verbracht. Mir ist immer noch kotzübel. Warum meldet sich mein Vater aus heiterem Himmel bei mir? Ich kam die letzten dreiundzwanzig Jahre prima ohne ihn zurecht. Was will er überhaupt? Glaubt er, ich bin ein Popstar und schwimme im Geld, nur weil er mich einmal im Fernsehen gesehen hat? Ich habe lange hin und her überlegt, ob ich ihn überhaupt treffen soll. Aber egal wie schlimm es auch werden wird, es wird den ganzen Spekulationen der letzten Jahre endlich ein Ende setzen. Sollte er wirklich der Idiot sein, für den ich ihn halte, dann hilft es mir wenigstens dabei zu verstehen, warum sich meine Mutter damals von ihm getrennt hat.

Die Regionalbahn bohrt sich durch den Morgennebel. Verschlafene Pendler dösen auf ihren Sitzen. Ich krame in meiner Erinnerung. Was weiß ich eigentlich alles über diesen, mir so fremden Mann? Zum Beispiel, dass er in Irland geboren wurde und dass seine Eltern ihn auf den Namen Dylan getauft haben. Er war Soldat der britischen Armee und in Celle stationiert, wo er meine Mutter kennenlernte. Bevor er anfing zu trinken, hatten wir ein paar schöne gemeinsame Jahre. Meine Eltern waren sehr gastfreundlich, und so hatten wir oft Besuch zu Hause. Bei unseren Gästen war mein Vater berüchtigt für seine Vorliebe, zu vorgerückter Stunde die Gitarre zur Hand zu nehmen und Lieder seiner Heimat zu schmettern. Eigentlich eine schöne Sache, aber wenn er einmal damit anfing, war es unmöglich, ihn jemals wieder zu stoppen. Er hörte immer erst dann auf, wenn der Großteil der Gäste nach Hause geflüchtet oder auf dem Sofa eingeschlafen war.

Eine andere seiner Vorlieben, nämlich die, dem Alkohol übermäßig zuzusprechen, wurde ihm irgendwann zum Verhängnis. Seine Dienststelle hatte ihn mehrmals verwarnt, als er mit Fahne zur Arbeit erschien. Immer wieder schwor er Besserung, die jedoch nie eintrat, sodass sie ihn schließlich auf die Straße setzten. Für einen ehemaligen Soldaten der britischen Streitkräfte ohne Deutschkenntnisse war es damals so gut wie unmöglich, eine neue Arbeit zu finden. In dieser Zeit begann er, richtig zu trinken. Irgendwie kann ich das nachvollziehen, aber dass er anfing, meine Mutter zu schlagen, habe ich ihm bis heute nicht verziehen. Seit sie ihn damals verlassen und mich mit zu Oma genommen hat, habe ich ihn nicht mehr gesehen. Eigentlich dachte ich bis heute, dass das auch so bleiben würde.

Neben den vielen Details der Geschichte, die ich nie erfahren habe, bin ich mir in einem Punkt ziemlich sicher: Wenn meine Eltern damals zusammengeblieben wären, hätte ich nie ernsthaft angefangen, Musik zu machen. Vaters mehrstündige Gitarrenmonologe, die regelmäßig unsere Gäste vergraulten, haben mich nachhaltig traumatisiert und mich dazu gedrängt, mir Hobbys zu suchen, die ohne Töne auskamen. Erst als ich mir als sechzehnjähriger Schüler, nach einem lukrativen Ferienjob, überlegen musste, was ich mit dem Geld machen sollte, ging der musikalische Samen, den mein Vater durch seine Folksongs in mir gesät hatte, doch noch auf, und ich kaufte mir meine erste elektrische Gitarre. Ab da konnte ich alles rauslassen, was sich in den Jahren zuvor angestaut hatte. Die ganze Einsamkeit und Wut.

Nach einer knappen Stunde fährt die Regionalbahn in Hechthausen, eine Kleinstadt westlich von Hamburg, ein. Sollte mein Vater all die Jahre, ohne dass ich es gewusst habe, ganz in meiner Nähe gelebt haben? Ein seltsamer Gedanke. Am Bahnhof steige ich in ein Taxi und lasse mich durch die regennasse, nichtssagende Innenstadt chauffieren. Nach nicht mal fünf Minuten verlassen wir den Ortskern und fahren an mit Planen überzogenen Gewächshäusern und stoppeligen Feldern vorbei. Ich versuche, mir meinen Vater vorzustellen, aber er ist in meiner Erinnerung nur ein Foto, was ich von ihm habe, kein realer Mensch. Diese Erkenntnis macht mich traurig. Die Bilder vor dem Fenster verschwimmen zu etwas Abstraktem. Der Anblick einer nobel aussehenden Privatklinik holt mich in die Gegenwart zurück. Wie kann mein Vater sich den Aufenthalt hier überhaupt leisten? Baut er darauf, dass ich ihn finanziell unterstützen werde? Ich glaube, er hat ganz falsche Vorstellungen davon, was ich verdiene. Mein Magen verkrampft sich wieder, ich hätte nicht herkommen sollen.

Das Gebäude sieht von außen aus wie ein Mausoleum. Die Empfangshalle erinnert dagegen an die eines Viersternehotels, allerdings sitzt eine Krankenschwester an der Rezeption. Das Weiß ihrer Dienstkleidung blendet mich. Ich erkundige mich nach der Zimmernummer meines Vaters, woraufhin die stark geschminkte Frau vorausgeht und mir persönlich den Weg zeigt. Wir durchqueren einen Gang mit Steinfußboden, in dem es streng nach Desinfektionsmittel riecht, und benutzen den Aufzug. Vor einem Zimmer im zweiten Stock bleibt sie stehen und sagt: «Hier ist es.»

Ich bedanke mich und klopfe an. Obwohl keine Antwort kommt, betrete ich den großzügigen, abgedunkelten Raum. Zwischen Apparaten und einem Gewirr aus Kabeln liegt ein grauhaariger, alter Mann. Nichts an ihm erinnert mich an das Bild, das ich von meinem Vater habe. Erst als er seine grünbraunen Augen öffnet, wecken sie in mir eine schwache Erinnerung. Seine Stimme klingt wie damals, nur viel schwächer.

«Sebastian?»

«Hallo.»

Ich geniere mich, *Daddy* oder *Vater* zu sagen. Im Bett vor mir liegt jemand, von dem ich so gut wie nichts weiß. Ich rücke mir einen Stuhl ans Bett und lasse mich darauf fallen.

«Schön, dass du könntest kommen.»

Es ist absurd. Mein Vater redet deutsch mit mir. Deutsch, mit starkem britischen Akzent. Die Albträume, die mich in der letzten Zeit immer wieder heimgesucht haben, haben diesen Moment vorweggenommen. Hat der alte Sack sich doch tatsächlich noch aufraffen können, die Sprache des Landes zu lernen, in dem er die letzten vierzig Jahre gelebt hat. Während ich ihn aufmerksam beobachte, in seinem faltigen blassen Gesicht nach Hinweisen suche, wie sein Leben in der vergangenen Zeit verlaufen ist, rechne ich aus, wie alt er sein müsste. Ich komme auf fünfundsechzig Jahre. Er sieht deutlich älter aus.

«Was willst du von mir?»

Meine Worte klingen härter, als ich beabsichtigt habe.

«Ich musste dir noch mal sehen. Ich weiß nicht, wie lange ich es noch mache.»

Meine Antwort bleibt mir im Hals stecken, und ich starre ihn weiter an.

«Krebs. Die ganze Lunge ist voll. Nach Absetzen von die Chemo hat es Streuung gemacht.»

Sosehr ich mich auch wehre, ich empfinde Mitleid. Mein Vater, diese ausgelaugte Hülle von Mensch, tut mir leid. Ich stehe auf und trete näher ans Bett heran.

«Sebastian, mein Boy, ich bin so froh, dass du hier bist.»

Er weint und wischt sich die Tränen mit seiner blau geäderten, dürren Hand, in der ein Katheter steckt, vom Gesicht.

«Wenn du glaubst, ich kann dir helfen, vergiss es.»

«Mir kann helfen nichts mehr.»

«Brauchst du Geld?»

Er lacht heiser und verschluckt sich dabei.

«Keine Angst, mir geht es gut in Sachen *money*. Aber auch wenn ich mehr hätte, könnte mich niemand mehr retten.»

«Warum meldest du dich erst jetzt?»

«Ich hab mir so geschämt, aber … aber wenn du weißt, du wirst sterben, du musst nicht schämen anymore, dann ist die Frage: Was wolltest du immer machen und hast nicht? Dich noch einmal sehen, hat mich am Leben gehalten.»

Ich setze mich vorsichtig zu ihm, auf die Bettkante, und berühre seine Hand, die sich anfühlt wie Pergamentpapier. Wir schweigen uns an. Die zahlreichen Apparate, die meinen Vater am Leben halten, untermalen den Moment durch ihr unregelmäßiges Piepsen mit einem morbiden Soundtrack.

«Ich bin stolz auf dich, my son.»

Mir schießen Tränen in die Augen. Ich umarme meinen Vater das erste Mal seit dreiundzwanzig Jahren, und es fühlt sich so an, als könnte es gleichzeitig das letzte Mal sein.

60. SEELENLEER

Langsam komme ich runter. Die Ruhe meiner neuen Umgebung tut mir wirklich gut. Meine Kraft kehrt zurück – und mit ihr die Sehnsucht nach Musik. Körperlich geht es mir besser, aber ich fühle mich seelenleer. Musik hat mich immer begleitet, sie war das Blut in meinen Adern, aber in den letzten Wochen war sie verstummt. Zum Glück ändert sich das gerade. Seit Tagen schon geht mir ein Song unserer Band durch den Kopf. Keiner der Hits, die wir immer auf unseren Konzerten spielen, sondern ein einfaches, unaufdringliches Lied, das ich immer schon mochte. Ich nehme meine Gitarre von der Wand und setze mich aufs Sofa.

Es klingt verrückt, du hast ein Stück jahrelang nicht gespielt, und wenn du dann die Gitarre in der Hand hältst, erinnern sich deine Finger. Ohne den brachialen Sound der Band klingt das Lied sehr zerbrechlich. Ich beginne zu singen, und ich realisiere, dass ich meine Singstimme seit meinem Hörsturz nicht mehr richtig gehört habe. Ich empfinde das Vibrieren meiner Stimmbänder, die Resonanz aller Knochen in meinem Kopf, spüre, wie der Ton sich vom Rachen bis zur Stirnhöhle ausbreitet. Es fühlt sich gut an. Der Schall ist ein Elixier, das sich in jede Pore meines Körpers ergießt. Eine wohlige Wärme breitet sich in mir aus. Ich verstelle meine Stopfen und mache sie nach und nach durchlässiger. Schließlich nehme ich sie ganz heraus. Meine Ohren sind heute nicht so empfindlich wie sonst. Ich höre immer noch sehr gut, aber nichts schmerzt. Mit der Gitarre gehe ich nach draußen. Die Sonne steht schon tief am Himmel, aber es ist immer noch angenehm warm.

Ich setze mich aufs Bänkchen und spiele den Song noch mal von vorne. Im Wind raschelndes Schilfgras fügt sich ein wie ein Backgroundchor. Beim Refrain läuft mir ein Schauer über den Rücken. Ich freue mich, den Song wiederentdeckt zu haben. Er klingt in dieser Version so simpel und gut. Begeistert probiere ich weitere Lieder aus. Auch solche, die wir normalerweise richtig panzern auf der Bühne. Immer bleibt eine Essenz übrig. Jeder Song offenbart eine spröde Schönheit, der nichts zu fehlen scheint. Ich stelle mir ein Unplugged-Konzert mit *Voodoo Psycho* vor. Alle Bands machen so etwas irgendwann. Warum nicht wir? Malte fand die Idee immer doof. Wahrscheinlich fürchtet er sich vor dem Moment, unsere Songs singen zu müssen, anstatt sie zu schreien. Mut zur Schönheit. In Wahrheit war ich immer derjenige, der so ein Akustik-Getue als geschmäcklerisch abtat. Aber man muss das Ganze ja nicht so nennen.

Ich spiele noch einen Song von uns, der in dieser Version ebenfalls tadellos funktioniert. Aus dem Wohnzimmer höre ich ein ersticktes Piepen, was mir den Eingang einer SMS signalisiert. Nach einem weiteren Song bemerke ich, wie mein Gehör wieder anfängt, sensibler zu werden. Noch kostet alles zu viel Kraft. Ich stecke meine Ohrstopfen wieder rein, gehe ins Haus und lege mich in den *Himmel*. Erschöpft schließe ich die Augen und ergebe mich der Stille. Die vage Hoffnung, dass die Musik und ich vielleicht schon in gar nicht allzu ferner Zukunft wieder Freunde werden könnten, erfüllt mich mit einem intensiven Glücksgefühl.

61. SZENENAPPLAUS

Die SMS war von Malte. Ich rufe ihn direkt zurück.

«Was gibts?»

«Ich habe *deine* Frau gefunden!»

«Lass mich raten: Sie ist Fotomodell und Single.»

«Vielleicht.»

«Komm schon, was weißt du über sie.»

«Ihren Namen.»

«Und?»

«Sie heißt Madlena.»

«Wow.»

«Madlena Kubitz. Leider habe ich kein Foto von ihr.»

«Wart mal gerade!»

Ich gebe ihren Namen in die Suchmaske meines Computers ein.

«Komisch, kein einziger Treffer. Das ist ungewöhnlich.»

«Dass es das überhaupt noch gibt, Personen, die man nicht im Netz findet. Verrückt.»

«Eigentlich auch ganz sympathisch. Aber mich interessiert eher wie es sich anhört, wenn sie spricht, und nicht, wie sie aussieht.»

«Spinner!»

Wie ein Echo höre ich deutlich den Klang ihrer Stimme in mir, während Maltes «Pfffft» abwechselnd über die Muschel und dann wieder ins Leere pustet. Ich sehe ihn kopfschüttelnd vor mir.

«Was hast du noch rausgefunden?»

«Nicht viel mehr.»

«Und hast du ihre Mail-Adresse?»

«Leider nicht. Das ist eh ein ziemlich windiger Tipp von einem Fan gewesen. Der kennt jemanden, der jemanden kennt, dem die Stimme bekannt vorkommt.»

«Immerhin. Und weißt du, wo sie arbeitet?»

«Jedenfalls nicht mehr bei der Telefonauskunft. Sie ist jetzt bei einer Firma, die Datatek heißt.»

«Tausend Dank, Malte. Ich bin so gespannt.»

«Halt mich mal auf dem Laufenden, was draus wird.»

«Klar. Und was machen die Psychos?»

«Die Tour läuft super. Es ist fast immer ausverkauft. Und das Lustige ist, du bekommst regelmäßig Szenenapplaus bei deinen Soli. Die Leute lieben die Idee mit dem Avatar. Komm doch demnächst mal vorbei.»

Ich spüre einen Stich im Magen.

«Ich bin noch nicht so weit. Aber ich …»

«Das wird schon wieder. Halt die Ohren steif, Bast.»

«Bis bald.»

Ich lege auf und muss direkt wieder an die geheimnisvolle Frau denken. Hoffnung durchflutet meinen Körper. Triumphierend reiße ich beide Arme in die Luft. Dabei flutscht mir beinahe das Handy aus der Hand.

62. HIRNGESPINST

Jetzt, da Madlena einen Namen hat, kann ich sie mir noch besser vorstellen. Ich meine nicht, wie sie aussieht, aber ich sehe sie plötzlich als eine reale Person vor mir, die zur Arbeit geht, ihre Wäsche macht und Gefühle hat. Auch wenn ich gerade einem Hirngespinst hinterherjagen sollte und sie niemals finden werde, weiß ich, dass ich auf dem richtigen Weg bin, denn ich mache, was mein Bauch mir rät. Und genau so werde ich es in Zukunft halten, werde nicht erst alle möglichen Folgen meines Handelns bis ins kleinste Detail vorausberechnen, sondern werde die Dinge sich einfach mal entwickeln lassen. Hierherzuziehen war zum Beispiel die beste Entscheidung der letzten Jahre, und seitdem ich hier wohne, geht es mir auch schon deutlich besser.

Mit Datatek lag Malte übrigens nur fast richtig. Madlena arbeitet nicht direkt dort, sondern in einem Callcenter, das für diese Firma die Telefonate entgegennimmt. Welches das ist, konnte und wollte mir dort niemand verraten. Daraufhin habe ich mir eine Liste aller in Deutschland ansässigen Callcenter aus dem Netz gefischt. Da Datatek in Ostdeutschland sitzt, habe ich es erst mal bei den beiden Centern aus Erfurt versucht. Eins von beiden, nämlich Makotel, wirbt auf der Website mit seinen angeblich hochzufriedenen Kunden. Und Bingo: Datatek zählt dazu! An mir ist echt ein guter Detektiv verloren gegangen.

Als ich gestern dort anrief, bestätigte mir der Personalleiter, dass eine gewisse Frau Kubitz tatsächlich bei ihnen arbeitet. Aber als ich darum bat, sie zu sprechen, wollte er erst mal wissen, ob ich mit ihr verwandt sei oder andere triftige Gründe hätte. Mein Zögern verriet mich dummerweise direkt. Irgendeine erfundene Geschichte wäre sofort aufgeflogen. Ich habe mich bedankt und aufgelegt.

63. VORSPANNMUSIK

Eine Kiste habe ich seit dem Umzug bewusst nicht mehr angefasst. In ihr ist meine Vergangenheit vergraben, Fotos und Krimskrams meiner Kinder- und Jugendzeit. Bislang hatte ich sie erfolgreich im Keller vor mir versteckt. Aber die überraschende Begegnung mit meinem Vater hat so vieles in mir aufgewühlt, dass ich diesen Abschnitt meines Lebens nicht länger verleugnen möchte.

Ich stelle meine Teetasse ab und klappe den muffig riechenden Karton auf. Den zerschlissenen Cricketball, mit dem mein Vater schon gespielt hat und mit dem wir früher immer Fangen geübt haben, lege ich zur Seite. Ebenso mein Abiturzeugnis, das ich damals in einem Wutanfall zusammengeknüllt habe und das meine Mutter mit einem Bügeleisen wieder versucht hat zu glätten. Darunter kommt ein in hellgrünes Kunstleder eingeschlagenes Fotoalbum zum Vorschein. Das Schutzblatt mit dem typischen Spinnwebenmuster knistert beim Umschlagen, was bei mir wie eine Vorspannmusik beim Film funktioniert. Das Hochzeitsfoto meiner Eltern strahlt mich an. Beide sehen sehr glücklich aus, und ich frage mich, ob ich sie zu Lebzeiten jemals wieder so gesehen habe. Mein Vater hat eine richtige Schmalztolle und einen Arm um meine Mutter gelegt, als wolle er sagen: Seht her, diese wunderschöne Frau gehört jetzt mir. Sie waren wirklich ein hübsches Paar.

Ein paar Seiten weiter hält mich meine Mama als Baby im Arm. Wie unvollkommen man doch auf die Welt kommt. Giraffen können eine Stunde nach der Geburt schon laufen. Bei uns Menschen dagegen dauert es noch Jahre, bis wir irgendetwas ohne unsere Eltern auf die Reihe kriegen. Ich blättere weiter. Ein Foto zeigt meinen Vater mit seiner Gitarre. Jetzt erst fällt mir auf, dass ich die gleiche Technik habe, mit dem Daumen bestimmte Basstöne zu greifen. Sollte mein Vater mir doch mehr mit auf den Weg gegeben haben, als ich wahrhaben will? Ich frage mich, ob wir die verpassten gemeinsamen Jahre jemals wieder aufholen können, und komme fast im selben Augenblick zu dem Schluss, dass es leider unmöglich ist. Alles hat seine Zeit, und ich bin froh, dass ich ihn überhaupt noch einmal gesehen habe. Ich suche mir ein schönes Foto meiner Eltern aus und nehme mir vor, es später rahmen zu lassen. Es zeigt die beiden bei strahlendem Sonnenschein auf einer blau-weiß karierten Picknickdecke, umgeben von grünem Gras. Um sich herum haben sie Stangenweißbrot, Käse und eine Flasche Rotwein drapiert. Vaters Westerngitarre lehnt an der grob gemaserten Rinde einer imposanten Eiche. Beide lächeln um die Wette, und ich kann nicht verhindern, dass ich es auch tue.

64. GEPLANTE OBSOLESZENZ

Im ICE nach Erfurt setze ich mich demonstrativ auf einen Schwerbehindertenplatz. Da sitzt normalerweise eh niemand, und wenn mich jemand fragen würde, was ich da zu suchen hätte, würde ich ihm erzählen, dass er doch froh sein soll, wenn er mit diesem ganzen akustischen Irrsinn hier im Zug zurechtkommt. Und wenn er dann immer noch was sagt, würde ich fragen, ob es für ihn hier drin auch so unerträglich laut ist, wenn der Zug über die Gleise schubbert, und ob es ihn ebenso foltert, dass der Geschäftsmann neben ihm wie ein Gestörter auf die Tastatur seines Laptops einhackt und das Kind hinter ihm schreit, als würde es gerade bei lebendigem Leibe gehäutet werden. Mit Stopfen im Ohr kann ich das alles gerade so ertragen. Früher habe ich das, was ich nicht hören wollte, einfach durch noch größeren Krach übertönt. Heute dagegen scheint mein Gehör den Punkt seiner geplanten Obsoleszenz erreicht zu haben. Vielleicht habe ich auch einfach nur mein persönliches Potenzial, Schall zu ertragen, aufgebraucht.

Je länger ich darüber nachdenke, desto unhaltbarer erscheint mir diese Theorie. Sie erinnert mich an die Horrorgeschichten meiner Mutter, mit der sie mich, als ich in die Pubertät kam, davon abhalten wollte, Hand an meinen Pillermann zu legen. Sie behauptete allen Ernstes, dass man insgesamt nur so und so viel Schuss im Leben hätte. Das Schlimme ist, ich habe ihr das eine Zeit lang tatsächlich geglaubt. Als ich es dann irgendwann besser wusste, versuchte ich alles, um nachzuholen, was ich bis dahin verpasst hatte, was mir in der Zeit auf Tour mit den Psychos auch ganz gut gelungen ist.

In Erfurt war ich schon öfter, kenne alle Hotelbars und Clubs der Stadt, aber wie es tagsüber in der Altstadt aussieht, weiß ich nur von Postkarten. Es hat mich bislang auch nicht wirklich interessiert. Aber jetzt, wo ich weiß, dass Madlena hier ist, sehe ich die Stadt mit ganz anderen Augen. Neugierig lasse ich meinen Blick über die Auen der Gera schweifen, während der Zug vorbei am Stadtpark rollt. Hier überall könnte sie bereits entlanggewandelt sein.

Im Bahnhof empfängt mich ein schriller Sound. Quäkige Gleisdurchsagen, Menschengemurmel und quietschende Rolltreppen; alles bricht sich an den nackten Wänden der Bahnhofshalle und vermengt sich zu einem gellenden Konglomerat. Im Taxi kann ich den Fahrer wegen seines thüringischen Dialektes kaum verstehen. Bemerkenswert, denke ich, wie viele Mundarten – und, damit einhergehend, unzählige regionale Identitäten – unser Land hervorgebracht hat. Wenn mein Gehör gerade nicht so strapaziert worden wäre, hätte ich richtig Spaß daran, ein bisschen mit dem Taxifahrer, dessen Haut die typische graue Blässe eines Kettenrauchers an den Tag legt, zu plaudern. Stattdessen halte ich ihn mit gemurmelten Zustimmungsfloskeln auf Abstand. Er lässt mich vor einem schmucklosen Plattenbau heraus. Ich starre auf fünfzehn Etagen Beton gewordene Hässlichkeit.

Die Eingangstür des Callcenters öffnet sich automatisch, mit einem Geräusch wie aus einem Science-Fiction-Streifen aus den Siebzigerjahren, und gibt den Blick frei auf einen adipösen Pförtner, der eine abgenutzte hellblaue Fantasieuniform trägt und einen professionell unfreundlichen Ton anschlägt.

«Sie wünschen?»

«Ich bin ein Freund von Frau Kubitz und habe ihr eine freudige Mitteilung zu machen.»

«Wen soll ich melden?»

«Lauterbach ist mein Name.»

Der Pförtner schaut in einer abgegriffenen Kladde nach.

«Karsten, Keller, ... Kubitz, hier.»

Während er dort anruft, wirft er mir einen Blick zu, der unmissverständlich klarstellt, dass es im Grunde eine unerhörte

Frechheit darstellt, ihn überhaupt durch so eine Lappalie zu stören. In Zeitlupe legt er den Hörer wieder auf.

«Ist nicht an ihrem Platz.»

«Könnten Sie so freundlich sein …»

«Ist Mittagszeit.»

Ohne meine nächste Frage abzuwarten, wendet sich der Mann bereits dem nächsten Besucher zu. Ich warte ab, bis er mir ausreichend abgelenkt erscheint, und husche mit einem Mitarbeiter, der gerade mithilfe seiner Chipkarte die Tür öffnet, in den Hausflur.

Ein Schild zeigt mir den Weg zur Kantine. Einen Stock tiefer schlägt mir der Geruch ranzigen Pommesfetts entgegen. Mindestens achtzig Menschen sprechen durcheinander, Besteck klappert, und eine Fritteuse zischt. Ich setze mich an einen Tisch und habe das sichere Gefühl, dass *sie* hier ist. Eigentlich ganz schön unwahrscheinlich, dass mein erster Versuch, mein erstes vorsichtiges Stochern im Heuhaufen, direkt zum Erfolg geführt haben soll, aber vielleicht hat mich ja auch ein magischer Magnetismus hierhergeführt. Langsam glaube ich an so etwas. Ich schließe meine Augen und versuche, durch langsames Hin- und Herdrehen meines Kopfes einzelne Stimmen aus dem Wortgewirr herauszufiltern.

Ich höre deutsche Sprachfetzen in thüringischem Akzent, hochdeutsche Sätze und vereinzelt englische Worte. Es sind männliche und weibliche Stimmen zu hören, tiefe und hohe, sowie solche, deren Klang durch erkältete Atemwege deformiert wird. Jemand hustet, ein anderer kichert. All das löst bei mir Farbassoziationen aus. Plötzlich springt mich aus der Klangsuppe des ungemütlichen Betonbunkers ein Wort an, dessen akustische Schönheit mir sehr vertraut erscheint, weil diese mich in den letzten Wochen ausfüllte wie ein Mantra. Dann geht es wieder im Klangbrei unter. Doch dieser kurze Moment reicht, damit ein Kribbeln meine Wirbelsäule heraufkriecht und dabei eine Gänsehaut am ganzen Körper auslöst.

Ich öffne meine Augen, obwohl sie mir gerade nicht besonders weiterhelfen. Vor mir sitzt eine Frau in einem farbenfrohen

Gewand. Sie könnte gut aus Indien stammen. Die Schaumdüse eines Kaffeeautomaten setzt ein, und ich werde langsam ungeduldig. Plötzlich höre ich wieder den vertrauten Klang von Madlenas Stimme. Es gibt sie tatsächlich, und ich bin in ihrer Nähe. Ich springe auf und stürze in ihre Richtung. Dabei wird mir schwindelig, und ich muss mich an einem Tisch abstützen. Das Blut pulsiert in meinen Ohren. Für einen Moment höre ich gar nichts. Mein Blick wandert durch den Raum, während ich kontrolliert ein- und ausatme. Langsam beruhigt sich mein Gehör wieder. Ich stehe auf und gehe langsam durch die Tischreihen, dabei versuche ich, die dort sitzenden Personen nicht über Gebühr anzustarren, was mir sehr schwerfällt. Madlena spricht gerade nicht, jedenfalls kann ich sie nicht hören. Ich durchquere den ganzen Raum.

Plötzlich lässt mich ein faszinierend unbeschwertes Lachen herumfahren. Drei Frauen und ein Mann mit Vollbart sitzen zusammen. Das lächelnde Gesicht einer der Frauen wird von haselnussbraunen Locken umrahmt und ist auf die Tischplatte gerichtet. Augenblicklich ist mir klar, wer sie ist. Sie sieht umwerfend hübsch aus – und ist offensichtlich blind.

65. ALLE ZEIT DER WELT

Wie soll ich sie ansprechen? Am besten einfach mit ihrem Namen. Der Vollbart am Tisch mustert mich misstrauisch.

«Kann ich Ihnen helfen?»

Ich bin perplex, und es fällt mir keine coole Antwort ein. Verdammt.

Madlena hebt erwartungsvoll den Kopf und dreht ihn in meine Richtung. Ihr schlanker Hals ist umwerfend. Wieder pulsiert es in meinen Ohren.

«Hallo Madlena.»

Ihr Gesicht schaut mich freundlich, aber fragend an. Die anderen beiden Frauen und der Mann am Tisch glotzen weiterhin unverhohlen abweisend.

«Kennen wir uns?», fragt sie.

«Nein. Doch … äh.»

Der Vollbart wird unruhig und legt seine Hand auf ihren Arm.

«Soll ich den Typen wegschicken?»

Sie wendet sich zu dem Mann und sagt: «Passt schon.»

Und dann wieder in meine Richtung:

«Warten Sie, ich habe Ihre Stimme schon einmal gehört. Woher kennen Sie meinen Namen?»

«Wir haben telefoniert.»

«Aha?»

«Ich brauchte eine Nummer von einem Naturschutzgebiet in Bayern … Ist auch nicht so wichtig …»

«Das war im Mai … zehnter oder elfter?»

«Ist ja unglaublich. Sie haben sich das tatsächlich gemerkt?»

«Jeder kann irgendetwas besonders gut. Dafür kann ich nicht so gut gucken.»

Sie lächelt. Der natürliche Charme dieser Frau ist entwaffnend.

«Darf ich Sie auf einen Kaffee einladen?»

«Die Mittagspause ist gleich zu Ende. Aber wenn Sie heute um sechs noch nichts vorhaben ...»

«Madlena, bist du übergeschnappt?»

Der quallige Mann mit dem Bart steht auf und kommt auf mich zu, wie ein Pavian, der sein Revier verteidigt. Im Laufen rufe ich ihr zu: «Ich werde am Eingang auf Sie warten.»

Dann springe ich die Treppen nach oben.

Die letzten Stunden bin ich kopflos durch die Straßen von Erfurt geirrt. Von der Stadt habe ich so gut wie nichts mitbekommen. Um fünf vor sechs nähere ich mich wieder dem Eingang des Callcenters. Von der gegenüberliegenden Straßenseite aus schaue ich auf den hässlichen, mit Betonplatten ausgelegten Vorplatz. Der Eingangsbereich des Hochhauses ist wie ein schwarzes Loch, das das gesamte einfallende Licht verschluckt. Von Madlena keine Spur. Ich lasse unsere erste Begegnung Revue passieren.

Unglaublich, dass sie sich noch an meine Stimme erinnert, unser Gespräch ist gut zwei Monate her. Mit wie vielen Kunden sie wohl am Tag telefoniert? Ist sie eine Art Autistin? Ich weiß so gut wie nichts über sie, außer, dass sie blind ist. Stört mich das? Es scheint ihr keine schlechte Laune zu machen. Wer war nur dieser Typ an ihrem Tisch, ihr Freund oder Möchtegern-Lover? Unangenehmer Mensch.

Ich finde es ganz schön mutig von Madlena, sich mit mir zu verabreden. Ungeduldig trete ich auf der Stelle und halte den Eingang im Auge. Abwechselnd schaue ich auf die Uhr und rüber zu der automatischen Tür, die sich fauchend öffnet. Alles passiert in Zeitlupe. Mitarbeiter kreuzen den Platz wie Ameisen. Ich meine die beiden Frauen vom Mittagstisch wiederzuerkennen. Sie unterhalten sich angeregt, verabschieden sich mit einem Küsschen und gehen dann auseinander. Inzwischen ist es zwanzig nach sechs. Habe ich Madlena verpasst? Vielleicht ist sie ja von mir unbemerkt in einer größeren Gruppe aus dem Haus geschwemmt worden und direkt in den Bus gestiegen, der im Zehnminutentakt den Platz anfährt.

Die Qualle mit dem Vollbart verlässt das Gebäude und blickt sich suchend um. Ich drücke mich in einen Hauseingang und luge um die Ecke. Der Mann bleibt vor dem Eingang stehen, zündet sich eine Zigarette an und zieht hektisch an ihr. Nach ein paar Zügen tritt er sie aus und überquert die Straße in Richtung des Firmenparkplatzes, der mit einer Betonmauer eingefasst ist, die mit lieblosem Graffiti beschmiert ist. Ich verstecke mich hinter einer Reklametafel. Seit einigen Minuten schon verlassen nur noch vereinzelte Personen das Firmengebäude. Achtzehn Uhr fünfundzwanzig. Die Zeit verstreicht jetzt noch langsamer.

Wollte Madlena mich einfach nur abwimmeln? Ist sie bereits zu Hause und lacht über mich, den verstrahlten Wessi, der sie beim Mittagessen gestört hat und sich allen Ernstes einbildet, sie würde sich einfach so mit ihm treffen? Mal wieder schäme ich mich meiner Naivität in Liebesdingen. Die sinkende Sonne sucht sich eine Lücke zwischen den wie faule Zähne aus dem Boden aufragenden Plattenbauten und taucht den Platz in ein versöhnliches, rot-goldenes Licht. Ich bücke mich, um meinen Schuh zu binden. Als ich wieder aufschaue, steht Madlena auf dem Platz wie eine antike Statue. Hinter ihr schließt sich die automatische Tür. Sie hat ihren Kopf in den Nacken gelegt und hält ihn Richtung Sonne. Ihre zartroten Lippen umspielt ein Lächeln. Sie ist wunderschön. Ihr gelocktes Haar fällt wie ein Wasserfall auf ihre Schultern. Ein Gürtel hält ihren hellen Mantel zusammen und betont ihre weiblichen Hüften. Ich gehe zögerlich auf sie zu. Wieder mache ich mir Gedanken, wie ich sie ansprechen soll, habe Angst, sie zu erschrecken.

«Ich habe gehofft, dass Sie noch da sind.»

Ich bin verblüfft.

«Haben Sie mich kommen hören?»

«Sie haben dieselben Schuhe an wie heute Mittag.»

«Stimmt, äh …»

«Es tut mir leid, ich musste meine Kollegen erst noch abwimmeln. Sie sind immer so besorgt um mich.»

«Darf ich fragen, wer dieser Mann ist?»

«Das ist Bernd, mein Arbeitskollege.»

«Ich dachte, er sei Ihr Freund.»

Ich würde mir am liebsten auf die Zunge beißen. Sie lacht.

«Wäre er gerne.»

Ich spüre, dass sie die Wahrheit sagt.

«Haben Sie Lust auf einen Kaffee?»

«Das ist mir, ehrlich gesagt, etwas zu spät, dann kann ich nachts nicht schlafen. Wir können ja ein bisschen spazieren gehen, und ich zeige Ihnen die Stadt, solange es noch hell ist.»

«Gerne.»

«Darf ich?»

Sie hakt sich bei mir ein. Diese plötzliche Intimität überrascht mich, aber die Frau neben mir ist nun mal blind. Mein Herzschlag beschleunigt sich. Schweigend gehen wir die Straße entlang.

«Vorsicht, Stufe!», sage ich.

«Danke, ich weiß.»

Madlena kann meinen verwunderten Gesichtsausdruck nicht sehen, aber sie scheint ihn zu erahnen: «Die habe ich gehört.»

Wahrscheinlich kann sie viel besser mit ihren Ohren sehen als ich. Ich würde gerne mit ihr darüber sprechen, aber es erscheint mir zu früh. Ich möchte den besonderen Zauber unserer Begegnung, der unter anderem darin besteht, dass keiner etwas von dem anderen weiß, nicht leichtfertig aufs Spiel setzen. Eigentlich hätte ich allen Grund dazu, ihr zu erklären, was ich hier mache, warum ich sie aufgesucht habe, aber Madlena macht keine Anstalten, danach zu fragen, und so genieße ich einfach, mit ihr durch eine mir unbekannte Architektur zu schlendern.

Wir biegen um die Ecke und betreten die Altstadt. Der Anblick zahlreicher, liebevoll restaurierter Fachwerkhäuser macht den trostlosen Anblick des zubetonierten Platzes der Makotel-Zentrale schnell vergessen. Kleine Häuschen stehen am Ufer der Gera, wie auf einer Perlenkette aufgezogen. Mit ihren winzigen Erkern beugen sie sich waghalsig über den rauschenden Bach. Eine perfekte Kulisse für einen Mittelalterfilm. *Das Par-*

fum kommt mir in den Sinn. Der Anblick der historischen Gassen gefällt mir, und ich inhaliere Madlenas Duft, der süß und schwer zu mir herüberweht.

Jedes Wort, das ihre Lippen verlässt, bringt die Saiten in mir zum Schwingen. Ihre Stimme zu hören, den Klang, nach dessen realer Entsprechung ich so lange gesucht habe, ist ein Geschenk. Auch wenn sie gerade lediglich Worte formt, die von einem Fremdenführer stammen könnten, und mir beispielsweise erklärt, wer in dem Fachwerkhaus zur Linken früher gewohnt hat oder wie der Brunnen heißt, der hier schon im siebzehnten Jahrhundert stand. Wir gehen über eine hölzerne Brücke und laufen auf ein Kloster zu, über dessen Entstehung Madlena einiges zu berichten weiß. Ihre Absätze klackern auf dem Kopfsteinpflaster. Sie bewegt sich mühelos, scheinbar ohne jede Einschränkung. Niemand, der sie so sieht, käme auf die Idee, dass sie blind sein könnte. Wir passieren ein historisches Gebäude der Universität, die als die älteste Deutschlands gilt, noch vor Heidelberg und Köln. Wie schön unser Land doch aussehen würde, denke ich, hätte es den Krieg nicht gegeben. Es ist eine Schande.

«So, jetzt stehen wir auf dem Benediktsplatz. Dahinten ist die Krämerbrücke.»

Sie deutet mit der Hand in ebendiese Richtung. Als wir losgingen, war ich aufgeregt wie ein Teenager, aber Madlena macht es mir leicht, sich in ihrer Nähe wohlzufühlen, und so löst sich langsam meine Anspannung. Ich hätte niemals gedacht, dass ich mit einer Frau, die mich ernsthaft interessiert, Arm in Arm durch eine fremde Stadt flanieren würde und sie dabei *sieze*. Noch vor einem halben Jahr, in meinem *alten Leben*, habe ich Groupies mit zwei, drei Worten in die Backstage oder ins Hotelzimmer gequatscht. Manchmal genügte eine Bewegung mit dem Kopf. Aber hier und heute stehen die Zeichen anders. Gerade bedarf es besonderer Mittel, und ich merke, wie machtlos ich dieser Situation gegenüberstehe. Glücklicherweise kann der Moment einen nicht blamieren.

«Woher wissen Sie so viel über die Stadt, wohnen Sie schon lange hier?»

«Nein, erst seit ein paar Monaten. Aber ich höre gerne Hörbücher und merke mir Informationen recht schnell.»

«Und was hat Sie hierhergeführt?»

«Mein ...», sie zögert und bleibt stehen. «Mein Job. Ich bin froh, dass ich im Callcenter arbeiten kann. Wenn sie einen nicht gerade bei der Telefonauskunft einsetzen, macht es sogar manchmal Spaß.»

Wir gehen weiter. Mir gefällt ihre improvisierte Stadtführung. Was ich bislang alles verpasst habe, auf meinen Touren durch Deutschland. Das Beste habe ich scheinbar immer verschlafen. Mir ist, als entdecke ich gerade mal wieder ein Paralleluniversum. Ich sehe die Welt mit ganz neuen Augen, die mir geschenkt werden von einer Frau, die selbst nichts sehen kann.

«Da drüben ist ein schöner Biergarten. Sollen wir nicht Platz nehmen und etwas trinken?»

«Gerne.»

Ich führe sie zu einem freien Tisch. Um uns herum sitzen Touristen diverser Nationen. Auf der grasgrünen Uferböschung der Gera haben es sich eine Handvoll knutschender Pärchen gemütlich gemacht. Wir bestellen, und eine längere Pause entsteht.

Ich schaue Madlena ununterbrochen an, verfange mich in ihren Locken, bleibe an ihren feinen Augenbrauen und ihrem sinnlichen Mund hängen. Sie lächelt und fragt: «Was ist?»

Sie hat wirklich einen sechsten Sinn.

«Ich freue mich, Sie gefunden zu haben.»

Der Kellner stellt für sie eine Weißweinschorle und für mich ein Hefeweizen auf das vom Wetter gezeichnete Holz der Tischplatte.

«Lassen Sie uns auf unser Wiedersehen trinken.»

Sie hält erwartungsvoll ihr Glas über den Tisch. Ich stoße vorsichtig an und sage: «Ich heiße Sebastian.»

«Madlena, aber das weißt du ja schon.»

Hat sie *du* gesagt? Wir trinken und stellen die Gläser ab.

«Warum bist du hierhergekommen?», fragt sie mich.

Ich überlege einen kurzen Moment und sage:

«Ich habe mich in deine Stimme verliebt.»

Ihr Lachen klingt wie das eines jungen Mädchens.

«Und dann findest du den Namen, der zu dieser Stimme gehört, heraus und fährst einfach hierher. Das ist ... ich weiß nicht, das ist irgendwie ...»

«Lächerlich?!»

«Nein, gar nicht, das ist ... romantisch. Aber auch ganz schön weltfremd.»

«Wieso?»

«Weil du überhaupt nicht wissen konntest, was dich erwartet.»

«Stimmt. Aber ich bin froh, dass ich gekommen bin.»

Ich lächele sie an, was sie nicht sehen kann, aber ich hoffe, dass sie es hört. Plötzlich verfinstern sich ihre Gesichtszüge.

«Ja, und jetzt soll ich alles stehen und liegen lassen und mir Zeit für dich nehmen?»

Ich fühle mich, als hätte ich gerade einen Springerstiefel ins Gesicht bekommen. Aus dem Nichts eine Vollbremsung. Eben war sie noch so cool und jetzt irgendwie ... psycho. Dann sehe ich, wie ihr eine Träne über die Wange rollt und sie sie mit dem Ärmel ihrer Bluse wegwischt.

«Du sollst ... gar nichts. Lass uns einfach hier sitzen und diesen wunderbaren Augenblick genießen.»

«Tut mir leid. Wir haben uns zu einem komplett falschen Zeitpunkt kennengelernt. Ich stehe gerade kurz vor der Abschlussprüfung als Dolmetscherin.»

«Für welche Sprache?»

Als wenn sie meine Frage gar nicht gehört hätte, sagt sie:

«Ich habe so lange darauf hingearbeitet. Weißt du, meine Eltern haben nicht viel Geld, und ich musste die ganze Zeit nebenher jobben. Gerade wächst mir alles über den Kopf. Und jetzt kommst du und ... und ich soll alles hinschmeißen.»

«Wie, hinschmeißen?»

Ich habe keine Ahnung, wovon sie redet.

«Ich habe einfach keine Zeit für so was.»

«Wir haben alle Zeit der Welt.»

«Sebastian, ich habe Angst.»

«Wovor?»

Sie zögert.

«Dich zu enttäuschen.»

Langsam bewege ich meine Hand auf ihre zu, bis ich sie berühre. Sie lässt es geschehen. Ein Stromschlag geht durch meinen Körper.

«Madlena, es ist mein Fehler. Ich hätte nicht einfach so plötzlich hier auftauchen sollen. Pass auf, wir machen es so: Morgen fahre ich wieder zurück nach Norddeutschland. Ich schreibe dir meine Adresse ... ach *shit* ... ich gebe dir meine Adresse, und dann machst du ganz in aller Ruhe deine Prüfung. Wann ist die überhaupt?»

«Nächsten Monat.»

«Wenn du dich danach noch an mich erinnerst, meldest du dich bei mir, okay?»

Wieder läuft ihr eine Träne über die Wange, aber diesmal lächelt Madlena dabei. Es ist, als hätte ich eine zweite Chance bekommen, als hätte unser Gespräch jetzt erst begonnen. Eine wunderschöne Unterhaltung kommt in Gang. Jeder möchte von dem anderen so viel erfahren, wie es geht. Ich erzähle ihr von meiner musikalischen Vergangenheit und meinem akuten auditiven Problem, aber auch von meinen neuen Fähigkeiten, und sie ist die erste Person, die sich das ansatzweise vorstellen kann, weil sie ihr Gehör ähnlich nutzt, um sich zurechtzufinden. Ich merke, wie ich immer öfter die Augen schließe, um in ihre Welt einzutauchen. Ich erfahre zum Beispiel, dass Madlenas Eltern Sorben sind. Serben kenne ich, aber Sorben? Erst denke ich, sie will mich veräppeln, aber sie spricht von einer deutschen Minderheit in Ostdeutschland, und ich gebe mir nicht die Blöße zuzugeben, dass ich davon noch nie etwas gehört habe. Ich nehme mir vor, alles darüber nachzulesen, wenn ich wieder zu Hause bin.

Als mir Madlena von ihrer Jugend in Bautzen erzählt, wird es langsam dunkel. Ich bringe sie zu einem Taxi. Sie fragt mich: «Darf ich?» Dann tastet sie mein Gesicht ganz vorsichtig mit ihren zarten Händen ab. Sie lächelt zufrieden. Ich umarme sie zum Abschied und drücke sie fest an mich, habe Angst, dass sie sich in Luft auflösen könnte, wenn ich sie wieder loslasse.

«Auf Wiedersehen, Madlena.»

Ich höre ihr Herz schlagen.

«Auf Wiedersehen!»

Das Taxi fährt davon und biegt um eine Kurve. Ich schaue dem roten Licht der Rückleuchten nach, bis dieses sich vollständig in der Dunkelheit aufgelöst hat. Dabei bete ich inständig, ihre letzten Worte wörtlich nehmen zu dürfen.

66. WUND

Alles vergeht. Du kannst die Töne nicht festhalten. Sobald sie erklingen, verflüchtigen sie sich. Als Musiker handelst du mit einer Ware, die man nicht anfassen, nicht einmal sehen kann. Um etwas in der Hand zu haben, nimmst du Musik auf und presst sie auf CD. Aber auch die wird es nicht mehr lange geben. Mein Leben droht sich aufzulösen.

Vor zwei Wochen ist mein Vater gestorben. Seine zweite Frau hielt es nicht einmal für nötig, mich zeitnah darüber zu informieren. Ich habe es erst erfahren, als er schon unter der Erde lag. Unsere Wiedervereinigung währte nicht besonders lang. Warum hat mein Vater nur so lange damit gewartet, sich mit mir zu versöhnen? Eine Frage, die er mir nicht mehr beantworten wird und die zudem mehr als sinnlos ist. Denn mein Vater konnte sich mit mir nicht *versöhnen*. Ich selbst wurde nach dreiundzwanzig Jahren Funkstille wieder zum Sohn. Für eine Stunde.

Meine Freude, Madlena zu finden, war von ähnlich kurzer Dauer. Auch sie wurde noch am gleichen Tag zu einem Verlust, der seither stetig an mir nagt. Mein Herz ist wund von all dem Schmerz. Es wird Zeit für einen neuen Anfang. Vor gar nicht allzu langer Zeit – aber vor einer gefühlten Ewigkeit – war Musik für mich etwas, mit dem ich den Lärm der Welt übertönen und meine eigenen Dämonen erfolgreich einschüchtern konnte. Inzwischen habe ich die Nulllinie neu gezogen. Sie verläuft nun durch den Äquator der Stille. Jeder Ton ist ein Farbtupfer auf der Leinwand der Ruhe. Mein Gehör erholt sich von Tag zu Tag. Inzwischen kann ich wieder ohne Stopfen im Ohr Akustikgitarre spielen, und meine eigene Stimme klingt für mich angenehm. Darüber habe ich mich so gefreut, dass ich ein Lied für Madlena geschrieben habe. Auf normalem Weg kann und will ich mich nicht bei ihr melden. Ich denke, ich habe ihr deutlich genug gezeigt, was ich für sie empfinde, und ich warte auf ein Zeichen von ihr. Aber immer, wenn ich ihr Lied singe, hege ich die Hoffnung, dass es den Äther in Schwingung versetzt.

Sie hat recht: Ich bin hoffnungslos romantisch – geworden. Das hätte ich mir früher nie zugetraut. Ich habe bei Fragebögen, die ich einige Male für Interviews von hippen Lifestylemagazinen vorab zugeschickt bekommen habe, neben der Frage «Was sind deine charakteristischen Eigenschaften?» nie *romantisch* oder *sensibel* angekreuzt, immer eher Sachen wie *pragmatisch* oder *pessimistisch*, und wenn es die nicht gab, einfach welche dazu geschrieben, wie *misanthropisch* oder *atheistisch*. Aber mein neues Leben, was mir die Musik zunächst genommen und mir dann in neuem Gewand zurückgeschenkt hat, versetzt mich zunehmend in Staunen, und ich beginne, an so etwas wie Schicksal zu glauben; zumindest an einen gewissen Sinn im Leben. Dass ich Madlena gefunden habe, ohne klare Anhaltspunkte, außer der berauschenden Vorstellung ihrer Stimme, grenzt an ein Wunder, und ich hoffe sehr, dass das Leben noch weitere für mich bereithält. Meine Liebe breitet sich wie Schallwellen in konzentrischen Kreisen aus und wird sie irgendwann erreichen, da bin ich mir sicher. Sie wird sich bei mir melden, ich fühle es.

Ich nehme die Gitarre zur Hand. Das Lied, das ich für sie geschrieben habe, ist einfach, aber nicht simpel, aufgebaut. Die Strophe hat zwei, der Refrain vier Akkorde, mehr braucht es nicht. Der Text beginnt mit den Worten «The sound of your voice touched my heart within». Sie zu singen, fühlt sich irgendwie … richtig an.

67. ZERRISSEN

«Hallo Bast, wo bist du?»

«Zu Hause.»

«Und sitzt du?»

«Nein, warum?»

«Weil ich eine Hammermeldung habe, die dich umhauen wird.»

Ich glaube, Malte blufft, aber ich nehme vorsichtshalber auf meinem Bürostuhl Platz.

«Schieß los!»

«Rat mal, welche Band diese Woche in die Top Ten eingestiegen ist.»

«Keine Ahnung, wir?»

«Exakt. Unser Album steht auf Platz fünf, Tendenz steigend.»

Ich springe auf. Zum ersten Mal seit langer Zeit kann ich mich für unsere Band wieder so richtig freuen.

«Das ist ja der Wahnsinn!»

«Super, nicht?»

«Wie läuft es sonst so mit der Tour?»

«Großartig. Die Konzerte sind immer ausverkauft. Es macht totalen Spaß, aber die anderen und ich, und natürlich die Fans, wir vermissen dich echt.»

«Sag mal, Malte, könntest du dir so etwas wie eine Unplugged-Tour vorstellen?»

«Warum?»

Malte klingt nicht besonders begeistert.

«Meine Ohren beruhigen sich immer weiter, und ich glaube, dass es Anfang nächsten Jahres so weit sein könnte.»

«Wir sind jetzt noch eine Woche unterwegs, und dann können wir uns ja mal treffen und darüber quatschen. Wie geht es dir sonst so?»

«Ich habe sie gefunden!»

«Wen?»

«Madlena.»

«Echt? Und, wie ist sie so?»

«Sie ist der Wahnsinn, ich bin völlig verliebt.»

«Na, dann bring sie doch mit, wenn wir uns treffen.»

«Das geht nicht, also noch nicht. Sie hat sich seitdem nicht mehr bei mir gemeldet.»

«Du bist echt komisch geworden. Hast du eben tatsächlich ‹verliebt› gesagt? Ich dachte, du hättest das Wort aus deinem aktiven Wortschatz gestrichen. Und jetzt ist sie verschollen? Das wird ja immer besser. Wird Zeit, dass du wieder mit uns auf Tour kommst.»

«Nein, wirklich, diesmal ist es etwas Ernstes.»

«Muss ich mir Sorgen machen um dich?»

«Nein, alles super. Es geht mir wirklich besser, und vor allem will ich wieder Musik machen, mit euch.»

«Wir bleiben dran. Erhol dich erst mal. Ich melde mich.»

«Tschüss, Malte.»

Nach dem Telefonat fühle ich mich innerlich zerrissen. Einerseits freue ich mich, dass unser Album in den Top Ten ist. So schnell werde ich also nicht verhungern. Aber es liegt noch ein langer Weg vor mir, wenn ich zurück in die Band will. Ich hoffe, dass ich einiges von dem, was ich in der letzten Zeit gelernt habe, mit hinüberretten kann.

Langsam kehrt meine Kraft zurück. Seit einer Woche spiele ich wieder drei, vier Stunden Gitarre pro Tag, und es geht mir immer müheloser von der Hand. Wenn ich doch endlich etwas von Madlena hören würde.

68. ZU BODEN CHILLEN

Ich genieße die Ruhe und sitze mit geschlossenen Augen auf meinem neuen Lieblingsplatz, der Bank vor meinem Häuschen. Die Sonne wärmt mein Gesicht. Ich sehe Madlena vor mir, wie sie vor dem Plattenbau des Callcenters steht und sich ebenso an unserem Zentralgestirn erfreut. Der Kontrast zwischen ihr und ihrer Umgebung könnte nicht größer sein. Dieselbe Sonne, die uns beide bescheint, genießen gerade Milliarden anderer Menschen an unterschiedlichen Orten der Erde. Alle haben ihre eigene Geschichte und Sicht der Dinge. Noch unzählige Generationen wird der Feuerball in der Mitte unseres Universums Licht und Wärme spenden, bis er sich dann irgendwann riesenhaft ausdehnen wird, um uns alle zu verschlingen.

Komisch, warum nehmen meine Gedanken, wenn ich ihnen freien Lauf lasse, immer ein schreckliches Ende? Es wird sicher noch lange dauern, bis ich vollständig davon geheilt sein werde, in alte, negative Muster zurückzufallen. Ich versuche, mich wieder auf etwas Schönes, also Madlena, zu konzentrieren. Was hat sie noch mal erzählt, ihre Eltern seien Serben? Nein, Sorben. Ein Volk, von dessen Existenz ich bis dato gar nichts wusste. Ist Madlena ein sorbischer Name? Auf jeden Fall ein sehr schöner.

Ich gehe ins Haus und tippe «Sorben» in den Rechner. Es gibt sie tatsächlich, neben den Dänen die einzige anerkannte deutsche Minderheit. Sie leben in Sachsen und Brandenburg. Nur noch sechzigtausend ihrer Art gibt es, und ihre Sprache, die je nach Region eher dem Tschechischen oder dem Polnischen ähnelt, ist vom Aussterben bedroht. Daher hat sie also ihr leicht rollendes «R». Bringt es mich weiter, das zu wissen? Bringt es mich näher an Madlena heran zu lesen, dass ihre Vorfahren aus dem Spreetal stammen? Grundsätzlich ist es mir egal, woher jemand kommt, aber weil alles einen Einfluss darauf hat, wie jemand tickt, ist es am Ende doch interessant, bestimmte Details zu erfahren, besonders von ihr. Womit hat sie als Kind gespielt, was waren ihre Helden, wovon hat sie geträumt? All das würde ich liebend gerne aus ihrem Munde hören.

Apropos Mund: Sie hat so eine Art kleinen Saugnapf auf ihrer Oberlippe, als würde sie sie immerzu schürzen. Das finde ich absolut bezaubernd. Wenn Madlena mir irgendwann ausführlich von den Orten ihrer Kindheit erzählen wird, werde ich ihr vorschlagen, mit mir dorthin zu reisen. Und genau wie ihre Heimat möchte ich auch ihren Körper kennenlernen, möchte ihn studieren wie eine Landkarte. Wenn sie, wenn … wenn. Ich sollte aufhören, so herumzufantasieren. Ich warte noch bis Ende des Monats, und dann rufe ich sie an. Vorher wäre es unhöflich. Aber mal ehrlich, war ich jemals besonders höflich in meinem Leben?

Wie auch immer, in Madlenas Fall möchte ich mich unbedingt an unsere Abmachung halten. Sie soll in Ruhe ihre Prüfung machen und sich dann bei mir melden … das zumindest habe ich zu ihr gesagt an unserem gemeinsamen Abend. Aber ob sie das auch machen wird? Sicher bin ich mir da nicht. Stattdessen denke ich mir pausenlos neue Gründe aus, weshalb ich noch nichts von ihr gehört habe. Pure Zeitverschwendung, ich weiß. Denn wenn Madlena ernsthaft an mir interessiert ist, ist sie es auch noch in zwei Wochen, und wenn nicht, hat sich der Fall eh erledigt.

In der Zwischenzeit halte ich mich an der Musik fest. Ich bin froh, dass ich sie für mich neu entdeckt habe. Meine E-Gitarre habe ich lange nicht angefasst, aber meine Akustikgitarre ist inzwischen wie angewachsen. Wenn das alles nichts wird, mit meinem Comeback bei *Voodoo Psycho* und einer Unplugged-Tour, dann setze ich mich halt alleine auf die Bühne. Ich glaube fest, dass ich etwas zu erzählen habe.

Letzte Woche habe ich angefangen, Demoaufnahmen zu machen, nur mit Gitarre und Stimme, Songs, die eine große Ruhe atmen. Ich könnte mir vorstellen, dass genau das etwas ist, was die Welt von heute gebrauchen kann. Mein Leben hat sich von ganz allein so was von entschleunigt. Irgendwie habe ich plötzlich keine Angst mehr vor der Zukunft. Alles wird gut werden. Alles ist gut. So langsam sollte ich mir einen neuen Superheldennamen suchen. Was ist mit *Enspannt-o-man* oder *Chill-Man*? Wenn es so weitergeht, werde ich die ganze Welt kaputt rocken mit meiner Entspanntheit. «Zu Boden chillen» klingt auch nicht schlecht.

69. NEUES LEBEN

Ich mache mir seit Tagen zu viele Gedanken. Die totale Kopfkirmes. Ich will unbedingt Kontakt zu Madlena aufnehmen, gleichzeitig will ich sie aber auch nicht bedrängen. Statt irgendetwas zu tun, male ich mir aus, wie sie zu Hause in Erfurt sitzt und sich ihr hübsches Köpfchen zermartert, mit Gedanken wie diesen: «Sebastian ist aus heiterem Himmel in mein Leben geschneit und genauso schnell wieder verschwunden. Wahrscheinlich hat er gar kein Interesse mehr an mir. Na, dann brauche ich ja auch nicht bei ihm anzurufen. Schade, ich fand ihn eigentlich ganz süß ...»

Ich ventiliere verschiedenste Szenarien in meinem Kopf, ersinne tausend mögliche Erklärungen, warum ich nichts von ihr höre, jage meine Gedanken in meinem Hirn von links nach rechts, endlos hin und her; aber praktisch passiert nichts. All das erinnert mich eher an einen verliebten Teenager als an mich selbst. Furchtbar. Aber ich bin in Liebesdingen ja auch etwas aus der Übung. So gesehen ist das, was gerade abläuft, ein Fortschritt, und vor allem unglaublich aufregend für mich. Die letzten Wochen wusste ich gar nicht, wohin mit mir. Zum Glück sieht mich hier niemand. Seit ich auf dem Land lebe, begegne ich wirklich wenigen Menschen.

Einmal in der Woche gehe ich zum Edeka einkaufen, und alle drei Tage hole ich Milch bei Bauer Kruse. Für ihn bin ich der Spinner aus der Stadt. Die Welt da draußen hat mich vergessen. An manchem Abend ertrinke ich in einer mit Selbstmitleid gefüllten Wanne. Ich fühle mich von allen im Stich gelassen: Von meinem Vater, der sich nach dreiundzwanzig Jahren zurück in mein Leben gedrängt und dann den Löffel abgegeben hat – und von den Jungs meiner Band, von denen ich seit Tagen nichts gehört habe. Ich vermisse meine Freunde und meinen Kiez.

Der letzte Monat war eine zermürbende Zeit des Wartens und Hoffens. Meine Musik war das Einzige, auf das ich bauen konnte. Ins Internet gehe ich nur noch sporadisch. Ich bin aus allen sogenannten sozialen Netzwerken ausgetreten. Das sind eh alles nur von der Werbelobby finanzierte Instrumente, um potenzielle Konsumenten nach ihren Vorlieben auszufragen. Aber zum Briefkasten gehe ich einmal am Tag, aus Tradition. Nicht, dass ich dort oft etwas Erbauliches vorfinden würde, aber den Vorgang an sich liebe ich.

Ich stecke den kleinen silbernen Schlüssel in das Schloss und drehe ihn wie immer erwartungsvoll um. Heute ist tatsächlich etwas drin. Mir kippt eine Postkarte entgegen. Auf der Vorderseite sind drei Pünktchen und ein lippenstiftroter Abdruck eines Mundes zu sehen. Ich erkenne sofort die charakteristische Form von Madlenas Lippen. Vor Aufregung fällt mir die Karte fast aus der Hand. Auf die Rückseite hat sie, etwas schief, meine Adresse und den Text geklebt. Ich bin gerührt, wie viel Mühe sie sich gegeben hat. Wahnsinn, wie sie das alles hinkriegt, obwohl sie blind ist. Wieder muss ich an unseren gemeinsamen Abend denken. Bei unserem Gespräch fühlte es sich so an, als würden wir uns schon ewig kennen.

Auf der Rückseite des rechteckigen Stück Kartons steht folgender Text:

Lieber Sebastian!

Ich habe dich nicht vergessen und sende dir einen …

Madlena

PS: Ich habe die Prüfung bestanden.

PPS: Ich bin am Samstag um 12 Uhr am Bahnhof von Rahlstedt. Holst du mich ab?

Samstag, welcher Samstag? Doch nicht etwa heute? Ach du Scheiße, wie viel Uhr ist es denn? Halb zwölf. Wie soll ich das denn schaffen? Ich habe nicht mal geduscht. Okay, schnell noch die Zähne putzen, und los. Ich renne nach draußen, zerre mein Fahrrad aus dem Schuppen und springe auf. Mist, der Hinterreifen ist vollkommen platt. Beim Absteigen verliere ich das Gleichgewicht und lande beinahe auf meinem Hintern.

Ich haste zurück ins Haus, um die Pumpe zu holen. Auf dem Rückweg stoße ich mir den Fuß an der steinernen Eingangsstufe und hopse, vor Schmerz fluchend, auf einem Bein zurück zum Schuppen. Die Pumpe rutscht mir aus den schwitzigen Händen ins Gras. Fluchend hebe ich sie auf und pumpe, als gäbe es kein Morgen. Endlich fahre ich los.

Nach hundert Metern Schotterpiste erreiche ich die Straße und schaue auf die Uhr. Wenn ich weiter so reintrete, könnte ich es schaffen. Ärger auf den Briefträger steigt in mir hoch. Der faule Sack kommt auch immer nur raus zu mir, wenn er Bock hat. Bestellte Sachen kommen grundsätzlich Tage später, und Briefe bringt er auch nicht um zehn Uhr, wie in der Stadt, sondern frühestens um zwölf oder gar erst nachmittags. Glücklicherweise ist er heute mal etwas früher gekommen.

Als ich wieder an Madlena denke, verflüchtigt sich mein Ärger, und ich muss lächeln. Sie hat die Prüfung bestanden, woran ich keinen Moment gezweifelt habe. Endlich habe ich mir mal eine intelligente Frau ausgesucht. Das macht sie noch attraktiver für mich. Mit den Mädchen, die ich früher immer klargemacht habe, wollte ich mich, ehrlich gesagt, gar nicht unterhalten, kannte oftmals nicht mal ihren Namen. Von den ganzen One-Night-Stands blieb nie etwas übrig. Der Alkohol tat sein Übriges. Mein Leben – ein löchriges Netz; meine Erinnerungen – verschwommen. Aber mit meinem Gehör, das seit der Therapie so unendlich viel feiner geworden ist, wurde meine gesamte Wahrnehmung differenzierter. Alles erscheint mir klarer, auch meine Wünsche. Inzwischen weiß ich genau, was ich will, und Madlena muss definitiv rein in mein Leben. Viertel vor zwölf.

Der Wind bläst mir scharf ins Gesicht. Ich komme kaum von der Stelle, muss mich hinstellen und mein ganzes Körpergewicht in die Pedale stemmen. Schweiß dringt aus meinen Poren.

Zehn Minuten später ist mein T-Shirt klatschnass. Ich sehe die S-Bahn-Station von Weitem. Eine schwarze Wolkenwand, die von der Sonne golden beschienen wird, hängt dahinter wie ein Theatervorhang, so als ginge die Vorstellung gleich los. Das Ganze sieht künstlich aus, als hätte jemand die Szene mit einem Smartphone fotografiert und durch eine Retroapp geschickt. Ich höre, wie die S-Bahn einfährt. Der Wind ist abgeflaut, und mit ihm die Geräusche der Natur. Es ist auf eine unwirkliche Weise still. Dann bricht der Himmel auf, und es ergießt sich ein Sturzbach.

Noch zweihundert Meter trennen mich vom Bahnsteig. Ich sehe, wie Madlena als eine von zwei Personen aus dem Waggon steigt. Sie hält sich ihre Reisetasche als Regenschutz über den Kopf und flüchtet sich unter das Dach der Station. Ein dürrer, alter Mann mit Regenschirm schlurft in die Bahnhofsgaststätte. Der Regen schlägt mir ins Gesicht. Meine Kleidung saugt sich komplett mit Wasser voll, als wäre ich in voller Montur in einen Swimmingpool gesprungen. Mich stört das nicht, im Gegenteil, es ist erfrischend. Ich lasse das Fahrrad fallen und laufe Madlena entgegen.

«Sebastian?»

«Madlena!»

«Bleib stehen!»

«Was?»

«Bitte, bleib stehen.»

Ich halte an. Der Regen prasselt mir auf die Kopfhaut. Lächelnd hält sie ihr Gesicht in meine Richtung und hält den Kopf etwas schief.

«Beweg dich ein bisschen.»

Ich komme mir komisch vor, weiß nicht, was sie von mir will. Dann begreife ich und beginne zu tanzen. Madlena schaut mich an. Mithilfe der Regentropfen scannt sie meinen Körper. Sie sieht mich zum ersten Mal in voller Größe.

Lachend kommt sie mit offenen Armen auf mich zugelaufen. Der Regen hat ihre weiße Bluse augenblicklich durchweicht. Mir gefällt, was ich sehe. Ihre braunen Locken drücken nass und schwer auf ihr elfenbeinfarbenes Gesicht. Ich nehme sie in meine Arme und hebe sie hoch.

«Du bist ja ganz außer Atem!», sagt sie.

«Ich wollte dich nicht warten lassen.»

«Ich habe *dich* warten lassen.»

«Warum hast du nicht angerufen?»

«Tut mir leid, ich musste mich erst mal sortieren. Außerdem hatte ich Angst, dass du es dir anders überlegst. Die Postkarte zu schicken war feige, aber …»

«Ich wusste, dass du dich melden wirst.»

Ich streiche ihr die Haare aus dem Gesicht. Sie streichelt meine Wange, und ihre Hände fühlen sich unendlich zart an, wie die Pfoten einer jungen Katze.

Sie sagt: «Seit du nach der Nummer aus Bayern gefragt hast, wollte ich dich kennenlernen. Ich habe gebetet, dass es dir auch so geht.»

Wir küssen uns zum ersten Mal auf den Mund. Der Regen hört auf, und die Symphonie der Natur setzt wieder ein. Das Licht hat eine gewaltige Klarheit, als hätte das Wasser all den Schmutz der Welt abgewaschen.

Madlena hakt sich bei mir ein und erzählt mir, was in der Zwischenzeit alles passiert ist. Ich lausche ihrer Stimme, nach der ich mich so lange gesehnt habe und der ich ab jetzt für immer zuhören möchte. Während wir über den regennassen Asphalt schlendern, kommt es mir so vor, als schrieben wir gerade das erste Kapitel unseres neuen, gemeinsamen Lebens.

TAUSEND DANK

Zuallererst möchte ich mich bei Lars vom Europa Verlag dafür bedanken, dass er an die Geschichte geglaubt hat und mir bei der Überarbeitung des Manuskriptes so tolle Vorschläge gemacht hat. Danke an Chato für die entspannte Zusammenarbeit, Nadja für den netten Empfang in Hamburg und Peter für die großartige Stadtführung in Erfurt. Evelin, Julia und Alex vom Lesezirkel möchte ich für ihre ehrliche Meinung zu den ersten geschriebenen Zeilen danken.

Caro hat die ersten dreißig Seiten, die ich verschickt habe, kostenlos korrigiert. Matthias überließ mir netterweise mal wieder seine Wohnung in Berlin als Schreibstube und beriet mich in Sachen Bayerisch. Beril ertrug gleichmütig, dass ich es im Urlaub nicht lassen konnte, das Manuskript weiter zu überarbeiten. Utako gab mir wissenschaftlichen Rat, den ich zugunsten der Geschichte nicht immer annehmen konnte. Tina und Michael ermutigten mich weiterzumachen. André hatte eine gute Idee, die ich nutzen durfte. In Olaf und Frank fand ich interessierte Zuhörer bei meinen Testlesungen im Auto, auf so mancher Rückfahrt vom Gig. Jan half mir, das Thema der Geschichte mit der Realität abzugleichen. Und Tim hatte nichts gegen den Buchtitel, obwohl er stark an den Namen einer Platte erinnert, die wir gemeinsam aufgenommen haben.

Weitere Informationen über den Autor finden Sie unter:
www.martellbeigang.de/autor